書下ろし

九紋龍《くもんりゅう》

羽州ぼろ鳶《とび》組③

今村翔吾

祥伝社文庫

目次

不忍池
加賀藩上屋敷
小諸屋
浅草寺
吾妻橋
に組の縄張
浅草橋
両国橋
小伝馬町（牢屋敷）
三河町
一橋殿
竪川
隅田川
村松町
日本橋
神田橋
御門
元大工町
深川
南小田原町
北
西
東
南

「九紋龍 羽州ぼろ鳶組」の舞台

序　章

　分厚い布団を蹴って飛び起きた大坂《おおさか》南堀江《みなみほりえ》の両替屋「篠長《しのおさ》」の店主千吉《せんきち》は、どこかで半鐘がけたたましく鳴り響いているのを聞いた。

「お房《ふさ》、起きや」

　三年前、後妻として迎えたお房は、千吉より二十五歳も下の齢《よわい》二十。こう深く眠れるのも若い証拠である。お房は目を擦《こす》りながら不機嫌《ふきげん》そうに言った。横に眠っていた二歳の娘、お清《きよ》が激しく泣き出した。

「なんですの」

「火事や」

　千吉は屋敷の中を駆け、奉公人部屋の襖《ふすま》を開け放った。どの者も呑気《のんき》に高鼾《たかいびき》を掻《か》いて眠りこけている。

　――近頃の若いもんは、これやから稼《かせ》げへんのや。

咄嗟《とっさ》にそのようなことが頭を過《よぎ》る。

千吉は丁稚《でっち》奉公の頃からこつこつと銭を貯め、三十にして独立を果《は》たした。小口の相手に商《あきな》いをする脇両替から、一昨年《おととし》には大口を相手にする本両替にも乗り出した。

両替のほかに金貸しも行う。ここに来るまで多くの者の恨《うら》みも買った。貸し剝《は》がして娘を遊郭《ゆうかく》に売り飛ばしたこともある。一家心中をされたこともある。初めは心も痛んだが、今ではすっかり慣れてしまっている。

——弱いもんが悪い。

いつしかそう思うようになり、己《おのれ》を納得させた。千吉とて初めから金持ちであった訳ではない。血の滲《にじ》むような努力の末、今の身代《しんだい》を築き上げたのだ。

「早《は》よ起きや！　火事や！」

飛び起きた丁稚、別の部屋から手代や番頭も顔を出す。

「銭を全て蔵へ入れろ。金目のもんは全部や！」

千吉は叫ぶように命じた。火事が出来《しゅったい》した時、出入りの左官屋が駆けつけて蔵を塗り込めることになっている。そのために毎月安くない銭を払っているのである。

千吉は両手で抱えられる限界の銭を運ぼうとする丁稚を一喝した。

「阿呆《あほう》！　ちんたらしてたら間に合うか。一旦土間に集めて大八車で運ぶんや！」

こうして銭が入った壺《つぼ》や箱が土間に置かれていく。

「お清が泣き止《や》まへん」

寝間着の上に一枚羽織《はお》っただけのお房が、火がついた如《ごと》く泣くお清をあやしながら出てきた。

「心配無いで。まだ鐘は遠い。お父ちゃんと一緒に逃げような」

奉公人に対してとは正反対の優しい声で語りかけた。それでもお清は一向に泣き止まない。千吉は汚れた脚のまま部屋に風車を取りに戻る。数ある玩具《おもちゃ》の中で、お清はこれが一番気に入っている。それでもお清は何かに取《と》り憑《つ》かれたように喚《わめ》き続けた。夜泣きをしたこともないおとなしい娘にしては珍《めずら》しいことである。

その時、勝手口を叩《たた》く音が聞こえる。このような事態に訪ねる者は左官の他いない。

「親方か？」

「仁吉《じんきち》親方は昨夜から調子が悪くて寝込んでおります。弟子《でし》の儀十《ぎじゅう》です」

「ちょっと待ってや」

弟子の名などいちいち覚えていないが、仁吉の弟子とあらば問題ない。千吉は支《つか》い棒を外して戸を開けた。

見たことの無い男である。弟子にしては些《いささ》か老け過《ふ》ぎではないか。見開いた男の目は、夜に爛々《らんらん》と光っているように見えた。男がにたりと嗤《わら》った時、背後に複数の人影があることに気が付いた。

多い。左官にしては多過ぎる。そう思った次の瞬間、頭に強い衝撃を受けて目の前が真っ暗になった。

千吉は悲鳴に目を覚《さ》ました。気を失っていたのは一瞬であろう。頭の辺《あた》りが生暖かい。額《ひたい》に触れた手は赤黒い血に濡《ぬ》れていた。

「ああ……」

土間を這《は》いながら千吉は呻《うめ》いた。目の前で奉公人が何者かに斬殺されている。命乞《いのちご》いをする者も何の躊躇《ためら》いもなく殺していく。その者らの一人がお房の衣服を摑《つか》み引きずり倒した。お房の金切り声よりもさらに高くお清が泣く。

「誰や……恨んでいるなら俺を殺せ。銭は幾らでもやる……だから妻と子は……」

出血の量からして昏倒《こんとう》してもおかしくない。しかし不思議なほど喉《のど》が動いた。

「銭をくれるか」

視界に脚が二本。力を振り絞《しぼ》って体を反《そ》らせて見上げると、先ほど儀十と名乗った初老であった。裏地の派手《はで》な刺繡《ししゅう》がちらりとのぞく。この装《よそお》いは、あれで間違いない。

「ああ……やる……だから――」

断末魔の叫び声が上がった。お房の胸元を刀が深々と貫《つらぬ》いている。

「どちらにせよ銭は貰《もら》うさ」

「わいを恨んでいるんやろう！」

お清だけは救わねばならない。その一心で千吉は叫んだ。思い当たる節《ふし》は山ほどあるのだ。何とか自らを殺させ、溜飲《りゅういん》を下げさせねばならない。

「恨んじゃいない」

「じゃあ……何故《なぜ》……」

「楽しみながら稼いでいるのよ」

千吉は顎《あご》の骨が外れたかのように口を開いた。金千両、万両よりも大切な己の宝が、今短い人生を終えた。胃の腑《ふ》が飛び出るほどの吐き気が襲い、顎にも届くほど下唇《したくちびる》を嚙《か》み締める。

「毎度あり」

男の声と共にずんという衝撃が走る。千吉は薄《うす》れゆく視界の中で、握《にぎ》りしめて壊《こわ》れた風車をずっと眺めていた。

弥生《やよい》（三月）も暮れに差し掛かり、新緑の残り香が夜の静寂《しじま》に漂《ただよ》っている。この爽《さわ》やかな芳香も、間もなく錆鉄《さびてつ》のような臭いに打ち消されてしまうだろう。平《へい》蔵《ぞう》は苛立《いらだ》ちを抑《おさ》えようと、わざとそのようなことを考えていた。

――早《はよ》うせい。

大坂東町奉行所で点呼を取る与力を嘗《な》め回すように見る。行動のいちいちが緩《かん》慢《まん》に思えた。江戸に比すれば大坂に大事件は少なく、大捕物は五年に一度あればよいほうである。故《ゆえ》に場数を踏んでおらず、緊急時に鈍《にぶ》さを露呈《ろてい》する。平蔵は昨年までは火付盗賊改方の長官として、江戸の凶悪事件の追捕《ついぶ》を引き受けていた。嫌というほど修羅場を潜《くぐ》ってきたからこそ、初動の速さが命運を分けることを知っている。

「早く出ねば取り返しが付かんことになるぞ」

捲《まく》し立てると、与力が額の汗を拭《ぬぐ》いつつ進み出た。

「今暫《しばら》くお待ちを……室賀《むろが》様には皆揃《そろ》って出よと命じられとります」

上方者独自の軽快な調子で与力は答えた。彼らの上役は大坂東町奉行の室賀正《まさ》之《ゆき》であり、京都西町奉行の長谷川《はせがわ》平蔵宣雄《のぶお》ではない。平蔵が管轄外の大坂まで出張って来たのには訳があった。昨年まで京で暴れ回っていた千羽《せんば》一家と謂《い》う盗賊団を追って来たのである。

「その室賀殿は何をされておる！」

「さあ……」

平蔵は憤《いきどお》りを抑えきれず、思わず怒鳴《どな》り散らした。

「奴らの手口を知っておろう！　それでよく悠長に構えられるな！」

――千羽は野分《のわけ》に似たり。

奴らは市井《しせい》からそう恐れられていた。その活動地域は、江戸や上方などの商家の集まる地は勿論《もちろん》、奥州《おうしゅう》から九州に至っており、まさに神出鬼没であった。

その手口は決まってこうである。まず夜更《よふ》けに一軒ないし二軒に火を付ける。それが燃え上がれば、火消《ひけし》たちが太鼓《たいこ》や鐘を打ち、庶民は一斉に野次馬に出るか、避難を始める。その隙《すき》を衝《つ》いて盗みを働くのだ。

この千羽一家が初めて盗みに入ったのは何と三十年も前になる。当初はこのように凶悪ではなかった。盗みそのものが悪には違いないが、綿密に下調べを行っているのか、その手口は鮮《あざ》やかで、少なくとも人を傷つけることはなかった。それがある時期を境《さかい》に、このような卑劣《ひれつ》な行為に走るようになったのである。

当然、幕府も手を打たなかった訳ではない。何度か追い詰めて下手人を捕えたこともある。しかしそれは千羽一家の末端に過ぎず、首領の消息は杳《よう》として知れない。そして何が起こったかわからないほど、短時間に凄まじい爪痕《つめあと》を残していく。〝野分〟と呼ばれる所以《ゆえん》である。

平蔵は京都西町奉行に着任すると、まず京を荒らしていた千羽一家を追った。火盗として江戸の盗賊を震撼《しんかん》させた平蔵である。千羽一家も危ない橋を渡ることはないと思ったか、京から姿を消した。それでも平蔵は諦《あきら》めず、その足取りを追い続け、ようやく大坂に潜伏していると突き止めたのである。

平蔵の配下、石川喜八郎《いしかわきはちろう》が駆け込んで来た。出張《でば》るにあたり配下の大半を連れて来ようとしたが、縄張りに踏み込まれることを嫌った大坂東町奉行の室賀はやんわりと断ってきた。押し問答の挙句《あげく》、十人のみの帯同を許されている。

「息を吹き返したか」

平蔵が鋭《するど》く問うと、喜八郎は首を横に振った。

「耐え切れなかったようで絶命しました」

　大坂に乗り込んですぐ、平蔵は千羽一家の塒《ねぐら》の一つに踏み込み、一人の盗賊を捕えた。これを拷問《ごうもん》にかけ、今宵《こよい》盗み働きを行うことが摑めたのはつい先刻のことである。しかしながら狙《ねら》う場所がどこかは知らぬと言い、さらに苛烈《かれつ》に責め立てると昏倒した。それが今、死んだという報告であった。

「来た……」

　静謐《せいひつ》を破るように鐘がけたたましく鳴り、平蔵は裂けるほど唇を嚙み締めた。大坂に武家火消はおらず、町火消の鐘のみで火事を伝える。

「出るぞ！」

「しかし――」

「黙れ！　俺が責を負う」

　平蔵が一喝すると、さすがの与力も恐れをなして出動を命じた。大坂には不慣れで、どこから鐘が鳴っているのかもはきとしない。こんな時、あの男ならば即座に位置を摑むだろう。

　大路小路を何度も曲がり、時に間違い、時に行き過ぎ、火元に到達するのに四半刻（三十分）も掛かってしまった。平蔵は野次馬を分けて進み、近くにいた町火消を問いただした。

「火はどちらへ流れる！」

「藪《やぶ》から棒になんやねん。邪魔するなや」

町人が幅を利《き》かす大坂では、町人は武士を屁《へ》とも思っていない。この町火消の応答も江戸ならば考えられぬことである。平蔵は町火消の襟《えり》を締め上げた。

「答えろ」

凄《すご》みを利かすと、いつもと趣《おもむき》が違うと感じたか、町火消は顔色を変えて弱々しく答えた。

「さっきまでは東から。今は北や。今日はよう風向きが変わるから判らへん……」

――戻すのが早すぎたか。

つい先日まで京に滞在していた別の男が脳裏《のうり》に浮かんだ。その者ならば、赤毛を弄《いじ》りながらすぐさま明快な答えを出すはずである。

「四方八方へ散り探索せよ！」

平蔵の指示もなかなか通らない。与力、同心は誰がどの方角を捜すか、呑気に相談を始めている。捲し立てるように細かく指示を出した。

一刻（二時間）後、最悪の事態が起こった。血に塗《まみ》れた同心が、平蔵に助けを求めて来たのである。額は割れて顔は鮮血に染まり、躰《からだ》にも複数の斬られた痕《あと》がある。五人一組で行動させていたはずだが、他の者の姿が無い。

「やられました……南堀江の両替屋『篠長』です……出てきたところに出くわしました」

復命のため気力だけでここまで来たのだろう。膝を折って崩れる同心を、平蔵は抱き支えた。

「他の者は⁉」

「奴らの数はざっと見積もって三十名。皆、返り討ちに……奴らは……」

まさかそれほどの数とは思わなかった。最早《もはや》、盗みというよりは夜襲である。これほどの相手である。もう近くにはいないだろう。

同心の睫毛《まつげ》が震えながらゆっくりと落ちていく。平蔵は息を止めた。同心の収容を命じ、与力に案内させて篠長へ向かう。

篠長には、普段残酷《ざんこく》なものを見慣れている平蔵でも、目を覆《おお》いたくなる光景が広がっていた。入り口に横たわっている男は、背中を一突きに殺されている。子どもをあやしていたのだろうか、手には形が崩れた風車が握られている。面識があったらしく、与力はこれが主人の千吉だと言った。

奉公人は撫《な》で斬りにされ、生き残りはただの一人もいない。中でも無残なのは、若い妻が幼子を抱いたまま刺し殺されていることであった。しかもその幼子は上から踏みつけられたように圧死していた。

――このようなことがあってよいものか。

この禍々《まがまが》しいまでの悪を取り逃がしたことを酷《ひど》く悔やんだ。

恨みから凶行に及ぶ者は数多くいる。だが金品を奪うためだけに、躊躇いなく人を殺め、町を焼くような究極ともいえる悪は滅多に見ない。

平蔵は一度外へ出ると、わなわなと身を震《ふる》わせて天を仰《あお》いだ。月の輪郭《りんかく》がぼやけるほどに明るい。火は未だ消し止められていないのだ。甲高《かんだか》い女の悲鳴や、子どもが母を捜す声が遠くで聞こえた。

ここから火の見櫓《やぐら》は人差し指ほどの大きさに見える。それは天を貫く火柱のように燃え上がっていた。強風で炭となった柱がへし折れ、平蔵の視界から消えていった。千羽一家が残したこの赤い置き土産《みやげ》に、己は何ら抗《あらが》う術《すべ》を持っていない。

「松永《まつなが》……」

思わず口から零《こぼ》れた。今ここにいてくれたならば、どれほど心強かろう。切れるほど歯を嚙み締め、平蔵は藍《あい》と赤の入り混じる空を見上げた。

第一章　鵺《ぬえ》の住む町

一

田沼意次《たぬまおきつぐ》は回した手で首を揉《も》んでいた。歳を重ねるごとに肩の凝《こ》りが酷くなる。こうしてほぐすこともすっかり癖《くせ》づいてしまった。

「聞いておられるのか！」

老中の一人が唾《つば》を飛散させた。今は老中、若年寄の会議の真《ま》っ只中《ただなか》である。皆が張りつめている中、田沼だけが世間話の途中のように悠長に構えている。

会議も終わりに差し掛かった時、老中の一人が田沼に嚙みつくと、皆が続々とそれに続いた。詰問の内容は、田沼の肝煎《きもい》りで造られた弁財船《べざいせん》、鳳《おおとりまる》丸がたったの一度も航海せぬまま座礁《ざしょう》したことであった。多くの資財を注ぎ込んでいたにもかかわらず、あまりに脆《もろ》いものを造り、幕府の威信を傷つけたと責められている。

「はて……良く聞き取れませぬ」

田沼は首や肩を摩《さす》り続けながら答えたため、老中は激昂《げっこう》して顔を赤く染めた。

「これほどの大声で申しておるのです。何を戯《たわ》けたことを」

「声の大きさの問題ではない。一橋《ひとつばし》門内からは遠すぎる」

田沼は手を止めずに一座を嘗め回すように見た。皆の顔色がさっと変わり、気の弱い者などは思わず俯《うつむ》いてしまっている。

「なにを……申されている……」

詰問の先頭に立っていた老中松平輝高《まつだいらてるたか》の声にも動揺の色が浮かんでいた。

「儂《わし》に文句をつけたい御方は、そこにお住まいであろう？」

「無礼ですぞ。これは私どもの意見で――」

「黙らっしゃい‼」

田沼は斬りつけるように一喝した。それまでの商家の隠居のような雰囲気はもう無い。居並ぶ幕閣たちの中には身を震わせる者、早くも前言を翻《ひるがえ》して阿《おもね》る者までいる。

田沼はまだ老中筆頭でこそないものの、幕政を一手に担《にな》っており、今や幕府の大黒柱といっても過言ではない。幕府が開かれて百七十年、かつて足軽からここまで上り詰めた者は一人としていなかった。その出自から、己を侮《あなど》り、妬《ねた》む者はこれまでも多くいたが、それを結果で黙らせて今の地位がある。

――情けない面《つら》をしおる。

田沼は一人一人を見渡し、溜息《ためいき》が零れる思いであった。ここにいるのはこの国の中枢《ちゅうすう》を担う者ばかりである。それなのに、どの者も自らの保身が第一で、将軍家を支えるという覚悟が感じられなかった。先刻までの詰問劇も、自らの意見ではなく、ある男の差し金だととっくに気付いている。

「儂にどうせよと」

田沼が地を這うような声で言うと、輝高はますます萎縮《いしゅく》して額の汗を拭った。

「いや……此度《こたび》は仕方ないとしても、今後の造船は見送りたいと……」

「それは悪手《あくしゅ》よ」

昨今、露西亜《ろしあ》船が日ノ本の近海で度々《たびたび》目撃されている。恐らく広大な蝦夷地《えぞち》を我が物にせんと狙っているのだろう。この国は四方を海に囲まれており、守るためには造船技術の発展が何より肝要《かんよう》であると考えている。故に外国と交易《こうえき》して力を蓄《たくわ》え、さらに技術も取り入れなければならない。

しかしこの者たちは、国とは幕府、敵とは外様《とざま》、といったところから、未だ一歩も脱却出来ていない。話したところで二代将軍秀忠《ひでただ》公以来の禁を破るのかと、慌《あわ》てふためくのが目に見えていた。

「ともかく、幕閣を担う各々方が、小僧の遣《つか》いをされるとは感心出来ませんな」

完全に看破されたと、先鋒を担った輝高は哀《あわ》れなほどに狼狽《うろた》えている。田沼はぽつりと言った。

「お伝え下さいませんか。埒《らち》が明かぬ。ここにおいで下されと」

「しかし――」

幕政は譜代《ふだい》が担うものと定められており、外様は勿論、親藩の参与も認められてはいない。老中たちをけし掛けた男は親藩の部類に入り、ここに立ち入ることも許されない。

「ならば、明日儂が伺《うかが》うとお伝えあれ」

田沼は渇《かわ》いた声で言った。一座の幕閣は身を縮めるばかりである。

翌日、田沼は一橋門内の邸宅を訪ねた。ここに住まう御方は謂わば将軍家の家族ともいうべき存在である。しかし御三家のように独立した領地は持たず、藩政に奔走《ほんそう》する必要も無く、何か役目があるわけでもない。敢《あ》えて役目を挙げるとすれば、城内に住まい、子孫を残すことである。

ただそれだけで幕府から十万石を支給されているのだから、庶民からすれば夢のような暮らしに思えるに違いない。

現れた案内《あない》の侍は、着物の上からでも肉の盛り上がりが見て取れた。恐らくどこかから武辺者をかき集め、家人として置いているのだろう。

一室に通され、主人を待つように言われた。

――ご趣味の悪いことだ。

柱は立派な紫檀《したん》、欄間《らんま》には金箔が張られ、畳の縁《へり》には錦が使われており、どこかの成り上がりのような悪趣味である。

もっとも、よほど財政が豊かでなければ出来ることではない。この家には、武士が他家から交代で出向してくるため、家臣というものが存在しない。護衛や身の回りの世話をする家人を僅《わず》かに置いているだけである。

故に十万石の収入に対し、支出というものがほとんど存在せず、実情で言えば加賀《かが》百万石の前田《まえだ》家よりも裕福なはずであった。

「待たせた」

供も連れず、一人の男が入って来て上座に座った。

祭礼などで何度か見かけたことはあったが、改めて見るとやはり若い。確か宝《ほう》暦《れき》元年（一七五一）の生まれであったはずだから、当年二十三である。

垂れ下がって温厚そうに見える目や眉《まゆ》とは反対に、頬骨《ほおぼね》はこれでもかというほど突き出し、顔の中央には人を威圧するほどの鷲鼻《わしばな》が居座っている。目もとと、その下でこれほどまでに印象の違う顔も珍しい。

田沼は深々と頭《こうべ》を垂れた。家格は当然ながら、位においても従三位《じゅさんみ》と、己よりも遥か上にいる男なのだ。

「御尊顔を拝し、恐悦至極に存じ奉《たてまつ》ります」

「一橋じゃ」

男の名を一橋治済《はるさだ》と謂う。将軍を輩出する資格を有する御三卿、一橋家の当主である。

「此度は、御拝謁《ごはいえつ》をお許し頂き……」

「柄にもない。二人きりよ、堅苦しいことは無しにしよう」

型通りの挨拶《あいさつ》を途中で止めさせ、一橋は不敵に笑いつつ続けた。

「で、話とは？」

「はてさて……てっきり私が呼ばれたと思うておりました」

田沼はすっとぼけて首を捻《ひね》った。

「そのような覚えはない。呆《ぼ》けるには早いぞ。お主にはまだまだ将軍家を支えて貰わねばならぬ」

よくも臆面《おくめん》もなく言えたものだと思う。一橋は我が子を次の将軍にすると言って憚《はばか》らない。そのために老中たちを賄賂《まいない》や弱みで操り、意のままにならぬ田沼を排除しようと暗躍《あんやく》しているではないか。

「一橋様は爺《じじい》の私と違いお若い。物忘れはいけませぬぞ。小僧どもを遣いに出したことをお忘れか」

まるで家老が若様を窘《たしな》めるように、田沼は口に手を添えて囁《ささや》いた。

「いや、余はあの者どもに相談を持ち掛けられただけよ。お主が歳のせいか、周りが見えなくなっておるとな」

蜥蜴《とかげ》の尻尾《しっぽ》切りはこの男の常套《じょうとう》手段である。昨年、江戸の大半を焼き払う大火が起きた。これも一橋が己を失脚させるための策謀だと尻尾は摑んでいる。

下手人の花火師秀助《ひですけ》は、藤五郎《とうごろう》という男に唆《そそのか》されて犯行に及んだ。その藤五郎は、出入りの米問屋を装《よそお》って、内々に一橋から指示を受けたと拷問の末、自白している。しかし一橋は知らぬ存ぜぬを決め込んで、この男をいとも簡単に見捨てた。

「御心配は無用。私はまだ耄碌《もうろく》しておりません」

「いやいや、無理をするな。お主も歳だ。そろそろ隠居してもよいのではないか」

一橋は垂れた目をさらに下げて、心配そうに尋《たず》ねて来た。つい先刻はまだまだ将軍家を支えて貰わねばならぬと言ったばかりではないか。その舌の根の乾かぬ内に前言を翻す。やはりこの男、狐狸《こり》の類《たぐい》である。

「狐《きつね》ですな」

「これ、不遜《ふそん》であるぞ！」

一橋が怒鳴ったので、些か踏み込み過ぎたと思ったが、どうやらそうではないらしい。すぐに穏やかな表情を取り戻している。

「神君家康《いえやす》公の血を引く余に、狐という言い草はあるまい。もう一つのほうよ」

――こいつ……。

頭に血が上ってゆくのを感じた。幕臣が神と崇《あが》める初代将軍を狸呼《たぬき》ばわりしている。憤りが顔に出ているであろう己に向けて、一橋は笑いを抑えきれぬ様子で続けた。

「お主のほうが余程狸に似ておるわ。怒ると猶更《なおさら》……」

田沼は丸顔で、唇が厚い。昔は妬む同輩からそのように揶揄《やゆ》されたこともある。田沼は大きく息を吸い込むと、絹糸を吐き出すように細く息をした。この若造の調子に敢えて巻き込まれてやるつもりとなっている。

「狸といえば、こんな話をご存知でしょうか？　狸の鵺退治でござる」

「お。年寄りの昔話か。聞かせてみよ」

田沼は朗々と語りだした。

ある島には多くの獣が住んでいた。皆、仲睦《なかむつ》まじく暮らしていた島に、一匹の貪欲《どんよく》な狸が生まれた。その狸は猿を食って猿の顔を手に入れ、蛇を食って蛇の尾を生《は》やし、虎を呑み込んでその手足を奪った。狐、猫、鶏《にわとり》と次々に食してはその躰《からだ》の一部を手に入れ、狸は鵺という化物《ばけもの》へと変貌《へんぼう》し、島は恐怖に包まれた。

鵺の横暴を見過ごせぬと、同族である一匹の老狸が立ち上がった。老狸は傲《おご》る鵺に毒を盛って仕留め、島には平和がもたらされた。

一橋は膝を打って笑っている。

「面白い話だが、最後がいかぬ。いかにして毒を盛ったのだ。そこが詳しゅうなければ興が削《そ》がれる」

「思案中でございましてな」

「思案中？　お主の国元の話ではないのか？」

「私の作り話でございますよ」

一橋は苦虫を嚙み潰《つぶ》したような顔になり、両眼に闇が浮かぶのがはきと見えた。

「そう上手《うま》くはいかぬのが、世の常よ」

「それを上手く運ぶのが、老中のお役目でございます」

田沼が凜《りん》と言い放つと、一橋は暫しの間黙り込んだが、やがて金の欄間に目をやり、ぽそりと言った。

「近頃、火事が多い。恐ろしいことじゃ。また大火にならねば良いが……」

「心配ご無用でございます。府下には優れた火消が多くおりますので」

「お主は火消にも詳しいらしいな。噂《うわさ》では自ら数家の火消に会っているとも聞く」

「大火を防ぐには、現場の声を聞くのが最も良いかと」

一橋は顎に手を添えて何やら考え込んでいる。

「中でも何であったかのう……出羽《でわ》の小藩……ほれ、あのみすぼらしい火消よ」

「新庄藩《しんじょう》、戸沢《とざわ》家の火消でございますな」

「あの汚らしい恰好《かっこう》には笑《わろ》うてしまったわ。あの継《つ》ぎはぎだらけの羽織《はおり》や半纏《はんてん》、百姓《ひゃくしょう》でももっとまともなものを着ておる」

一橋は腹を抱えて笑い、鷲鼻を激しく揺らした。

「確かに……笑えてきますな」

「お主もそう思うか？　思い出すとまた笑いが込み上げてくる……」

もう笑いが止まらぬといった様子で、目尻には涙まで浮かべている。

「炎を憎み、愚直なまでに人の為に奮闘する様は笑えるほど痛快」

「なに？」

部屋に響き渡っていた笑い声がぴたりと止んだ。一橋はぬめりとした視線を向けてきた。

「何者かの野望を打ち砕《くだ》く様はさらに痛快。見栄《みば》えは悪うございますが、あれこそ火消の鑑《かがみ》かと」

「ほう……ようやく解り合えたと思うたが、趣味が合わぬようだ」

田沼は不気味なほど煌《きら》びやかな部屋を見回しながら言い放った。

「そのようでございますな」

一橋の顔にようやく怒気が浮かび上がってきている。

「方角火消。城を守るという屁理屈をお題目にどこにでも現れおる。厄介《やっかい》な火消よ」

「厄介とは面妖《めんよう》な。一橋様の住まうこの御城を守っておるのです」

「新庄藩は財政も芳《かんば》しくない。そろそろ免じてやってもよいのではないか」

一橋はまた何か悪巧《わるだく》みを考えていると見た。だが、ここで詰め寄ったところで尻尾は摑ませまい。

「あれの頭《かしら》は諦めの悪い男でございますれば。いかなる困難にも立ち向かいましょう」

「諦めの悪さか……それだけで上手くゆけばよいが」

「ご安心召されよ。それがあったからこそ大火を止めえたのです」

忌々《いまいま》しそうに見下ろす一橋に対し、居住まいを正すと田沼は眉を上げて笑った。

二

「ぶえあくしょい」

くしゃみと同時に飛び出した洟《はな》が、掛け布団に撒《ま》き散らされた。

「まあ、汚い。手拭いで押さえて下さい」

深雪《みゆき》はそう言いながら駆け寄ると、脇に菱餅《ひしもち》のように積まれている手拭いを取った。源吾《げんご》は口まで洟を垂らしながら手を差し出したが、深雪は夫の顔より先に布団を清めている。

「こちらが先だろう」

「似合っていますよ。暫く垂らしておいてはどうですか」

深雪はころころと笑いながら、落ちた洟を拭っている。それに少しばかりむっとした。

「軽口もいい加減にしろ」

「遅くまで遊んでおられた罰《ばち》が当たったのでしょう」

深雪はこちらに顔も向けず、平然と言い返して来る。

「お役目続きだったのだ。たまに酒を酌《く》み交《か》わすくらいよかろう」

二日前、久しぶりに夜遅くまで小料理屋で飲んでいたことを、深雪は未だ怒っているのだ。

「どこにおられたのやら」

吉原《よしわら》にでもいたのではないかと疑われていると、ここで初めて気が付いた。

「お主は知らぬと思うが、近頃は……」

「知っています。料理屋も遅くまで商いをしているのでしょう。あれで銭の流れがさらに良くなります。さすが田沼様」

江戸の町は早くに眠る。一昔前ならばそれが常識であった。しかし老中田沼意次は、一部の地域に限っては夜の商いを認めた。田沼通の深雪は知っていて当然である。

深雪は新しい手拭いを取ると、ようやく源吾の顔を拭い出した。

「では……」

ごしごしと顔を拭かれて声が籠《こも》る。

「最後は彦弥《ひこや》さんと二人だったとか。怪しいことこの上ありません」

新庄藩火消、いやこの界隈随一《かいわいずいいち》の女好きである彦弥である。そのことで疑いを持たれているらしい。

「何故知っている」

「新之助《しんのすけ》さん」

「あの野郎……」

「で？」

視界が手拭いに塞《ふさ》がれているが、深雪の声色が変わったことで怒っていると解る。

「何もない。彦弥がもう一軒とねだっただけだ。訊《き》いてみろ」

手拭いが除《よ》けられると、頬を膨《ふく》らませた深雪の姿があった。

「その彦弥さんが胡散臭《うさんくさ》いのです」

「どうせよと――」

話の途中でまた鼻の奥がむずがゆくなり、口が半開きになる。

「えい！」

深雪が鋭く手拭いを顔に押し当てたと同時に、源吾は再び大きなくしゃみをした。

「酷い扱いだ」

「誰か旦那様の噂をされているかもしれませんよ。松永は妻を大切にせん。松永は妻に心配ばかり掛けている、などと」

「妻の話ばかりではないか」

「ふふふ……早く良くなって下さい。粥《かゆ》を作ります」

深雪が微笑《ほほえ》みを残して台所へ向かったので、源吾は胸を撫で下ろして布団に潜《もぐ》り込んだ。

昨日、目を覚ますと気怠《けだる》さを覚えた。深雪に額を触ってもらったところ、熱も発していた。ここのところ激務が続いたため、疲れが出たのであろう。本日は教練なのだが、故に大事を取って休んでいる。

皐月《さつき》（五月）に入り、間もなく梅雨《つゆ》の季節となる。火消にとってもっとも安息の期間である。さすがの源吾も知らぬうちに気が緩むのか、風邪《かぜ》を引くとすれば決まってこの時期であった。

「昼八つ（午後二時）の鐘が遅くないか？」

「もう随分前に鳴りましたよ」

深雪はせわしなく動きながら軽快に返す。

源吾は自他ともに認める優れた聴覚を持っており、いくら眠っていても鐘を聞き逃すことはない。それに気付かずに眠りこけているとは、どうやら本当に疲れているらしい。

昼九つ、午《うま》の刻（正午）も過ぎれば早朝より始まった教練も終わる。終わり次第《しだい》、報告に来るように命じていた。そのため、昼八つが鳴る頃には訪れると思ったのだ。

天井を眺め、木目の中の節を数える。退屈の極致に達した時、誰しもするのではないか。そのようなことを茫《ぼう》と考えていた時、外で人の気配がした。

「いらっしゃいませ」

先んじて気付いた深雪が勝手口の戸を開ける。最近では正面からよりも、こちらから入ることのほうが多い。

深雪が迎え入れたので、源吾は再び身を起こした。一人の男が真っ先に入り、上がり口に腰を掛けて草鞋《わらじ》を解《ほど》いている。上背はそれほど高くはないが、鉄芯が入っているかのように逞《たくま》しい背である。半纏も脱がずに来ており、そこには大きく「魁《さきがけ》」の一字が染め抜かれていた。

「ご様子は？」

「随分熱も下がりましたので、ただの風邪だと思います。もう少しで本復なさるでしょう」

源吾は会話を断ち割るように呼びかけた。

「武蔵《たけぞう》、上がれ」

新庄藩火消一番組組頭、武蔵である。飯の途中や、眠っている時は勿論、湯浴み中に下帯一枚で火事場に駆けつけて一番乗りを果たしたことから、市井《しせい》では魁武蔵の名で通っている。

この異名にはもう一つの意味がある。武蔵は竜吐水《りゅうどすい》の扱いが滅法《めっぽう》上手く、元来ならば類焼を防ぐために燃えていない家屋に使用するところを、炎上する棟に直接水を掛けて勢いを削《そ》いでしまう。炎の「先に掛ける」というのに結びつけて魁と謂うわけである。

「御頭、調子はどうだい？」

「何だか慣れねえな。昔のように呼べばいいさ」

「そういう訳にはいかねえよ。皆に示しがつかねえ」

武蔵は源吾との付き合いは長い。源吾がまだ松平家の定火消であった頃、町火消万《よろず》組として共に飯田町《いいだまち》を守っており、源兄《げんにい》と呼んで慕《した》ってくれていた。ある火事を境に一度は袂《たもと》を分かつことになったが、頭となった武蔵が町火消を馘《くび》になった事件をきっかけに、互いの誤解が解け、新庄藩火消に迎えることになったのはまだ先月のことである。

「一人か？」

「鳥越《とりごえ》様は御頭の代わりに書類の決裁を、加持《かじ》様は天文方の残務、寅次郎《とらじろう》と彦弥はどこかに出かけるとよ」

武蔵は流暢《りゅうちょう》に無駄なく報じた。

いつも呼ばずとも大勢で押しかけてくる連中である。煩《わずら》わしい素振《そぶ》りはしていても、いざ来ないとなると些か拍子抜けした。

「お前は何も無いってか」

「俺はこの後、町方を回るつもりだ」

この数日、武蔵は町方の見回りを欠かさなかった。桶《おけ》に水を張るなどの火への備えを促しつつ、一刻も早くこの界隈の人々に慣れようと努力している。

「さすがだな。頼りになる」

「人々に慕われていることが、町を回ればよく分かる。でも、本当に呼ばれているんだな……」

武蔵は苦笑しながら頭を掻いた。

「ぼろ鳶《とび》か?」

源吾は目尻の脂《やに》を拭いつつからりと笑った。

新庄藩は十数年前の飢饉《ききん》よりずっと財政難に見舞われている。そのため煤《すす》汚れて継ぎはぎだらけの羽織や半纏を着続けていたことから、そう揶揄されていた。しかし恰好《かっこう》はみすぼらしくとも、決して火事を許さず奔走《ほんそう》する新庄藩火消を、人々はいつしか親しみを込めて〝ぼろ鳶〟と呼ぶようになった。それは家老の北《ほう》条六右衛門《じょうろくえもん》が衣装を新調してくれた今でも変わらぬ愛称である。

「さて、躰に障《さわ》ったらいけねえ。俺は帰るよ。まだ二、三日は休んでいなよ」

「もう明日にでも動ける」

「源兄がいなくとも、皆で上手くやるさ」

「大きく出たな」

一度は崩壊した新庄藩火消だが、今では府下でも有数の火消にまで復活させた。皆の成長は嬉しいが、己がおらずとも回ると言われれば一抹《いちまつ》の寂《さび》しさを感じる。

「大事を取ってくれ。変な病が流行《はや》っているらしい」

卯月《うづき》(四月)から各地で熱病が流行り、江戸でも多くの罹患者《りかんしゃ》が出ているらしい。躰の弱い老人や子どもの中には、うかされたまま死ぬ者もいると武蔵は語った。

「まあ、それは怖い。早く布団に入って下さい」

深雪は淹《い》れた茶を武蔵の前に置くと、倒すように源吾を布団に押し込めた。

「深雪さんこそ気をつけて下せえよ。大事な躰だ」

幸せそうに笑いながら深雪は腹をさすった。深雪が身重であることを告《つ》げられたのは、半月前の火事の最中であった。深雪によれば、あと一月《ひとつき》もすれば腹の膨らみも目立って来るらしい。

「相変わらず優しいですね。どこかの鳥越様とは大違い」

「くく……名を言ってしまっていますぜ。あの方は少しばかり間が悪いだけで、悪気がある訳じゃあねえんですがね」

「ふふふ。知っています」

この二人も同様に付き合いが長いからか、数年の隔《へだ》ても感じさせない。

「今頃、あいつもくしゃみしてるぜ」

源吾は床《とこ》の中から軽口を飛ばし、三人で笑い合った。このような日々がまた来るとは思っていなかった。人の絆《きずな》の不思議さを思い、掛布団の端を脚に巻き込んだ。

ゆっくりと休んだからか、翌日にはいよいよ調子が良くなった。食欲も俄然《がぜん》湧いてきて、粥ではなく飯を炊《た》くように頼み、それを朝から胃の腑に搔っ込んでいる。

「食べ過ぎてはまた躰を壊しますよ」

三杯目のおかわりを頼んだ時、深雪は呆《あき》れながらに言った。

「もうすっかりよくなった」

袖を捲《まく》って二の腕を顕《あら》わにすると、ぴしゃりと叩いた。肌の張りからして昨日までと違う。躰から病が退散したらしい。

「御免」

誰かが訪ねて来たようである。勝手口ではなく、正面からの来訪者で、このように生真面目《きまじめ》に挨拶する男は一人しかいない。

「左門《さもん》だ」

「折下《おりした》様ですね」

二人同時に言ってしまい、目で笑い合った。左門は源吾を新庄藩に引き入れた張本人であり、今でも新庄藩火消の世話役をしてくれている。

「このような時に珍しいな」

糞《くそ》がつくほど真面目な男である。火消の面々と違い、飯時を避ける気遣いを持ち合わせている。それに声の中に微妙な焦《あせ》りを感じていた。深雪が迎えて中に引き入れる。

「飯を食っている時にすまない」

「左門様、朝餉《あさげ》は？」

刀を抜いて腰を下ろす左門に、深雪はさりげなく勧《すす》めた。

「お気を遣わせて申し訳ない。済ませて参りました」

仮に食っておらずともそう言う男である。源吾は箸《はし》を置こうとするが、それも止めて続けるように言った。

「随分よくなったようだな。安心した」

「大袈裟《おおげさ》に心配するな。ただの風邪だ」

「例の病だと思ったのだ」

「ああ……流行っているらしいな」

左門の言葉に甘え、源吾は漬物を口に放り込むと、心地よい音を立てて咀嚼《そしやく》した。左門をちらりと見ると、流行り病ではなかったと解ったはずなのに、何故だかその表情は冴《さ》えなかった。

「御家老が……」

「間もなくお戻りになるのであったな」

北条六右衛門は江戸家老の身でありながら、その手腕を買われて藩政も一手に担っている。米だけでの財政立て直しを早々に諦め、青苧《あおそ》、紅花《べにばな》、漆蠟《うるしろう》の栽培を奨励《しょうれい》して、自ら江戸に乗り込んで商人と丁々発止《ちょうちょうはっし》の取引を行っている。また、木通《あけび》の蔓《つる》や、葡萄《ぶどう》の木の皮を用いた籠細工《かございく》が藩内で盛んであったことから、これも特産品として江戸に留まらず上方にまで売り込んでいた。

六右衛門の優れた働きにより、逼迫《ひっぱく》していた新庄藩の財政に光が見え、幕府より借りていた三千石の借財も、今では半《なか》ば返済している。

今年の正月、六右衛門に国元の消防体制を視察して欲しいと請《こ》われて、共に国元に帰った。一足先に源吾が戻ることになったが、そろそろ六右衛門も江戸に入る予定であった。

「発《た》たれて間もなく、御家老が病に臥され、国元に引き返された」

「なに⁉」

衝撃のあまり飯を噴き出してしまった。左門は怒るでもなく、頰に付いた飯粒を取りながら話し出した。

「茹《ゆだ》るほどの高熱を発して昏倒し、今もうなされておられるらしい……恐らく流行り病じゃ」

「まことか……」

六右衛門は決して若くはないが、その活力たるや源吾も舌を巻くほどである。遂《つい》数か月前まで健康そのものであったではないか。

国元への旅の途中も誰よりも早く起床し、空が白む中、諸肌《もろはだ》を見せて素振りを行う。そして冷たい水をざぶりと頭からかぶるのが日課であった。寝ぼけ眼《まなこ》を擦って厠《かわや》に立つ源吾に、

――松永、よく眠れたか？

などと、笑いながら乾布で躰を拭き上げる六右衛門の姿が思い出された。

「殺しても死なねえ御方だ。病ごときに負けるか」

「そうだとよいが……」

左門の頭には最悪の事態が浮かんでいるのだろう。しかし源吾は何か確証があるわけではないが、老《お》いてなお矍鑠《かくしゃく》たる六右衛門が、そう容易《たやす》く死ぬなど考え

られなかった。

「これからどうなる」

様々な懸念を包括《ほうかつ》しての言葉である。勿論その躰は心配であるが、財政好転の一切は六右衛門の手腕にかかっている。それどころか新庄藩の日常の細々としたことすべてに弊害《へいがい》が出るであろう。

「国元も江戸も右往左往《うおうさおう》し……商人へのお披露目《ひろめ》も、誰が行うのかと紛糾《ふんきゅう》しておる」

六右衛門の出府に合わせて、新庄藩の商品作物や工芸品がいかに上質であるかを、商人を集めてお披露目する予定であった。ここで値付け交渉まで行い、一気に販路を広げようとしていた。しかし海千山千の商人たちに、六右衛門を除いて太刀《たち》打ち出来る者がおらず、江戸詰めの藩士は困り果てているらしい。

「道具の件も棚上げだな」

源吾は眉間《みけん》を摘《つま》んで嘆息《たんそく》を漏らした。

火消道具の老朽化《ろうきゅうか》が激しく、これまで修理して何とか使っていた。しかしいよいよそれも追いつかず、半分だけでも新調出来ないかと、二月《ふたつき》前に願いの文《ふみ》を出していた。六右衛門は自国の民を守るでもない江戸火消を昔は低く見て、予算の削減を進めていた。しかし明和《めいわ》の大火で人命に境は無いと改めて感じたと言い、今ではこれに出来うる限りの銭を投じてくれており、源吾の心苦しい願いも二つ返事で応じてくれていた。

「御家老の代わりが江戸に入られる」

元来ならば江戸家老の六右衛門より上位に国家老がいる。しかし新庄藩の家老一同が六右衛門を認め、むしろ逆に六右衛門の補佐に当たっているというのが現状であった。その国家老が代理だろうと思った。

「ごれんしさま？」

源吾は聞き慣れぬ語彙《ごい》に首を捻った。

「そう御連枝様《ごれんしさま》……名を戸沢正親《まさちか》様と謂う」

左門の説明に依《よ》ると、正親は三代藩主である正庸《まさつね》の孫で、現当主戸沢孝次郎正産《こうじろうまさただ》の従兄《いとこ》にあたる。病気がちで気弱な当主とは真反対の性格らしく、良く言えば才気煥発、悪く言えば気儘《きまま》な困り者らしい。御連枝という身分でありながら、度々城を抜け出してしまう。何をしているかといえば、領内の村で遊び惚《ほう》けたり、城下で酔い潰れたり、酷い時などは鉄火場で博打《ばくち》を打っていることもあった。そのことには藩の重臣も頭を痛めて諫《いさ》めるが、一向に改善の兆《きざ》しが見えない。

この正親がすでに江戸に向けて発ったというのだ。そこまで聞いて源吾は腑に落ちないことがあった。

「御一門が政《まつりごと》をなさるのか?」

一門を政にかかわらせないのは、何も戸沢家に限ったことではない。将軍家でも政を担うのは譜代の家臣のみと定められており、将軍家の血を引く親藩は、外様と同様に執政の資格は持っていない。お家騒動を恐れてどの家でもそのように定めている。

「いや、もう臣下ということか」

左門が答える前に考えを改めた。名跡を継ぐ資格を放棄し、臣籍に降りれば定めの限りではない。現に新庄藩にも藩主と同じ戸沢の姓を持った家臣は何人か存在する。

源吾も今や新庄藩の一員である。分限帳にも目を通しているが、そのような名の家臣に覚えは無かった。しかし、見落としていたのかもしれない。

「御一門のままよ」

「ならば何故……」

「戸沢家は短命の当主が多く、出来る限り多くの、御連枝と呼ばれる一門を抱えておる。普段は捨扶持《すてぶち》を与えられた部屋住みのようなものだが、藩の危急に際し、当主の補佐役として政にかかわった前例がある」

「ほう……知らなんだ。その正親様が皆に推挙されたという訳か」

「いや、奇妙なことに幕府の命《めい》じゃ」

驚きの連続にすっかり箸は止まり、話の内容を察した深雪が目配せして膳を片づける。

六右衛門はこれも戻り次第、幕閣と面談することになっていた。病のためにそれが適《かな》わぬことを事前に幕府に告げると、当主の従兄である正親を名代に立て、この難局を乗り切るように命じられたという。

「断ってしまえばいいじゃねえか」

源吾は歯の隙間に詰まった菜を爪《つめ》で引き抜きながら言った。藩の人事は藩に一任されており、余程のことが無い限り、幕府も口出しすることは憚《はばか》られる。また、藩としても突っぱねて問題無い。

「当家はようやく財政が軌道に乗ったばかり。幕府への返済も終わっておらぬ。また宝暦の頃のような災害があれば、再び借財を申し入れなければならぬ身。あまり無下にも断れぬ」

「ふうん。田沼様も出過ぎた真似《まね》をなさるものだ……」

しまったと思ったが、口にしてしまったが運の尽き、目を吊り上げた深雪が、どたどたと跫音《あしおと》を鳴らして近づいて来る。

「田沼様はそのような恥知らずではございません」

「あ……まあ、何だ。しかし実際に幕府の命だと……」

「田沼様以外の何者かです」

深雪にとって信頼し得る老中は田沼のみであり、その他は何者扱いにまで落ちるようだ。

「深雪殿、御明察です」

左門がそれに同調したものだから、深雪の顔が陽が差したように明るくなった。

藩の外交官ともいうべき御城使の左門は、役目柄様々なところに知人がいる。独自に調べたところによると、田沼の非番の日にそのように決まったらしい。後に聞いた田沼は猛然と反対したが、一度将軍家の名を借りて出してしまった命は、天変地異でも起こらぬ限り取り消されることはなく、渋々黙認したという流れであった。

「ほうら。旦那様は何も解っておられませんね」

深雪はつんと顎を突き出してまた台所へ引っ込んでいった。

「面倒なことになった……」

「お主はいかに思う」

左門は幕府の思惑《おもわく》を計り兼ね相談を持ち掛けるが、源吾の意識は台所へと向いている。機嫌が直るまで、また肩身の狭い生活を送らねばならないと思うと、気が重かった。

「まさか、これも一橋ってこともないだろうよ。俺たちのような小藩など眼中にねえさ」

「これ、声が大きい。仮にも大樹《たいじゅ》公の御一門であるぞ」

左門は口に指を当てて咎めた。

「拝謁はしなければならないのだろう？」

「ああ。お主の身分は御城使格。他に御城使並の鳥越と、天文方の加持殿もな」

「大人しくしていろと言いに来たのだな」

「よく解っておる。お主らは頭に血が上れば後先考えぬからな」

近頃は源吾だけでなく、新之助も似たような調子なので、左門はすっかり困り顔が板に付いている。これ以上心労を掛けまいと、源吾は自戒《じかい》しているが、やはり後先考えずに突っ走ってしまう。もっとも左門とて、そのお主に惚れ込んだのだからそのままでいてくれと言ってくれる。

「迷惑を掛けるな」

「もう慣れた」

まだ三年ほどしか仕《つか》えてはいないが、新庄藩の一員に溶け込めたのはやはり左門のお蔭《かげ》であった。穏やかに笑う左門はやはり好ましい男である。

三

その日の夜、寝静まる江戸に太鼓の音《ね》が響き渡った。源吾が飛び起きると、深雪も手慣れたものですかさず羽織を用意する。すでに半鐘も掻き鳴らされていた。

「うちだな」

太鼓の音がかなり近い。方角からも芝飯倉森元町《しばいいぐらもりもとちょう》の新庄藩上屋敷に間違いなかった。当番に当たっておらず、中屋敷で眠る配下も飛び起き、間もなく全員が参集するであろう。

「ご無理をしないほうがよろしいのでは？」

深雪は羽織を掛けながら問うた。朝は散々な物言いをされたが、やはり心配はしてくれていたようである。

「湿気が多く、火の回りも遅い。すぐ帰れるだろう」

心配を掛けぬように力強く言うと、源吾は上屋敷へと向かった。

教練場にはすでに多くの人の気配があった。ここのところさらに集まりが早くなっている。訓練が行き届いている証拠である。木戸口を開けると、皆の視線が一斉に集まった。

「御頭！　もう大丈夫なのですか⁉」

柱をも震わすほど大きい声の主は、寅次郎。身丈六尺四寸（一九二センチ）、四十五貫目（一六八キロ）の堂々たる体軀《たいく》を持つ元幕内力士である。その桁外《けたはず》れの怪力で新庄藩火消の壊し手の要《かなめ》であった。

「声がでけえ。耳がおかしくなる」

源吾は指を耳穴に差しながら答えた。

「もう少し休んで、夫婦水入らずでいればいいのによ」

揶揄《からか》いながら進み出る彦弥は、現役の軽業師《かるわざし》であり、当家の纏師《まといし》を務《つと》めている。その類まれなる跳躍力に惚れ込んで誘い込んだ。見目涼《みめすず》やかで市井の娘に絶大な人気を誇り、深雪が夫に悪い虫を付けるのではないかと警戒するほどの女好きでもある。

「あまり休んでいると、鈍《にぶ》って仕方ねえ」

「すでに武蔵さんは竜吐水二機を率《ひき》いて先発しました」

星十郎《せいじゅうろう》は皆が浮かれている中、一人冷静に状況を報告する。加持星十郎は天文の名家である渋川《しぶかわ》家の庶流で、天文のみならず、古今東西様々な知識を有している。南蛮人である祖母の血を色濃く受け継ぎ、その髪は夕日を受けたように赤い。

「さすが魁武蔵だ」

「ふふふ……私が出るように許可しました。褒《ほ》めて下さい」

満を持して衆から飛び出してきたのは火消頭取並の鳥越新之助。源吾の補佐役にして、不在時の指揮を執《と》るお役目である。もっとも源吾の赴任《ふにん》時までは一切火消のことを知らず、今でもまだまだ半人前である。

「偉い。皆、用意は……」

一同に向かおうとする源吾に、新之助は縋《すが》るように続いた。

「ちょっとお、もっとしっかり褒めて下さいよ」

「うるせえ。火元はどこだ。さっさと命じろ」

「はいはい。解りましたよ」

立て続けに捲《まく》し立てると、新之助は渋々皆の方へと向き直り、高らかに宣言した。

「火元は麻布《あざぶ》宮村町《みやむらちょう》、有馬兵庫頭《ありまひょうごのかみ》様下屋敷。参ります！」

「おう‼」

声を上げると同時に門が開き、一斉に外へと飛び出した。麻布宮村町は目と鼻の先である。それでも士分は威容を保つために馬を使うのが常であるが、源吾の場合はそのようなことはしない。わざわざ馬を曳《ひ》くよりも、徒歩のほうが早いと見ればそのまま駆け出す。

「お前は馬が必要だったか？」

まだ三町（三百三十メートル）ほどしか走っていないのに、星十郎はすでに肩で息をしている。新庄藩火消の頭脳である星十郎だが、体力に関してはからっきしてである。

「御頭こそ……足は……」

「これくらいはまだやれるさ」

源吾は脚に大怪我《おおけが》を負って一度は火消を退《しりぞ》いた。今でも全盛期ほどの走りは出来ないでいるが、それでも今では小走り程度なら問題ないほどに回復している。

「有馬様の……お屋敷となれば……八丁火消もかなり出ているかと」

星十郎は脚がもつれて危うく転びそうになっている。

八丁火消とは全大名が抱えており、自身の屋敷から八町（八百八十メートル）の距離にある火に関しては出動が義務付けられている。もっともそれは大大名で、小大名になれば、五町（五百五十メートル）、三町と定められた範囲が狭くなる。有馬兵庫頭下屋敷の周囲には大名屋敷が多く、星十郎はそのことを言っている。

「隣は久松《ひさまつ》様。裏は堀田《ほった》様、大嶋《おおしま》様、松平伊勢守《まつだいらいせのかみ》様。その奥に保科弾正忠《ほしなだんじようのじよう》様、酒井対馬守《さかいつしまのかみ》様。斜向《はすむ》かいは井上《いのうえ》様ですね」

余裕しゃくしゃくで並走する新之助は、一度も詰まることなく述《の》べ並べた。この若者は一度見聞きしたことを決して忘れないという便利な特技を持っている。

「凪は……南からですので我々の本分です」

星十郎は息を整えつつ一気に言い切った。新庄藩は幕府より方角火消というお役目を拝命している。方角火消はお城に迫る炎を除くことが第一義である。一応の管轄というものは存在するが、裏を返せば、

――お城を守護し奉る。

という一言を吐けば、いかなる管轄をも越えてゆくことが出来る。もっとも出張って失敗すれば罰を蒙《こうむ》ることになるため、わざわざ管轄外に飛び出していく方角火消は少ない。

そのような事情の中、新庄藩火消はこれまで、誰もが手を出したがらない火事場へも身を厭《いと》わず飛び込んでいった。全ては一人でも多くの人命を救うためである。行って必要がなければそれでよい。己たちが必要な可能性が少しでもある限り、これからも続けるつもりでいる。

今回は星十郎が言ったように、城への被害が考えられるためまさしく方角火消の本分であった。

「かなり出ているな。結構なことだ」

源吾は満足して呟《つぶや》いた。広尾町《ひろおちょう》の北端まで来れば、その先は火消で満ち溢れて

いた。同じ方角火消の毛利《もうり》家や、日《ひ》ケ窪町《くぼちょう》界隈の内田《うちだ》、京極《きょうごく》、戸川《とがわ》の諸家までが駆けつけている。恐らく総勢は千にも届くであろう。

有馬家の屋敷はここからは見えないが、こちらに流れてくる黒煙の量からしてそれほど火勢は強くないと見た。

「まともな消し口は残っていませんね」

新之助は口惜《くや》しそうに言った。消し口とは消防拠点のことで、先着順に陣取ってよい決まりとなっている。

「今回は応援に当たるぞ──」

源吾は散開させて玄蕃桶《げんばおけ》に水を汲《く》ませ、前線へと送るように命じた。火消の中には自らが主役になろうと、他人を蹴散らしてでも消し口を奪おうとする者がいるが、源吾にはそのような考えは毛頭ない。大切なのは誰も死なせないことで、誰が消しとめてもいいのである。

「上りますかい?」

彦弥は顎をちょいと上げて尋ねてきた。纏師は纏を振ることで崩す目標を示し、さらに屋根の上から火事の状況を伝える斥候《せっこう》の役目も担う。今回は崩すべき屋敷は遥か南であり、手持ち無沙汰《ぶさた》になっている。

「様子を見てみろ」

屋敷の前に朝顔の垣根がある。彦弥はそれに脚を掛けて高く舞い上がると、桟《さん》を摑むことなく屋根まで到達した。そして額に手を添えて南方を凝視《ぎょうし》する。

「ああ、既に北の一軒は崩し終えていますね。大事には至らねえかと」

「門はどうだ？」

尋ねたのには訳がある。武家が出火元の場合、門さえ残せば、他が幾ら燃えてもお咎《とが》めが無いという変わった法がある。故に何を捨てても門は死守するのだ。

「ありゃあ、残りますよ。あっ……武蔵さんの竜吐水が最前線にいます」

「あいつの一人舞台だな」

源吾は片笑んだ。火にも意思があり、弱そうな箇所を求めて移動する。武蔵はそれを読むことに長《た》けており、先回りして水を浴びせて鎮火する。最前線にその武蔵がいるのならば、さして燃えていない門は確実に残すだろう。

「御頭も久しぶりに上りますか？」

彦弥は片眉を上げて笑った。定火消時代、頭である源吾が自ら纏を握り、皆を鼓舞したことを知っているのだ。脚に傷を負って以降、上ることはなくなったが、さして切迫していない今ならば、それもよかろうと思った。

源吾は配下の鳶に梯子《はしご》を掛けさせると、足元に気を付けながらゆっくりと上っていく。火事が闇《やみ》を取り去っており、火元だけでなく周囲を見渡せるほど明るい。

「武蔵のやつ、張り切ってやがるな」

幾条もの放水が見えるが、武蔵の竜吐水は勢いからして違っており、大きな放物線を描いて、門に移った火を悉《ことごと》く滅していく。

竜吐水に蓄えられる水の量は高が知れており、噴射して十も数えれば枯渇《こかつ》してしまう。そうならないために一つの竜吐水に対し、水番と呼ばれる者を配し、途切れることなく水を補給していく。通常ならば三人ほどであるが、新庄藩は十人を率いて水場から玄蕃桶を手渡しで運ばせる。これは武蔵が考えた布陣であった。

「火付けですかね？」

「そうかもしれねえな。四方を見渡してみろ」

武家は自家から火を出せば、お家断絶の恐れがあるため、常日頃よりかなり用心をしている。それでも出火があるとすれば、多くは火付けの仕業《しわざ》であった。

「おっ！」

彦弥は何かを見つけたようで色めきたった。

「どうした⁉」

「いやね。野次馬の中に、えらい別嬪《べっぴん》がいるなと」

「馬鹿野郎。真面目にやれ」

「どうしても目がそっちにいっちまうんでさ」

「お前がそんなだから、深雪に疑われるんだ」

彦弥は一拍空けると、しみじみとした口調で言った。

「御頭も父親になるんですねえ」

「ようやく実感が出て来たところさ」

先月の火事場で、嬰児《やや》が出来たことを深雪に報告された。順調にゆけば今年の冬には生まれる予定である。

生まれる前から母になる覚悟の決まる女に対し、男は様々な段階を踏んで覚悟を備えていくものらしい。腹を括《くく》って三歩進み、不安になって二歩下がる。それを繰り返しながらも、着実に一歩ずつは前進していくようだ。

「また不安になりやしたか？」

目の上に手を添え、周囲を見渡しながら彦弥は尋ねた。数日前、二人で酒を酌み交わした時、いつもより過ごした。記憶にはないが酩酊《めいてい》して聞かさずでもいい不安を吐露《とろ》してしまったと聞いた。

「もう覚悟はあるさ。しかし、このようなお役目だ。いつ何時、命を落とすかもしれねえ。そうなれば残された二人が不憫《ふびん》でな」

「死なねえで下さいよ。俺や牙八《きばはち》のような苦労はさせたくねえ」

彦弥はそう言うと口元を引き締めた。加賀鳶八番組を率いる「狗神《いぬがみ》」牙八は、幼い頃に父母を失って大音勘九郎《おおとかんくろう》に拾われた。また彦弥にいたっては天涯《てんがい》孤独の捨て子であった。親がいない苦しみは誰よりも知っているだろう。もしかすると彦弥の女好きは、家族への憧《あこが》れが歪《いびつ》に現れたものなのかもしれない。

「解っている」

源吾の答えにかぶせて、彦弥が喉を鳴らすように呟いた。

「あれは……」

「またいい女がいたか？」

「いえ、あそこです。あんなところに火消が何やってやがんだ」

指差す方向へ目をやると、火消装束《しょうぞく》に身を固めた一団が米粒のような大きさで見えた。場所で言えば善福寺《ぜんぷくじ》の向こうの通りである。火事が起きているので火消が出ていてもなんらおかしくはない。ただ奇異なのは、南東から北西に向かい火元に対して逆走していることである。

「潰走《かいそう》するような火事ではねえし、出番が無いからと引き上げるにしてはえらい急いでやがる」

一団は坂下町《さかしたまち》を越えて、辻を西へと折れた。

「忘れ物ですかね？　纏を持ってねえようだし」

彦弥はそのように推測してけろりと笑った。

「忘れるような火消がいるか？」

「俺たちのような火消がいるんですぜ。まあ見逃してやりましょうや」

敵前逃亡にせよ、忘れ物にせよ褒められたことでないのは確かである。武家火消ならばなおさらで、露呈《ろてい》すればお咎めを受けかねない。

「そうだな」

彦弥の言う通り、己たちこそ人命のためとはいえ数々の法度《はっと》破りをしており、人のことを言えた筋合はあるまい。一団は宮下町《みやしたまち》を北へと曲がる。そこからは長い坂が続き、先には京極、戸川、大久保《おおくぼ》などの屋敷が軒《のき》を連《つら》ねている。恐らくそのいずれかの家の火消なのだろう。一団はさらに小さくなり、坂の上へと消えて行った。

一足早い梅雨が訪れたように宙に水が舞い、完全に火消に包囲された炎は進退窮《きわ》まって縮んでいく。間もなく鎮火の宣言が出されるであろう火元を、源吾は悠然と眺めていた。

四

翌日の朝、源吾はいつもより遅く目を覚ました。有馬家で起きた火事は丑《うし》の刻(午前二時)に鎮まった。そこから前線に辿《たど》り着いていた武蔵を収容し、帰ったのは寅《とら》の刻(午前四時)を回っていた。幸い非番であったため、陽が高くなるまで眠ろうと思っていた。

「少し眠り過ぎたか」

伸びをしながら敷居を跨《また》ごうとした時、深雪が声を上げる。

「駄目です!」

「え……」

いきなり言われたものだから、右脚を宙に浮かせたまま固まった。

「今日は居間を私の領地とします」

「なぜだ？」

源吾は無様な恰好のまま問い返した。

「女天下の日です」

「なんだそれは」

深雪は胸を張って言うが、聞いたところで皆目《かいもく》理解出来なかった。

「能政夕之介《のせゆうのすけ》様の御内儀様から聞いたのです」

「誰だそれは」

起き掛けに質問ばかりしている。そしていつまで足を浮かせておればよいのだ。

「裏の京極佐渡守《さどのかみ》様の御家中です」

深雪は知らぬ間に人の心にするりと入り込むような不思議さがある。親しくしているのは新庄家中の者だけに止《とど》まらず、近隣の他家まで及び、この界隈では源吾よりも顔が広くなっていた。能政某《なにがし》の内儀というのも、そのようにして知り合い、また訳の解らぬことを聞いて来たのだろう。

「一度、足を下ろしてよいか」

「そちら側にお願いします」

不承不承ながら、源吾は伺《うかが》いを立てて足を引っ込める形で下ろす。

「その女天下とは何なのだ」

深雪は不敵に笑みを浮かべながら解説を始めた。

端午《たんご》の節句と謂うものがある。菖蒲《しょうぶ》の節句とも謂い、「尚武」と読みが同じであることから、午の月、つまりは皐月の初めての午の日に男子の成長を祝い、健康を祈るようになった。それがいつしか「午」と「五」の音が等しいことで皐月五日を端午の節句とするようになったという。市井の人々が文字遊びを盛んに行うことの表れのような日である。

「そもそも今日は四日だろう?」

「ふふふ……端午の節句の前日の夜より、上方以西では女天下の日と呼び、屋敷の半分を女の領地としてよいとなっているのです」

深雪は身振り手振りを交えながら悪戯《いたずら》っぽく言った。江戸で生まれ育った源吾には初耳のことである。

「変わった風習もあるものだな」

「それだけではありません。その日は食事の用意も男子がするという決まりです」

「俺が作るのか⁉」

「はい。買い物から一切。そういう決まりです」

訳の解らぬ風習を唱《とな》えた者も、それを深雪に吹き込んだ者も恨めしい。しかし嬉々《きき》としてこの状況を楽しんでいる深雪を見ていると、愛くるしく思えてきた。

「分かった。その代わり期待はせんでくれよ」

源吾は頭を掻きながら言った。

「え！　楽しみにしております！」

深雪の表情がふわりと明るくなって驚いている。押し問答の一つや二つは覚悟しており、まさかすんなりと了承するとは思っていなかったらしい。

「食材の買い出しなど何年ぶりかな」

源吾は衣紋《えもん》掛けから着替えを取りつつ独《ひと》り言《ごと》を零した。

「菜は中丸屋《なかまるや》さん、魚ならば浜将《はましよう》さん、貝なら棒手振《ぼてふ》りの茂平《もへい》さんが安くて良い物を扱っておられます」

よく考えてみれば、深雪がどこで食材を買い求めているのか全く知らなかった。そのような拘《こだわ》りを持ってくれていることすら知らずに、当たり前のように家に食材があり、当たり前のように料理され、当たり前のように膳に並ぶと思っていた節がある。

「帳面に書かねばとても覚えきれん」

慌てて墨壺から筆を取ると紙に撲《なぐ》るように書いた。乾かぬままに懐《ふところ》に入れる訳にも行かず、指で摘んだまま買い出しに出ようとした。

「駄目です！　ここと あそこは、本日は私の部屋」

「おいおい……それでは、出られぬではないか」

正面、勝手口、いずれに続く間も深雪が押さえてしまっている。

「仕方ありませんね」

深雪はそう言うと、正面から雪駄《せった》を取って来て沓脱石《くつぬぎいし》に置いた。庭から行けというのか。もう口答えするのも馬鹿らしくなって、源吾は縁に腰を下ろした。

「む……少し待て。お主は先ほど夜から女天下だと言わなかったか？」

深雪はばれたかといったふうに可愛《かわい》らしい舌打ちをした。

「当家は昼からという決まりです」

「いや、京極様の……」

「他人《ひと》は他人、家は家。男がそのような小さなことに拘られますか」

「他人というならこのような風習こそ……」

源吾の最後の抵抗も虚《むな》しく、深雪に背中を押されて無理やり立たせられた。こうなったらいよいよ腹を括らねばなるまいと、笑顔で見送る深雪を横目で眺めつつ外に出た。

――困ったことになったものだ。

生まれてこの方、調理などまともにしたことがない。独り身であった頃も、近所の年増《としま》を雇って作って貰っていた。魚や菜をぶつ切りにして鍋に突っ込む程度しか考えられず、その鍋の出汁《だし》の取り方さえ解らない。

そもそも、深雪はもう少し凝《こ》ったものを期待しているようで、鍋だけならばまた臍《へそ》を曲げることも考えられた。

斯《か》くなる上は誰かに援軍を頼むつもりでいる。源吾は親しい者を一人ずつ頭に思い浮かべた。

寅次郎は食い専門だと言っていたし、彦弥と二人でうろついてはまたあらぬ疑いを掛けられる。食材の知識こそあろうが、星十郎が包丁を握る姿は想像出来なかった。

「左門、武蔵は……」

ぶつぶつと呟きながら当てもなく歩く。

左門は母も存命で、妻もいる。やはり経験はなかろう。武蔵は昔から専《もっぱ》ら外食《そとぐ》いばかりしている。

「あれしかないか」

大きく溜息を吐くと、源吾は来た道を引き返して最初の辻を右に折れた。そこから少し離れてすでに鳥越家の屋敷が見える。気乗りしないまま近づいていくと、丁度新之助が門から飛び出して来た。

「御頭！」

「そのように慌ててどうした」

新之助は雪駄を両手に持っており裸足《はだし》である。よく見れば腰の刀も無理やり突っ込んだかのように落とし差しだ。

「どうもこうもありませんよ！　奥方様に止めるようにお願いして下さい」

「まさか……」

「女天下ですよ！　奥方様がいいことを聞いたって、当家の内儀連中と算段したとか」

深雪は「当家」は昼から女天下だと言った。どうやらそれは松永家のことではなく、新庄藩戸沢家のことを指していたらしい。源吾は眉間を指で挟んで天を仰いだ。

「お前が飛び出して来たのもそれでか」

「のらりくらり引き延ばしていたら、早く行って来いと母上に追い出されてしまいました」

新之助も嘆息を洩《も》らした。事前に考えていた企《たく》みであろうが、今朝方まで出動していた日に当たるとは間が悪い。

「腹を括るぞ。俺はお前を訪ねて来た」

新之助は食には些かうるさい。少なくとも食材の目利きも己より出来る。源吾は己が全く料理に自信が無いことを告げ、力を貸してほしいと請うた。

「仕方ありませんねえ。行きましょうか！」

新之助は普段と立場が逆転したことが嬉しいのか、急に明るさを取り戻して、いそいそと雪駄を履《は》いた。

二人連れ立って往来を行く。今日は家中の者によく会うと気付いた。もっとも火消は他のお役目の方々とほとんど接点が無いため、会釈《えしゃく》する程度ですれ違う。

「やたらと会うな」

「当然でしょう。何たって当家全体を巻き込んでいるらしいですよ」

「まことか」

すれ違う家中の方々が、時折恨めしい眼差《まなざ》しを送る訳が分かった。それにしても新庄藩に仕えてまだ三年というのに、深雪の影響力には舌を巻く。

「もう裏家老ですよ。あのお方は」

新之助はぶつくさ言いながらも、歩みを止めずに、源吾が聞きとって紙に書いた店を探している。

「御家老はどうであろうか」

裏家老などというものだから、北条六右衛門のことが思い出された。六右衛門の躰も勿論心配であるが、万が一のことがあれば、新庄藩はとても立ち行かぬと家中の者の表情は暗い。間もなく戸沢正親なる御連枝が来る。その者もいかなる人物が解らず、皆の不安は募《つの》るばかりである。

「御家老が病などに殺されるはずがないと、女の人は皆口を揃えて言いますがね」

「うちのも言っていたな……」

沈んでばかりいる男どもの気を紛《まぎ》らわせようと、女たちが女天下などという訳の解らぬことを始めたというのは考え過ぎか。そのようなことを考えながら、飯倉片町《かたまち》にあるという八百屋の中丸屋を目指した。

「あれ……火事ではないですよね？」

新之助に言われる前から異変に気付いている。これまでで既に五人、奉行所の同心が源吾らを追い抜いている。

「太鼓や鐘は一切鳴っていねえ」

鐘の元がたとえ江戸の北端でも聞き逃さない自信がある。先ほどから注意していたがそのような音は聞こえて来ない。

「後ろから大勢来る。道を開けるぞ」

源吾はそう言いつつ新之助の袖を引っ張った。背後から馬蹄《ばてい》の音が近づいて来る。他に多くの跫音も捉えていた。新之助は怪訝《けげん》そうに首を振る。

「いませんが？」

「二町（二百二十メートル）ほど先だ」

「相変わらず地獄耳だ」

果たして源吾の予想した通り、暫くすると馬を先頭に五十人ほどの一団が駆けてくるのが目に飛び込んで来た。その出で立ちから火付盗賊改方であるとすぐに判る。何事かと訊きたかったが、平蔵のように気安い仲ではないため諦めていると、意外にも向こうから声を掛けてきた。

「ぼろ鳶の頭をこのような所で見掛けるとは珍しい」

馬上の男は手を横に突き出して、配下の脚を止めさせた。すっかり定着したぼろ鳶であるが、市井の者に呼ばれるのとは違い、侮《あなど》りが含まれているからか妙に腹が立つ。

「珍しいことも何もない。ここはうちの庭だ」

怒りが沸々《ふつふつ》と込み上げてきて、言葉も荒々しいものとなった。

「そうであったかな？　どこにでも顔を出すので解らなくなる」

馬上でわざとらしく首を捻るこの狐目の男。名を島田政弥《しまだまさひさ》と謂う。平蔵の後釜に座った火付盗賊改方長官である。火が消えた後の現場で何度か見かけたことはあるが、言葉を交わしたことはなかった。

「島田殿、火事ならば……」

手伝おうかと言いかけるのを遮《さえぎ》り、島田は冷たく言い放った。

「生憎《あいにく》もう一つのほうだ。お主らに出番は無い」

火事でないとすれば押し込みとなる。確かに火消の出る幕はなさそうである。それでも島田の高飛車な物言いが気に喰わなかった。

「偉そうに。こいつにやっとうをやらせておいてよ」

新之助は一見頼りなさげな若者に見えるが、剣を握らせれば府下でも十指に入る剣客である。半月前、火消の身内が相次《あいつ》いで誘拐されるという事件の時、敵の塒《ねぐら》に乗り込んで十数人もの敵を叩き伏せたのも、主犯の凄腕を斬り伏せたのも、この新之助である。

「ほう。お主が頭取並の鳥越か。相当な腕だと聞いている。火盗改に来い。名跡の絶えた旗本株を世話してやろうではないか」

「あ、断ります」

己の言い回しに酔いしれていた島田は、鳩が豆鉄砲を喰らったような顔になった。

「直臣だぞ⁉　今の石高《こくだか》は？　丁度、四百石の……」

「早く行ってはいかがですか。お互い忙しい身でしょう？　買い出し中なんです。邪魔しないで下さい」

新之助はそう言うと早くも紙面へと視線を戻した。

源吾は笑いを堪《こら》えるのに必死である。押し込みの検分と、食材の買い出しを一緒にされては、島田としても立つ瀬がなかろう。島田は苦々しい舌打ちを馬上から放り、配下を率いて去って行った。

「四百石と言っていたぞ」

「島田にそのような甲斐性《かいしょう》があれば、あんなに下手人を取り逃がしやしませんよ」

「それもそうか」

平蔵が去ってからというもの、このところ府下の火付け事件は増加の一途を辿っている。火付けを防ぐことは誰であっても極めて困難である。しかし平蔵は火元に残された僅かな痕跡《こんせき》から、下手人を導き出して二度目を許さなかった。島田はほとんど下手人まで辿り着けず、町に潜む下手人の数は必然的に増え続けている。

「一応行ってみるか？」

火付けではないとはいえ、聞いた限りは気になるのが人情である。新之助もちらりと現場へ向かう火盗改の背を見ていた。

「首を突っ込み過ぎて、奥方様にどやされないようにしましょうね」

新之助は紙を懐に押し込むと小走りになった。

耳を頼りに追うつもりであったが、存外早くに現場に到着した。場所は六本木《ろっぽんぎ》町《ちょう》。ここら辺りには多くの寺があり、門前町となっている地域である。現場らしき商家も光専寺《こうせんじ》の裏にあたる地に建っている。

すでに到着している町奉行の配下の他にも、多くの野次馬が群れを成しており、丁度それを割って、島田率いる火盗の面々が中へ進んで行くところであった。

「思っていたよりも大事みたいですね」

辺りには重々しい雰囲気が流れている。火事場ではやんやと騒ぐ野次馬たちも、息を呑んで事の成り行きを見守っていた。

衆に混じって暫く待っていると、若い火盗が血相《けっそう》を変えて飛び出して来て、顔を背けて激しく嘔吐《おうと》した。考えられることは一つ。悲惨な遺体を目にしたということである。

さらに四半刻ほど待っていると、ようやく島田が出てきた。その顔色は先ほどまでと違って優れない。

「何が起きた」

「関係ない」

島田は愛想無く言うと、鐙《あぶみ》に足を掛けた。

「誰が殺された」

周囲を憚《はばか》って小声で尋ねる。島田は片足を掛けたまま振り返ると短く言った。

「全員だ」

「な……」

「主人、妻、子、奉公人含めて十八名。全てよ」

島田は現場の始末を任せると、二人の配下を引き連れて去っていく。野次馬の中には顔見知りもいるのだろう。状況を察して思わず泣き出す者もいた。奇妙なほどの静寂《せいじやく》の中、その啜《すす》り泣く声だけが耳朶《じだ》を揺らしていた。


源吾が食材を買って帰ると、深雪は笑顔で駆けだしてきたが、すぐに表情を曇《くも》らせた。

「女天下は取り止めにしましょう」

こちらは気取られぬようにしているつもりだが、深雪には全てお見通しらしい。

「いや、折角買ってきたのだ。やらせてくれ」

源吾は笑顔を作りながら襷を掛けて台所へと向かった。火事の出動だけでも心配を掛けているのだ。身重の深雪にこれ以上の心労は与えたくなかった。その気持ちを察したか、深雪もそれ以上何も言わずにいる。

源吾は味噌汁用の湯を沸かしている間、買ってきた真鯵《まあじ》を俎板《まないた》の上に置いた。これを捌《さば》いて包丁で叩き、酒と味噌で和《あ》える。最後に芹《せり》、紫蘇《しそ》、生姜《しょうが》と合わせてなめろうを作るつもりである。新之助はこれが素人《しろうと》でも作れて、最も美味《うま》いと勧めてきた。

源吾は悪戦苦闘しながら鯵に包丁を入れる。その間もずっと六本木町の一件が気に掛かっていた。野次馬たちに聞いたところ、商家の名は「朱門屋《しゅもんや》」と謂い、参拝客を相手に飯を食わせるほか、土産《みやげ》なども取り扱っており、最近では金魚の養殖にも手を出していたらしく、かなり手広い商いをしていたようだ。

「あっ……」

ぐりぐりと包丁を押し込んでいたのが外れ、誤って指を傷つけてしまった。指先に珠《たま》のように血が浮き出してくる。

「大丈夫ですか⁉」

「ああ。少し切っただけだ」

指を咥《くわ》えながら振り返った。

「私がやりましょうか？」

深雪は心配そうな目をしながら、土間に降りようとする。

「女天下だ。最後までやろう。熱っ――」

湯が沸きあがったので竈《かまど》から鍋を外そうとするが、直に手を触れたため思わず耳に手を走らせた。

「やはり私が……」

「ゆっくりしておれ。天下様」

新之助ばりの軽口で微笑むと、再び包丁を取り直した。

半刻後、ようやく出来上がり、膳を深雪の許《もと》へと運んでいく。

「まあ、美味《おい》しそう」

源吾は照れ臭くなって苦笑した。刺身にすれば不恰好であったろうが、なめろうならば原形を留めないため、誰が作ってもそれなりに見えよう。

「一緒に食おうか。飯を……」

源吾は言いかけて肩をすとんと落とした。

「炊くのを忘れたのですね」

「うむ。すまん……これではとても腹が満たされんな」

「いいえ。楽しみにし過ぎて、少しお腹が膨れていたところです」

深雪は箸でなめろうの山を崩して混ぜて、それを口へと運んだ。源吾は恐る恐る顔色を窺いながら尋ねた。

「どうだ……？」

「美味しいです！」

深雪の輝くような笑顔につられて、源吾も口を綻《ほころ》ばせた。深雪は少しずつ口に入れ、ゆっくりと噛み締めて味わっている。

「俺も食うか」

己も食して初めて気付いた。味噌が多過ぎたか塩辛すぎる。慌てて味噌汁を啜《すす》ったがこちらもやはり塩辛い。沸くと水が飛ぶことを計算に入れていなかった。それでも深雪は文句ひとつ言わず、それどころか美味しいと連呼して幸せそうに食べてくれている。

「すまんな。つくづく火を消す他に能が無い男だ……」

「食べないなら、旦那様の分も頂きますよ？」

深雪は口をきゅっと結んで、おどけた顔を作ってみせた。男の涙というものは、いかなる苦難でも抑え込めるものなのに、このような平穏に決まってひょっこり顔を出そうとする。それを隠すように辛い味噌汁を啜った。歪な形の大根が舌に触る。

まだ椀は下げられぬ。この女に惚れられた己を褒めてやりたい気分になり、無用なまでに口で大根を転がしていた。

第二章　龍出《いず》る

一

皐月の五日、国元新庄から御連枝戸沢正親が到着すると、その二日後には江戸屋敷の主だった者が拝謁することになった。御城使格の源吾は、左門と同じく中ほどの席次である。それより数段下《くだ》って新之助、星十郎が座る。

――大層なことだ。

源吾は腹の内で悪態をついていた。連枝とはいえ主君では無い。家老の代行ならばなおさらこのような拝謁の儀は無用であろう。

主君の孝次郎正産様は、月に一度は熱を発して寝込むほど躰が弱い。またその弟君である正良《まさすけ》様とて同様に虚弱で、いつも乾いた咳《せき》をしており家臣を心配させていた。二人の母の心涼院《しんりょういん》がそのような体質であったため、その血を色濃く引いているのだろう。

縁起でも無いことだが、二人に万が一のことがあった時には、この正親が家督を継ぐことは暗黙のことで、故に皆が一目置いているのだと、左門が教えてくれた。

一方で不思議なこともある。一目置いているという割には、ふてぶてしい態度で迎える家臣も多数いるのである。いかにも不快といった様子で隣の者に耳打ちする者までいる。当人は誰にも聞こえないと思っているのだろうが、源吾の耳穴は蚊の羽音さえ聞き逃さない。

「脇腹の分際で……」

「御家老が戻られるまで、適当に聞き流しておけば……」

などと、穏便ではない話まで漏れ聞こえてくる。小姓が間もなく御成《おな》りになると告げ、一斉に口を噤《つぐ》み、示し合わせたように頭を垂れる。早くも居眠りをしていた新之助が、星十郎に頭を押さえつけられている。

衣擦れの音が聞こえる。皆よりも早く聞こえているからか、とても長い時に思われた。

「面《おもて》を上げよ」

源吾はゆっくりと頭を擡《もた》げた。丁寧に目鼻を並べたような美男であるが、高貴な身分の割に全体に男臭さを感じた。細身であるが躰は締まっており、部屋で鬱々《うつうつ》としているだけではなく鍛えていることが見て取れる。そして聞いてはいたが、歳は相当に若い。齢十七と聞いている。

「六右衛門に大事が出来し、本復、出府までの間、主君より江戸の一切を預かることになった」

「はっ」

皆が再び一斉に頭を下げて声を揃えた。不慣れなことに声が間に合わず、源吾は口だけを動かした。

「早速だが……皆も知っているように、新庄藩の財政は困窮《こんきゅう》を極めている。これを打開するには実入りを多くすること、そして倹約を進めること。この二つを同じくして行わねばならぬ」

これまでも散々言われてきたことである。だからこそ六右衛門は商品作物、養《よう》蚕《さん》、工芸品などを推奨《すいしょう》し、家臣に泣いてもらって表高をそのままに俸給を減じてきた。

三百石で誘われた源吾も、実は百十石余しか貰っておらず、詐欺《さぎ》のようなものだと当初は思った。しかしながら六右衛門は表高七百石にありながら、源吾と同じほどしか受け取っていないと聞き及び、心を引き締めたものである。

正親は一人一人の顔を見回していく。そして源吾と目が合った時に動きを止めたので、咄嗟に嫌な予感が走った。

「六右衛門はよくやっておるが、まだ生温《なまぬる》い。大きく削れる無駄を見逃しておる」

源吾は目だけを動かして下座を見た。星十郎の顔にも焦りの色が見られる。

「鳶の俸給を減じ、その他火消道具などへの費《つい》えを五箇年差し止める」

「てめ――」

激昂《げっこう》して叫ぼうとする源吾は、袖を思い切り引かれて、危うくひっくり返りそうになった。引いたのは並んで座っていた左門である。左門は膝をにじらせて正親に正対した。

「御連枝様、恐れながら言上仕《つかまつ》ります。火への備えは全大名の責務でございます。そして何より民を守る火消が無駄とはいかなる御所存か」

左門の言葉は丁寧なれども、こめかみに青筋を立てている。このように左門が憤ることは滅多にないことである。

（黙っておれ……）

続けて文句を言ってやろうとする源吾に、左門は脇の間より顧みて囁いた。

「御城使、折下左門だな。民とは何を指す」

源吾ら火消に携《たずさ》わる者をそっちのけで問答が開始された。

「民とはすなわち、市井に暮らす全ての者でございます」

「市井とはどこだ」

「それはこの江戸――」

「それよ。江戸の民を守るのは何も新庄藩だけではあるまい。失敗せぬ程度にほどほどにしておけばよいものを、自ら火を求めて江戸中に駆けつけておるらしいではないか」

正親はどこで予備知識を得たものか、新庄藩火消の現状を熟知していた。

「それは……畏《おそ》れ多くも、当家は将軍家より方角火消を拝命しておる故です」

一瞬言葉に詰まった左門であるが、さらに被せて反論した。

「確かに方角火消は管轄を飛び越えうる唯一の火消。しかし当家の元来の管轄は、桜田門《さくらだもん》より南。他は放っておいたところで咎めは受けぬ。違うか？」

正親は長年新庄で暮らしていた割に、複雑怪奇な江戸の火消についても熟知している。

「仰る通りでございます。しかし……」

「方角火消のお役目は、免じられるようにお頼みするつもりだ」

「え……」

左門、源吾の声だけでなく、下座の新之助らの声も重なった。

「間もなく出府する岸和田《きしわだ》藩岡部《おかべ》家が、方角火消を望んでおられるらしい。面倒をなすりつけるにはうってつけよ」

言葉を失って茫然となった。別に方角火消に拘りがあるわけではない。とはいえ、この三年間、皆が心一つに身を粉《こ》にして奮闘してきた。それを全て否定されたようなもので、さすがの源吾も肩を落として項垂《うなだ》れてしまった。

「何なんですか！　あの馬鹿殿は」

今になって怒りが込み上げてきたようで、新之助は唾を撒き散らした。

拝謁の後、今後のことを相談するために自宅に主だった者を集めた。世話役である左門も当然同席している。

「新之助、声が大きい。それに殿ではなく、御連枝だ」

「御連枝ならば猶更ですよ！」

左門は取りあえず宥《なだ》めようとするが、新之助の怒りは収まらない。それは彦弥も同じようで、頭を掻きむしったり、畳を指で小刻みに叩いたり苛立ちを見せている。温厚な寅次郎でさえ、腕を組んで顔を赤く染めていた。

全権を委任されているとはいえ、あくまで代行である。六右衛門が本復する前に幕府に訴え出るとは出過ぎではないか。

「御家老が戻られれば、すぐに取り消して下さる」

源吾はそう楽観したが、左門の面持ちは依然暗い。

「国元からひっきりなしに文が来ておるのだが、まだ熱が下がらぬらしい。万が一……」

六右衛門の病状は芳《かんば》しくない。意識も混濁《こんだく》しており、重湯さえ喉を通らぬ有様だという。信じたくはないが、左門の言う通り万が一のことがあれば、このまま正親が執政となるかもしれない。

源吾は定火消を辞してからというもの、炎を恐れるようになり、二度と火消には戻るまいと心に決めていた。それがひょんなことから新庄藩の火消を立て直すことになり、今一度誰かを守りたいという覇気を取り戻すことが出来た。ようやく少しでも多くの人々を救い、過去に救えなかった者への償《つぐな》いが出来ると思っている。方角火消でなければならぬ必要はないが、そのお役目にあるからこそより多くの命を救えるのは間違いない。

「あの俸給では皆が困窮します！」

新之助はさらに怒りを募《つの》らせている。正親は鳶の俸給を半分に削ると言っていた。今の体制を維持しようとすれば、配下の生活を圧迫せねばならず、反対に暮らしを守ろうとすれば、皆の半分には去って貰わねばならなくなる。

止《とど》めに、五箇年に亘《わた》りその他の費えを止められれば、粗悪な道具を使い続けねばならず、いずれは配下に死人も出ることになる。これでは新庄藩火消は崩壊への道を辿るだろう。

「御頭、気にはなりませんでしたか？」

それまで瞑目《めいもく》して考え込んでいた星十郎が口を開いた。

「俺たちのことを良く知っていたことか」

「はい。今まで国元から一歩も出たことのない御方。真っ先に火消に言及するとは、どうも不自然です」

星十郎は捩《よじ》っていた前髪を指で弾《はじ》き、また摘んでは捻った。これはこの男が集中している時の癖である。皆が見守る中、さらに言葉を重ねる。

「御連枝様が幕府に指名されたというのも、やはり気にかかります」

「どういうことです」

寅次郎は帳面を開きながら身を乗り出した。その巨体から一見大雑把《おおざっぱ》に見えるが、誰よりもまめな男で、会議の概要を逐一記している。顔が端整な割に粗放な彦弥と、性格が反対だからこそ馬が合うのかもしれない。

「考えられることは二つです」

星十郎は咳払いをした後、鷹揚《おうよう》に語り始めた。

「一つは何者かが、世間を知らず御しやすい御連枝様を送り込み、籠絡《ろうらく》しようとしている」

源吾の脳裏に過《よぎ》ったのはただ一人である。星十郎も明言を避けたが、同じ男を思い描いているに違いない。

「もう一つは……御家老の病そのものが、仕組まれたものだということです」

「では……」

新之助は周囲に気を配りつつ小声で言った。

「毒を盛った。と、いうことです」

星十郎の仮説に皆が息を吞んだ。正親が六右衛門の排除を目論《もくろ》んでいたということである。幕府と密通した上で、行動に移したとすれば、幕閣が正親を代理に指名したことも納得がゆく。

「それは飛躍しすぎではないか。御連枝様は、何かに縛られることを酷く嫌われる御方。望んで政に関わることはないように思う。此度も幕府直々のお達しであればこそ、否応なく代役を引き受けられたのだ。そのような野心など持つはずがない」

左門は捲し立てるように否定した。この中では左門が新庄藩の内情、人物に関して最も詳しい。

「人は変わるものさ。良くも悪くもな」

源吾は天井を見上げながらぽつりと言った。三年前には再び火消を務めているとは夢にも思っていなかった。すっかりよそよそしくなっていた深雪との暮らしも、今は日々が楽しくて仕様が無い。

悪い例で言えば、昨年の大火の下手人、秀助のことが思い出される。花火しか興味のなかった秀助だが、妻と娘を得て人の情を知った。しかしそれを同時に奪われたことで、秀助は情に蓋《ふた》をして闇に身を委《ゆだ》ねたのである。これらのことだけでも人の心の移ろいが解るだろう。

「左門、二つの線で探ってくれ」

火消は他の藩士との交流が薄い。ここはやはり左門に頼る外《ほか》なかった。

「解った。お主らは……？」

最悪の場合、方角火消のお役目は解かれ、俸給は半分、道具はぼろのまま。このような状態では士気が上がらぬどころか、内輪揉めに発展しかねない。左門はそのことを案じた。

今まで築き上げたものが、あっという間に脆《もろ》く崩れ去るかもしれず、皆の顔にも不安が浮かんでいる。

「俺たちはそんなに柔《やわ》じゃねえよ。変わらずに目の前の火を消すだけさ」

源吾は皆を心配させないために精一杯の虚勢を張って白い歯を見せた。

二

八日の宵の口、夕餉をそろそろ摂るという時、地を這うような太鼓の連打が町に響き渡った。

「深雪！」

「はい！」

太鼓の音は深雪には聞こえてはいまいが、今の語調だけで出動だとすぐに察する。夫婦の阿吽《あうん》の呼吸である。

六右衛門が新調してくれた紺地の美しい刺子羽織に袖を通すと、指揮用の鳶口を摑んで表に出た。

太鼓だけでなく、あちらこちらの半鐘も追随している。

半鐘の打ち方によって意味が異なる。一打は「火元遠し」、二打は「火消出動」、連続して打てば「火元近し」、鐘の中に木槌《きづち》を差し込んで搔きまわす乱打は「火焰間近《かえんまぢか》」の意である。

元来、半鐘はその近くに住まう人々が火の状況を知るためにあり、最も近い鐘のみを追えばそれで事足り、他の町内の鐘の音などは無視していればよい。

源吾はすっと目を閉じて、十以上はあろう鐘の音に耳を傾けた。方角、距離、鳴らし方、さらには風向きによる音の増減を聞き分けていく。これまでもこのようにして火元を探っていた。

――日本橋《にほんばし》の南あたりか。

僅か煙草《たばこ》を一服するほどの時で判断を下す。

上屋敷の教練場に着くと、さすがに早かったか、中屋敷に住まう鳶たちはまだ疎《まば》らにしか来ていない。迅速《じんそく》を貴《たっと》んで今の手勢だけで出るか、それとも万全を期して全員が集まるのを待つか。判断を誤れば死人が出ないとも限らない。その苦悩を払拭《ふっしょく》して決断を下し、全ての責を取るのが頭の役目である。

暫くすると新之助が詳しい情報を得て駆け込んできた。火元は日本橋の南、元《もと》大工町《だいくちょう》であるらしい。

「先に出ましょうか」

今宵も武蔵は真っ先に駆け付けて、竜吐水を自ら引っ張り出し、遅れて参集した水番が慌てて代わっている。

「いや、あそこならば今少し待とう」

日本橋元大工町は人が多く出入りする繁華街だけあって、自然と火事も多い。そこを受け持つ町火消のろ組は、数も二百四十九名と少なくなく、頻繁《ひんぱん》に起こる火事で経験を積み、高い実力を誇っている。そのような火消がいるところであるから、源吾は後方支援に当たるつもりである。

一人、また一人と木戸口から駆け込んで来て、あと僅かとなった時、鳶を押しのけるように数名の侍が入って来た。同じ家中の者である。ようやく新庄藩火消が軌道に乗ったことを知っており、どの者も心苦しそうに顔を歪めている。その中心に御連枝様、正親の姿があった。彼だけが肩をいからせて威勢を張っている。

「松永、今後は芝周辺のみを守り、その他の地に出ること罷《まか》りならん」

――若僧が。

痛罵《つうば》しそうになるのを何とか耐え、源吾はゆっくりと歩みを進めた。配下の鳶たちは息を呑んで見守っている。供侍が遮《さえぎ》ろうとするのを、正親は制した。その距離一尺まで近づき、自然と睨《にら》み合う恰好となった。

「日本橋の火消に任せておけばよいのだ」

正親は怯《ひる》む様子はなく真《ま》っ直《す》ぐに睨み据えて言った。若さに似合わず相当な胆力である。

「出て何もなければ良いのです。出て救える命があるかもしれない」

「そのような余裕すらないほど、当家は貧しい」

「それを理由に、こそこそと幕府の者に会われたか」

何か証拠がある訳ではないが、思い切って鎌を掛けてみた。すると正親の眉間がぴくりと動いた。それが真であろうとも、どうせ否定するに決まっている。埒《らち》が明かぬと身を翻しかけたその時、正親が口を開く。

「その通りだ」

「当たっちまうとはな……」

天を仰いで額に手を当てた。まさかこうも簡単に認めるとは思ってもみなかったので、源吾は混乱してしまっている。

「一つ心得違いしている。呼びつけてきたのは向こうだ。何か思惑があるのだろうが……易々《やすやす》と嵌《は》められはせぬ。手を打ってこちらはそれを利用させて貰うまで」

正親は城を抜け出す悪癖《あくへき》を持つと聞いて、勝手に豪放磊落《らいらく》な印象を持っていたが、認識を改めざるを得ない。老獪《ろうかい》さは年齢に比例するものではないらしい。現に一橋などはまだ二十を少しこえた歳で、あの英明な田沼と互角に渡り合うどころか、時には翻弄《ほんろう》さえしている。

「御頭……揃いました」

背後より新之助が囁くと、源吾は余計な考えを振り払って短く言った。

「出ます」

知らぬ間に配下が正親たちを遠巻きに取り囲み、憤怒の形相《ぎょうそう》で睨み据えている。

「噂通りの頑固者《がんこもの》らしい」

「待っている者がいるのです……」

「こちらも同じよ」

何が同じだというのか。源吾は意味を解しかねた。問い返す間も無く正親は畳みかけた。

「火消が当家に何をもたらす。庶民に持ち上げられ、幕閣にお褒め頂き、誉《ほま》れを得たと胸を張るか」

確かに当初、六右衛門は新庄藩火消の名声も高めよと命じた。それは戸沢家が度重なる借財で、幕府の覚えが滅法悪いからである。その証拠に当主はもう十六歳だというのに、未だに官位も得ていない。そうして、政の道具に使おうとした六右衛門であるが、大火を経て今では火消の本当の意義を理解してくれている。

「誉れなんていらねえ」

睨み合う中で、相手が主君の従兄ということも忘れて、完全に地の話し方が出てしまっている。

「そうだ。誉れでは飯は食えん」

「苦しんでいる人を助けたいだけです」

「全ては……救えぬ」

正親の語調がより低く、より強くなった。唇も強く嚙み締め、目には熱が籠っている。

「知っています……だから行くんだ」

源吾も苦しげに言うと、正親は毒気を抜かれたような表情になった。それを好機と見たか、新之助が横から口を挟んだ。

「御家老がお戻りになれば、きっと取り消して下さいます」

新庄藩火消一同、六右衛門の全快を信じている。そうとなれば正親の出る幕などない。

「どの者も御家老、御家老と……それが北条を病に追いやったとも思わぬか」

「え……」

「お主らには火しか見えておらぬらしいな」

冷酷に言い放つと、踵《きびす》を返して教練場を後にした。供侍は詫《わ》びるように会釈《えしゃく》をしてそれを追っていく。

「本当に当家は方角火消を辞すつもりでしょうか……」

いよいよ現実味を帯《お》びてきたか、新之助は哀しげに呟いた。

「今は目先の火事だけを考えろ」

源吾は叱咤《しった》すると、曳《ひ》かれてきた馬に颯爽《さっそう》と跨《また》がった。夕闇を思わせるような光《こう》沢《たく》のある黒毛、馬体は並よりも一回り大きく逞《たくま》しい。加賀藩火消頭取、大音勘九郎から贈られた碓氷《うすい》である。

「続け！」

源吾は雄叫《おたけ》びを上げて教練場を飛び出した。それに新庄藩火消一同百十名が一丸となって続く。

新庄藩火消は彦弥、寅次郎などの僅かな者を除き、そのほとんどが馴染《なじ》みの口入れ屋を介して集められた越前者である。当初は泣けてくるほど銭が無く、江戸者よりも遥かに安い賃金で雇っていた。それでも文句一つ零さずに、厳しい訓練に耐え、過酷な現場を乗り越えてきてくれた。今ではどこに出しても恥ずかしくない勇敢な鳶に成長している。

六右衛門が火消の重要さを認め、ようやく昨年から江戸者並の給金も支払えるようになった。愚直なまでに付いて来てくれた彼らに、これから十分報いてやりたかった。

俸給が半分になると、彼らも噂で聞いているはずである。越前人は無骨であるから銭のことを言わぬか。それとも田舎者《いなかもの》であるから事の重大さを解っていないか。いや、彼らは源吾ならば何とかしてくれると信じてくれているのだ。

源吾は改めてそのようなことを考えながら、汗も拭わず腕を振る配下を振り返った。

まだ火元までは距離があるにもかかわらず、夜に抗《あらが》うような炎の揺らぎまで目視出来た。南向きの風に乗って火の粉がここまで飛散し、家財を持って退避しようとする者、反対に野次馬と化して火元に近づこうとする者、往来は混迷を極めている。

庶民とは恐ろしいもので、どこぞの木端《こっぱ》大名火消ならば道も譲ろうとはしない。石高の多寡《たか》、官位の上下なども眼中に無く、ただ憧れるか否か、好きか嫌いかといった感情的な尺度で見ていた。

「武蔵！」

名乗りを上げつつ、群衆を掻き分ける役目は一番組組頭である武蔵に任せてある。武蔵はさらに速度を上げて先頭に躍り出ると、火事場で鍛え上げたよく通る声で叫んだ。

「方角火消新庄藩、見舞い火消に参る！」

身元を告げると、あっと声を上げて道を譲る者も僅かながらいるが、未だ往来は膳をひっくり返したように混雑している。

「組頭、この騒ぎだ。それでは駄目ですぜ」

源吾が言うより早く、配下の鳶が武蔵に向かって進言するので、思わず頬を緩めた。武蔵は胸一杯に息を吸い込むと、改めて喚《わめ》き散らした。

「ぼろ鳶組だ！　消してやるから道開けやがれ！」

人々は雷に打たれたかのようにはっとすると、往来の端に寄って瞬《また》く間に道が出現した。羽織や半纏を六右衛門が新調してくれたことは素直にありがたかった。しかし新庄藩すなわち襤褸《ぼろ》と印象が強すぎるからか、庶民に浸透しておらず、こうして名乗らなければ気付いてくれない。

それと気づいた野次馬から次々に声援が投げかけられる。

「ぼろ鳶、着飾ってねえで汚してこい」

と、悪態に似た応援をする大工や、

「ありゃあ、前《さき》の万組の頭、武蔵か！」

と、火消番付を手に通人気取る商人もいる。

激励の声が渦《うず》巻く中、新庄藩火消は真一文字に突き進んでいった。

火元に着くと、周りよりも一際大きなむくり屋根の建物が燃えていた。各町の広場にあり、寄合などで使われる会所である。隣接する家がないため今のところ類焼はないが、代わりに一帯は豪雪を思わせる火の粉に包まれている。このままでは十六方《じゅうろっぽう》に火がついてもおかしくはない。

先着の火消は町火消のろ組、すでに南北東の消し口を陣取って消火に当たっている。

「ありゃあ竜吐水じゃあ消えねえ。油を置いていたみたいだな」

武蔵はそう見立てて舌打ちした。現場には噎《む》せ返るほどの油の香りが充満しており、会所は烈火を噴いていた。

「会所に油ですか?」

新之助が疑問を持つのも無理はない。誰かが居住している訳でもない会所に油があるのはどういう訳か。

「備蓄用かもしれねえな」

「なるほど……」

そのような理由しか思いつかず、新之助は未だ訝《いぶか》しんでいる。しかし現状を打破することが最優先で、それ以上考える余裕はない。

「俺たちは西側の家を軒並み潰す——」

源吾が下知《げぢ》を出そうとした時、北側からけたたましい金属音が上がった。手に携えて鳴らす摺鉦《すりがね》の音である。それも一つや二つではない。数十の摺鉦が一斉に打ち鳴らされている。

「これは……に組の鉦吾《しょうご》！」

三

源吾の叫びも鉦の音に掻き消される。鉦吾とは摺鉦の別称である。町火消に組が火元に向けて総掛かりを行う時に一斉に鳴らすこの行為は、

——に組の鉦吾。

として火消のみならず、府下に知れ渡っている。

続いて悲鳴が上がった。誰か炎を受けたのかとも思ったが、どうやら違う。悲鳴と鉦は共鳴してこちらへと近づいて来る。

「何をしているのですか……あれは」

大鉞《おおまさかり》を掲げたまま寅次郎は茫然とした。突如現れた新手の火消、やはりに組の連中である。その者らが遠巻きに見守る野次馬たちを引っ張り、引きずり、あるいは押さえ込んで縄を掛けている。反抗した職人などは複数で蟾蜍《ひきがえる》のように潰され、縛られて路傍《ろぼう》に転がされていた。

「お前ら、うちの縄張りで何をしてやがる！」

己たちが守ろうとする民が、訳も解らぬうちに次々に捕縛されているのだ。ろ組の連中も眼前の炎だけに構っている訳にいかず、わっと止めに入ろうとした。

それでも、に組の火消は捕縛の手は緩めることはない。

我が子を逃がそうと身を挺《てい》す母、それを助けようとして撥《は》ね飛ばされる町火消、そして折角逃がされたのに帯を摑まれて宙吊りにされる子ども。それでいて会所は未だ変わらずに轟然《ごうぜん》と燃え盛っている。野次馬は老若男女を問わず縄を掛けられ、掃《は》いて集めるように一所《ひとところ》に固められていく。

「やるぞ！」

源吾の声に皆がはっと我に返る。だが何をやればいいのか解らずに、おろおろと炎と乱入者を見比べている。

「火は後だ。皆を助けろ！」

馬から飛び降りると、源吾は炎を横切って先頭を走った。配下も怒声を上げてそれに続く。

「離しやがれ」

源吾は低く言うと、年増女の手を引いている男の首を、片腕を鎌のように突き出して刈った。男は奇声を発して仰向けに倒れ込む。

「邪魔するな！」

別の男が襟を摑んでくるので、その鼻柱へ頭突きを見舞った。ふらりとよろめくところに拳骨《げんこつ》を放つ。

大乱闘である。周囲を見渡すと、寅次郎は二人を持ち上げて車輪のように回し、彦弥は蜂《はち》を思わせる飛び蹴りを胸に突き刺している。荒事の苦手な星十郎も一応付いて来てはいるが、少し離れたところで顔を顰《しか》めながら、やられた味方の応急処置に当たっている。中でも新之助の動きは凄まじい。無数の拳《こぶし》をひらりひらりと木の葉が漂うように躱《かわ》し、

「はい、すみません。はい、寝ていて下さい」

などと、往来で話しかけるように繰り返しながら、次々と腕を摑んで捻《ね》じ伏せていた。新之助に締め上げられた者は、どこかの関節が外されたか悶絶《もんぜつ》してい

る。ぼろ鳶の乱入により、ろ組も息を吹き返して反撃に打って出て、逃げおおせる野次馬たちも出て来ている。

「かなり多いですね。こいつら、に組の連中でしょう？」

こちらはあちこちに小傷を負いながら、懸命に腕を振り回しているのに、新之助は相手の力を利用しながら背負い投げ、けろりとして話しかけてくる。

「やつらは三百九十名。これでも半分くれえだ。でもなんで……」

に組は町火消の中でも一等特殊である。こちらから管轄である豊島町《としまちょう》から村《むら》松町《まつちょう》の辺りを侵《おか》すことは許さないが、反対に他の管轄に踏み込むことも決してない。府下の火消たちはそれを暗黙の内に認めていた。それに何故、町火消が野次馬たちを搦《から》め取るのか、誰にも説明することが出来ない。

「こいつらに訊きますか」

新之助は打って変わって冷酷に言い放つと、男の肘《ひじ》から先を思い切り捻った。

「くそっ。離しやがれ……」

に組の町火消は鼻の穴を広げて強がった。

「何が目的ですか。消し口を奪いに来たって訳じゃあないでしょう？」

仲間を救出しようと別の者が突進してくる。新之助はここしかないという間合いで、手刀を喉に打ち込んだ。ふっと魂が抜けたように、男は躰を折りたたんで突っ伏した。

「狼藉《ろうぜき》はそちらから。腕の二本や三本は折ってやってもいいのですよ」

腕は三本もあるまい。これほど強いのに、少し抜けているところが新之助らしい。町火消はその迫力に打たれたか、嗄《しわが》れた声で呻《うめ》いた。

「御頭の命だ……この火事場の野次馬を一人として逃がすなと……」

新之助は一度見たものを忘れない。火消の管轄、その頭取や頭取並、読売《よみうり》が発刊する火消番付の細部に至るまで覚えている。

「に組の頭というと――」

その時である。北側で再びけたたましい声が上がった。に組の新手である。数は四、五十ほどであろうか。

しかし特筆すべきはその数ではない。先頭を臙脂《えんじ》の巨塊《きょかい》が猛進しているのだ。それに当たったろ組の連中は、ある者は大岩を頭から受けたように潰され、またある者は竜巻に触れたかのように宙を舞った。

「何であいつがここに来る……」

源吾は知らぬ間に歯を食い縛り、声が零れ落ちていた。

奴をその目で見た者は、新庄藩の中にはいないのではないか。それほど現場でかち合うことが無い男である。ろ組は理不尽なほどに暴れ回るそれを止めるべく、遂に角材や鳶口を持ち出して襲い掛かる。しかしそれも甲斐なきことで、巨塊は容易《たやす》く摑むと小枝のように真っ二つにへし折る。男は遮る火消たちを塵芥《ちりあくた》のように扱いながら、猛烈な勢いでこちらへと近づいて来る。燃え盛る会所、悲鳴の上に重なる悲鳴、その阿鼻叫喚《あびきょうかん》の様は、地獄絵図さながらであった。

「源兄ぃ！」

に組と取っ組み合いをしながら、武蔵が懸命に呼びかけてくる。御頭という呼び名にも随分慣れ、最近では間違うことがとんと無かったが、焦りからかこの時ばかりはそう呼んだ。

「分かっている！　一旦退《ひ》くぞ！」

「何を言っているんですか」

新之助は押さえ込んでいた男を離して立ち上がると、すぐ側まで駆け寄って来た。

「あいつだけは厄介だ。何のために野次馬を捕えているのかは判らねえが、まさか殺すって訳じゃあるめえ」

「あれを見過ごせと⁉」

ろ組の者だけではない、配下の新庄藩鳶にも被害が出ている。目に映るものを片っ端から屠《ほふ》っている。

「だから退くんだ！」

源吾は新之助に唾が掛かるほどの距離まで顔を寄せて怒鳴った。その間も男は猛威を振るい、もはや誰も止め立て出来ない。身丈は六尺三寸（一八九センチ）、寅次郎に匹敵《ひってき》する巨体であることを知っている。よく見ると臙脂の長半纏の下には下帯の他は何も着ておらず、裸体の上に引っかけているだけである。胸は盛り上がり、腹は割れ、まさしく筋骨隆々といった躰には、幾頭もの龍の入れ墨が彫《ほ》られている。

「何者です。あの男は」

「に組の頭、九紋龍《くもんりゅう》の辰一《たついち》……最強の町火消だ」

「番付、東の関脇……あれが……」

その顔と形《なり》を知っているのは、源吾と武蔵だけである。なぜこのような暴挙に出ているのかは皆目《かいもく》解らないが、ともかく関わってはならない怪人であった。辰一は脇に火消を抱えながら突進してくる。

逃げるぞ。そう言おうとした時、新之助が目を見開いて喚呼した。

「寅次郎さん！」

「任せて下さい」

寅次郎も気に掛かっていたのだろう。即答すると敵味方入り乱れる火事場の中、辰一へと猛牛の如く突き進んだ。寅次郎は元幕内力士で、今を時めく達ケ関《だてせき》とも互角に渡り合った男である。いくら辰一が怪力で、寅次郎が膝を壊していようと、玄人《くろうと》には敵わない。そう思うのが当然だろう。

「寅！　駄目だ！」

源吾は叫んだが、さすがに従順な寅次郎も、御頭は血迷ったかといったふうに一瞥《いちべつ》するのみであった。

二つの体軀がぶつかった時、強弓の弦が弾けたような音が響き渡った。がっぷり四つに組み合う。これは寅次郎が最も得意とした形である。

寅次郎の全身に力が漲《みなぎ》るのがはきと解った。踏ん張った辰一の足が地を滑り、そのまま押し倒されるように見えたが、途中で土を抉《えぐ》って止まった。寅次郎の顔は真っ赤に染まり、さらに押し込もうとするがそこからはぴくりとも動かない。

「辰一！」

「よう、火喰鳥《ひくいどり》。あいかわらずどこにでも現れる野郎だな」

辰一は不敵に笑うと、右手を寅次郎の股の間へ差し込んだ。そして野獣の如く咆哮《ほうこう》すると、何と重さ四十五貫目（一六八キロ）もの巨漢の寅次郎を高々と持ち上げてしまった。四十八手ある相撲の決まり手の内、最も珍しいとされる撞木反《しゅもくぞ》りの体勢である。

「嘘でしょ……」

新之助は目の前の光景が信じられぬといった様子で呟いた。持ち上げられた寅次郎も血相《けっそう》を変えて手足を動かしているが、辰一の丸太のような腕から逃れられない。

「そんだけ喰いたいなら喰らいやがれ！」

辰一が柘榴《ざくろ》を割ったような大口を開けて寅次郎を投げ飛ばす。源吾は諸手を広げて受けようとするが、とてもではないが支えきれずに下敷きになった。それでも怪我を負わなかったのは、地に落ちる瞬間に寅次郎が僅かに躰を浮かせたからである。

「てめえ……何を考えてやがる。あれはどうするつもりだ」

源吾は顔を顰めて顎を振った。会所を呑み込んだ炎は一段と大きくなり、無数の火の粉を飛ばしている。いつどこで類焼してもおかしくない。

「用事を終えたら、俺が消してやるさ。指咥《くわ》えて見てりゃいい」

用事とは野次馬を攫《さら》うことか。これまで穴蔵に籠って出てこなかった龍が何を求めているというのだ。

「舐《な》めやがって！」

素人に土を付けられたのが余程屈辱《くつじょく》であったのだろう。寅次郎は似合わぬ激しい言葉を吐いて起き上がろうとするが、辰一は両手を結ぶと容赦《ようしゃ》なく振りかぶった。配下の鳶たちが一斉に群がって止めに入るが、剝がされては投げ飛ばされ、蹴り上げられては悶絶する。その辰一の眉間に拳大の礫《つぶて》が命中した。

「化物、こっちだ！」

いつの間にか屋根の上に彦弥の姿がある。

「痛《いて》えな……」

辰一は流れる一筋の血を拭うと、ぺろりと舐めた。彦弥は屋根の重石《おもし》を拾い上げて立て続けに投擲《とうてき》する。辰一はそれを紙一重で躱《かわ》しながら、彦弥の許へと一直線に進んでいく。

「彦弥……早く離れろ！」

ようやく寅次郎と共に立ち上がり、源吾は悲痛な声で訴えかけた。

「寅、御頭、早く逃げろ。俺が上から――」

彦弥の顔が引き攣《つ》った。辰一は天魔の如き跳躍を見せると、桟を鷲《わし》摑みにして片手の力だけで屋根へと上ったのである。

「何なんだ、こいつはよ！」

慌てて隣の家へと飛び移ろうとした彦弥の足を、辰一は瞬時に摑んで屋根に叩きつけた。

「花纏《はなまとい》の半纏……甚助《じんすけ》の幼馴染はお前か。あいつと同じで大したことねえ」

「てめえ！」

彦弥は身を捻って残る足で顔を蹴り飛ばした。しかし太い首はぴしりとも軋《きし》まず、辰一は白い歯を見せた。

「やっぱり大したことねえ」

「げ……」

ぶんと団扇《うちわ》を煽《あお》ぐように腕を振り、彦弥は屋根の上から放り出された。宙返りをして勢いを弱めたものの、彦弥は着地と同時に地を横滑りした。口内が切れたのであろう。砂混じりの血を吐くと、彦弥は投げやりに言った。

「新之助……斬っちまえ」

「さすがにそれはまずいでしょうよ」

「なんだ。今度はそこの坊主か」

辰一は大地に降り立つと、家の外柱に当て身を食らわせた。中ほどで曲がった通し柱をむんずと摑むと、乾いた音を立てて引っこ抜く。角材と化した柱を肩に担い、悠然と向かって来る。火の明かりに照らされたその様は仁王を彷彿《ほうふつ》とさせた。

「武蔵さん、今です！」

「おうよ！」

星十郎の声に応じて、武蔵の取り回す竜吐水から噴射する。はっとして辰一が身構えるが、放水は枝分かれして蠢《うごめ》く会所の炎を狙っている。

「どこ狙ってやが――」

辰一が角材を手でぽんと叩いた時、炎と混じって生まれた水煙が辰一を吞み込んだ。受けただけで絶倒するほどの高熱である。まして露出の多い辰一が無事で済むはずがない。煙が晴れた時、辰一は蹲《うずくま》って長半纏を被っていた。

「危なかったな。なかなか賢《さか》しいやつがいるじゃねえか」

辰一は進行方向を変えて星十郎目がけて走る。星十郎は刀も重すぎると言い、竹光を差すほどか弱い。猛威そのものともいえる辰一に襲われては、全身の骨を砕かれてもおかしくない。源吾がその間に入って両手を広げるが、さらにその前に飛び込んで来た人影がある。に組の半纏、源吾の配下の者ではなかった。

「御頭！　お待ちを！」

その声に聞き覚えがあった。宗助《そうすけ》である。明和の大火で「不退《ふたい》」の宗兵衛《そうべえ》と呼ばれた父を亡くし、当初は馬喰町《ばくろちょう》に無断で立ち入った新庄藩火消を追い出そうとした。しかし源吾らの手並みを認め、下手人を追い詰める手助けをしてくれた男である。辰一は急に脚を止め、唸るように言った。

「宗助、どけ」

「この者たちに借りがあります。御頭が江戸を離れている間、町を守ってくれました。どうかお収め下さい」

「それはお前がだらしねえからだ」

辰一は思い切り宗助の頬を殴り飛ばした。

「宗助はお前の配下だろうが！」

宗助は膝を突きながら、助けようとする源吾を制した。

「松永様……絶対手を出さねえでくれよ」

「宗助……」

「御頭の仰る通りです。しかし火消たるもの俠《きょう》は曲げられません」

町火消が俠と呼ぶのは、武家のいう義に相当するだろう。宗助は立ち上がっては殴られ、殴られては起き上がって遮った。

「不退か。親父譲りのようだな」

辰一は興醒《ざ》めしたように言うと、会所の前までつたつたと歩を進めた。

「この持ち場は、俺たちに組が預かった。百数えるまでに、荷纏《まと》めて帰れ！」

辰一は高らかに宣言すると、黒煙に煙る会所の柱に角材を打ち込んだ。生焼けになって幾分脆くなっている柱は一撃で折れる。次の柱に角材が負けて根元から折れると、辰一はここまで聞こえる舌打ちを放った。

「早く持っていかねえと、勝手に使うぞ」

水が張られたままになっているろ組の竜吐水をひょいと持ち上げると、炎の中に投げ込んだ。撒き散らされた水により、その箇所の火勢が一時弱まる。

「無茶苦茶だ……」

新之助は顎が外れたようにあんぐりと口を開いた。

「松永様、まことに申し訳ありません。ここは退いて下さい。命に懸けて野次馬の無事を約束します」

宗助は顔を腫《は》らしながら必死に懇願《こんがん》した。配下が手痛くやられたことは許しがたいが、今の宗助を見れば呑むほかないだろう。

「何があった」

「それも後日必ずお話しします。早く……今の御頭は止められません」

辰一は火除《ひよけ》地を作る気などさらさらないようで、熱波を巧《たく》みに半纏で避けながら鳶口を振り回して崩していく。

「退くぞ。頭の命だ。従え！」

源吾の指示を受け、新庄藩火消は渋々と退却を始めた。

武蔵は竜吐水を奪われて堪《たま》るかと、辰一を睨み据えながら後退する。寅次郎や彦弥は憤怒の色を浮かべ、星十郎は皆の無事をいちいち確認し、新之助は頭を掻きむしりながら下がる。源吾が新庄藩に仕えてから、火を残して現場を去るのはこれが初めてのことであった。

四

「もう起きてらっしゃったのですね」

深雪は床から身を起こしながら少し驚いたように言った。

「すまん。起こしたようだ」

一昨日も昨夜も碌《ろく》に眠れなかった。床に入って目を瞑《つむ》るのだが、寝間着や布団を引き裂いてしまいたい衝動に駆られ、のそりと起きて胡坐《あぐら》を搔く。これを一晩に何度か繰り返していた。ようやく眠りに就いたのは、はきとは解らぬが丑の刻程であったろうか。そして寅の正刻（午前四時）が来る前に目が覚め、あとはもう一寸《ちよつと》も眠れる気がしなかった。やがて空が白み始め、鶏の鳴き声が聴こえ出したが、朝が来ても憤懣《ふんまん》は一向に収まらない。せめてもの慰《なぐさ》みに煙草を呑みたいが、朝が来るまでは火は使わぬと断固として決めており、それも叶《かな》わなかった。

「呑まれては？　今雨戸を開けます」

深雪は欠伸《あくび》を押さえながら言った。銀の煙管《きせる》を小さく何度も掌《てのひら》に打ちつけ、胡坐を搔いたまま膝を揺すっているのだ。そう看破するのも当然だろう。

「よい。俺がやる」

源吾は伸びをしながら立ち上がると、手際よく雨戸を外していき、煙草盆を取って縁側に座った。煙草入れの蓋を取ったところで、忌々しさから思わず舌を打った。中には葉屑が僅かに残っているだけで、一服出来るかも怪しい。十日に一度は小間物行商の善平《ぜんぺい》が訪ねて来て補充してくれるが、どうやら此度は多く呑み過ぎたらしく、空になったことを忘れていた。

「善平はいつだったかな」

「本日ではありませんか？」

早くも台所に入った深雪は、襷《たすき》を掛けながら振り返った。

「それまでの我慢か」

源吾は煙草入れを傾けて屑を集めて攫い、少しずつ煙管に詰め込んでいった。

「もう少しお待ちくださいね」

火のことである。朝一番に種火で消し炭を熾《おこ》す。それを付け木に移して飯炊き、湯沸かし、夜の行燈《あんどん》、煙草の一服に至るまで使い、眠る前に念入りに消す。これが一日の流れであった。

暫くすると、深雪が火鉢に小ぶりの炭を移そうとするのが目に入り、源吾は再び腰を上げた。

「それも俺がやる」

火鉢をひょいと持ち上げて縁側へと戻った。

「そこまでお気を遣わずともよろしいのに」

深雪に子が宿っている。そう聞いてからは出来ることは己でやるつもりでいる。きっかけは田沼意次に叱られたからであるが、今では心からそうしてやりたいと思っている。この時期に無理をして流産の憂き目に遭うことなど珍しくもないのだ。

火皿に炭を近づけながらゆっくりと吸う。口の中で煙を転がす前に噎《む》せ返ってしまった。

「あーくそう……」

そう呟いた後も咳が止まらない。刻みが粉のようになっており、いくらゆるりと吸っても喉へ飛び込んでくる。源吾が目尻に涙を浮かべながら咳き込んでいると、深雪も縁側まで来てそっと背を擦ってくれた。

「善平さんが待てないなら、私が内田屋《うちだや》さんまで行きましょうか」

内田屋は湯島横町《ゆしまよこちょう》に店を構えている煙草問屋である。もっとも一口に内田屋といっても様々ある。元は本石町《ほんこくちょう》二丁目のこれも煙草問屋太田屋《おおたや》から暖簾《のれん》分けされた。内田屋は商い上手であったらしく、子や孫だけでなく、あるいは甥《おい》に、あるいは婿《むこ》に次々と暖簾分けしていった。煙草のほかに茶、銘菓、傘とその業態は多岐に亘る。中でも醤油《しょうゆ》酢《す》においては江戸でも有数の商いをしており、今では本元である太田屋を軽く凌《しの》ぐ富商となっている。

「いい。もう大丈夫だ」

ようやく喉の調子も良くなり、源吾は苦笑いして断った。

「では、今宵の仕込みを致しますね」

本日は非番であるが、予定が朝から晩まで詰まっている。小間物屋の善平は数には入れないが、昼には宗助が訪ねて来ると昨日言伝があった。そこで聞いたことを伝える為、夕刻に皆で集まることになっている。このような時、話を終えた後に深雪の手料理を振る舞うのが恒例となっていた。

一刻ほど陽を見つめていた。時折また悔しさが込み上げてくるが、下唇を噛んで押し殺す。深雪は忙《せわ》しなく動きながらも、時折こちらをちらりと見ていることに気が付いていた。

「いらっしゃいましたよ！」

善平が来たのだろう。いつになく喜ばしげなのは、苛立つ夫を見ていなければならないのは、気も滅入るからに違いない。庭に回ってもらうように告げ、善平が額をぴしゃりと叩きながら現れた。

「お待ちかねのようで。遅くなり申し訳ございません」

善平は齢二十八であるが、丸顔で真ん中にちょこんと団子のような鼻が乗っており、実際の歳よりもさらに若やいで見える。上州《じょうしゅう》高崎《たかさき》の産であり、十四の時に父が名主に借りた金子《きんす》を返済出来ずに田畑を失い、一家途方に暮れることになった。

この頃の江戸の景気は鰻《うなぎ》上りで、一旗揚げようと田舎から出てくる者が沢山いた。多くの成功者もいたが、その陰では商売に失敗して首を括る者もいる。根っから前向きな善平は思い切って江戸に出て、一家を立て直すことを提案した。

無愛想でとても客商売に向かかぬ父に代わって善平は行商に出た。これが善平には性に合っていたようで、今では一手で家族を支えるほどになっており、数年後には店を持つという夢も口にしている。

「松永様の煙草は……と。水府《すいふ》ですね。いつも通り十匁《もんめ》で十二文頂きます」

善平は引出し付きの桐箱を開けて刻みを取り出すと、天秤でもって重さを量った。

「薄舞《うすまい》にしておけば安上がりなのにねえ」

深雪は小言を零しながら財布から十二文を取り出した。

「薄舞は十匁八文、舞葉《まいは》は十文。水府でも留葉《とめは》の十五文や国分《こくぶ》の三十文よりはましでさ」

全て煙草の銘柄である。薩摩《さつま》煙草の国分はこの中で最も歴史が古く最高級品で、さらに産地が遠国であることも相まってなかなかの割高であった。薄舞、舞葉、留葉は総称して舞留《まいどめ》という銘柄で産地は畿内。質によって呼び名が変わる。他にも摂津《せっつ》産の服部《はっとり》、越後《えちご》の大鹿《おおしか》、甲州の生坂《いくさか》と多くの煙草が普及している。

源吾が好む水府はというと、今から百六十年ほど前、国分の種を常陸《ひたち》の水府村に移入したところこれが上手く育った。水戸藩主の徳川光圀《みつくに》は煙草の栽培を奨励して広まったという。

「縁起がいいじゃねえか」

水の府とは聞くからに火事が起こりそうにない。当初は験担《げんかつ》ぎで選んだが、ぴたりと己の嗜好《しこう》に嵌まり、今ではこれ以外の煙草を呑む気にはならない。

善平は銭を受け取りながら、源吾の顔を覗き込んできた。

「そのお顔の傷……これは少ないですが血止め代」

桐箱の中からもう一摘み水府を取り出すと、煙草入れの中へ落とした。

切り傷に刻みを押し付けると、不思議とよく血が止まり膿《う》むこともない。そのようなことから煙草を少量おまけする時、そのように言って渡すのが慣習となっている。今では煙草屋だけでなく、他の商いでもほんの少しだけまけることを、

――煙草屋の女房血止めほどにまけ
などと、表現するようになった。

「奥様、白粉《おしろい》はいかがですか？」

善平は小間物売りであるため、煙草の他にも巻き紙や白粉、鬢《びん》付け油など、様々な物を売り歩いている。

「間に合っています」

深雪は財布の紐《ひも》をさっさと締めてしまった。

「残念だ。奥様のようなお美しい方にこそ使って頂きたい逸品なのに」

「出入りしている全ての家で言っていると聞いていますよ。苛立たれては困ると、煙草だけは大目に見ているのです。他は締めていかねばなりません」

「流石《さすが》、勘定小町《かんじょうこまち》様。一筋縄ではいきませんね」

善平はちぇっと舌を鳴らして頭を掻いた。

「また十日後に来てくれ」

これ以上煙草のことに言及されては堪らぬと、源吾は追い払うように手を動かした。

「その傷、に組との喧嘩《けんか》ですかい？」

「もう知っているのか」

「大変な噂になっていますよ。ぼろ鳶が……」

善平はしまったといった顔つきになり言葉を濁《にご》した。源吾ら自らその名で名乗ることもあるのだ。ぼろ鳶と呼んでしまったことではなかろう。

「ぼろ鳶が何だ。どうせ耳に入る。言え」

「散々に負けて……消し口まで奪われたって」

不快な思いが込み上げてきて大袈裟《おおげさ》に舌打ちした。深雪はふうと溜息を漏らして奥へと引っ込んで行き、善平はばつが悪そうにしながら荷を担ぐと、礼を述べて退散していった。

空は青い。風は心地よい。緑は美しい。煙草もある。それなのに源吾の胸に渦巻く苛立ちは一向に消えない。

宗助が訪ねて来たのは未《ひつじ》の初刻（午後一時）であった。

「こっぴどくやられたな」

宗助の顔は散々である。一昨日から腫れが酷くなっており、目や口の周りには青紫の痣《あざ》が出来ていた。宗助が座るのも待てぬと源吾は口火を切った。

「ありゃあ何のつもりだ」

「申し訳ございません。捕えた野次馬は……」

「聞いている」

野次馬の行く末を確かめるべく、彦弥を残して遠くから現場を見張らせていた。彦弥は一刻も経たずして戻ってくると、こちらもかなり不機嫌そうに、余すことなく結末を復命した。

その話によると、辰一を始めとするに組は、僅か四半刻で会所を鎮火させたという。その後、捕えた野次馬一人一人に、辰一自ら何やら話しかけ、順を追って解放していった。畏《かしこ》まっている宗助に向け、源吾はさらに続けた。

「火盗とも揉めたらしいな」

「はい……大変な騒ぎで」

に組が野次馬を捕えているという話を聞きつけたか、島田率いる火盗が現場に急行した。殆《ほとん》どが解き放たれ、あと二、三人で終わるという時であったが、島田は馬上から罵《ののし》って止めさせようとしたらしい。

「まあ、それは当然だな」

島田の肩を持つ訳ではないが、それに関しては正しい判断であろう。

「御頭は憤る島田様を無視して、さっさと終えてしまいました」

「あいつは自分を不死身と勘違いしているんじゃねえか。今度は江戸払いじゃ済まねえぞ」

不遜《ふそん》な態度に、島田は歯ぎしりをしていたらしい。そのような無茶をしていれば、いずれ罪に問われてもしかたあるまい。

そもそも辰一はこれまで何度も刑を受けている。縄張りに踏み込んだ火消を半殺しにして手鎖が二回。さらに、火付けを働いた下手人を白壁に打ちつけて殺してしまい、江戸払いを受けた。これが四年前のことである。

辰一が去ったことにより、に組は未だ閉鎖的な気分は残すものの、他の火消の応援も受けるようになり、また自らも隣接する縄張りの支援にも出るようになった。

源吾はこれを知っていたからこそ、火消に復帰した後、に組の管轄にも等しく踏み込んでいたのである。例えば彦弥の幼馴染であるお夏《なつ》を救った火事も、明和の大火の折に秀助を追い詰めたのも、に組の管轄の中であった。

辰一が江戸に戻り、に組の頭に返り咲いたのは昨年のことである。安永《あんえい》への改元に合わせて恩赦が出され、江戸払いが取り消されたのである。それ以降、に組は前のように一切の干渉を拒《こば》むようになった。それで弊害《へいがい》が出ればお上も咎めようが、に組の管轄での失火は以前よりも少なく、仮に出たとしても瞬く間に鎮めてしまう。ので、半ば黙認されている現状である。そのようなことから市井では、に組の管轄のことを、

――町火消の国。

と、大仰《おおぎょう》に呼ぶ者までいる有様であった。

「そもそも辰一の目的は何だ」

「それが私たち配下にも訳は一切お話し下さいません。五日前、突然これから府下の火事全てに出る。そこに湧いた野次馬を一人残らず捕まえろ。と……」

に組の連中も解らないのに、こちらが解るはずがない。ともかく辰一がこのような行動に出たのは、源吾が知る限り初めてのことである。

「あいつはなぜ火消になった」

源吾はふと気になって尋ねた。辰一は源吾が火消になった時には、すでに町火消だった。

「御頭のお父上が、に組の頭だったのはご存知でしょう」

「ああ。そうだったな」

火消になった経緯に謎があるのではないかと考えたが、どうやら推測は外れたらしい。別に世襲という訳ではないが、父から子へ頭の席が受け継がれることは珍しくない。この宗助も、に組の組頭で不退の異名を取った宗兵衛の後を継ぎ、今ではその役目を務めている。

「事情は分かった。まあ、お前を責めるつもりはねえさ。俺が借りを返したいのはあの馬鹿だ」

「申し訳ございません……」

宗助は項垂れながら、か細い声で言った。

「謝るな。しかしお前らから辰一に訊くことはねえのか？」

「御頭はあのような御方。口答えすればどのような目に遭うかと、皆縮み上がっています。私もこれで済んで運が良かったくらいです」

腫れ上がった頰を擦りながら宗助は苦笑した。かつてに組に在籍した彦弥の幼馴染、花纏の甚助などは、育ての親の薬代のため、汚いやり口で銭を稼いだことが露見して、三日三晩木に吊るされたこともあったらしい。

「よくそれで付いていけるな」

源吾が呆れていると、宗助は口を結び、真剣な眼差《まなざ》しを向けてくる。

「怖いってのもありますが、俺たちは火消としての御頭のことを尊敬もしているのです。御頭が火事場に立たれれば、ああ、もう大丈夫ってね」

それもまた解るような気がした。辰一が個の火消としては最高の身体能力を有していることは、数々の逸話がそれを証明している。

鉄火場で喧嘩になり一人で二十余名を打ちのめしただの、たまたま通りかかった火事場で町火消の動きが悪いからと、これも一人で周囲四棟を全壊させてみせただの、中には暴れ馬に立ち塞がり前足を摑んで放り投げたなどという眉唾話まであるが、辰一ならばやりかねないと思えてしまう。それほどの火消でありながら、火消番付で大関になれないのは素行の悪さ故であろう。

「九紋龍以外にも一人火消、水龍、今金時《いまきんとき》、あいつの異名は数知れねえからな……」

辰一は様々な二つ名を持つが、最も通っているのはやはり九紋龍である。辰一の躰には九頭の龍が所せましと彫られている。恐らく水滸伝《すいこでん》の好漢の一人で、九頭の刺青《いれずみ》を身に刻んだ豪傑「九紋龍」史進《ししん》を模したものと思われる。そこからいつしか市井の者は辰一もそう呼ぶようになった。

「皆々様にも私から詫びさせて下さい」

宗助は皆に引き合わせてくれるように頼んだが、その必要は無いと思っている。

「お前が詫びても無駄さ。俺も含めそれで怒りの収まるやつらじゃねえ。必ず借りを返す」

残念ながら何か事情があったとしても、はいそうですかと引き下がれる性ではない。源吾は己に言い聞かせるように言い放つと、ぴしりと膝を叩いた。

夕刻になり五人の頭、そして左門が出揃った。彼らも溜飲が下がらず眠れぬ夜を過ごしたのだろう。左門以外の目の下には隈《くま》が浮かんでいる。源吾は宗助から聞いたことをありのまま伝え、そして辰一という男の知る限りのことを語った。途中武蔵が補足するが、どれも辰一の異常なまでの個としての力量の裏付けである。

「絶対ぶっ殺してやる」

　己がやられたことよりも、甚助を馬鹿にされたことが腹に据えかねたようで、彦弥は激昂している。普段なら汚い言葉を吐くなと窘《たしな》める寅次郎も、

「次は油断しません。もしまたやられたら、儂は金輪際《こんりんざい》、力士であったと名乗らん」

　と、熱っぽく再戦を望んだ。左門は二人を落ち着かせようとするが、一向に興奮は収まらない。

「新之助が無礼者、って斬ってしまえばよかったんだよ」

　彦弥は頬の擦り傷を指でなぞりつつ憎らしげに言った。

「あれね、結構大変ですよ」

　新之助は刀を握る真似をしながら答えた。新之助いわく、剣術というものは一言で表せば理詰めの技なのだという。こうすればより刀が速く振れる、ああすれば太刀筋を外せるなど、理《ことわり》を学んでゆけば、誰しもある程度の遣い手になれる。もちろん実戦では心が躰に反映するものの、日々の弛《たゆ》みない修練がその振れ幅を狭めるらしい。

「でも、たまにいるのですよ。理が通じない……そう、それこそ龍のようなやつが。まさにあれはそのような感じです」

この中で群を抜いて強い新之助がそう言うのだから、辰一の実力のほどが知れる。

「辰一のやつ、本当に何が目的なんだ……」

武蔵は会話に入らずに、顎に手を添えてずっと首を傾げていた。

「御連枝様のことも気にかかります」

星十郎の言うように、新庄藩内部も落ち着かない。このままでは鳶の半数を解雇せねばならぬ。まさに内憂外患といった様相を呈している。

「辰一のやつは容赦しねえ。それは決まっている」

源吾がそう言うと、ほとんどが力強く頷く。ただ左門だけが頭を抱え、それを星十郎が止められる訳ないではないですかと慰めた。

「まずは、あの馬鹿若様って訳ですね」

新之助はまた平気な顔で言うので、左門は大きな咳払いを見舞った。

「昨日、御連枝様に呼び出された」

「何を訊かれた」

源吾は些か驚いて眉を開いた。

「お主のことよ。いかなる男かとな」

左門は源吾を新庄藩に誘い入れた張本人である。咎められると思いきや、そうではなかったらしい。源吾がいかなる経歴を持ち、どのような考えであるか。ただそれを聞いただけだという。

「同じ轍《てつ》は踏みたくねえってか」

新庄藩火消は一度壊滅している。六右衛門は藩財政立て直しのために、火消の予算を減じようとした。荒っぽい配下の鳶たちは、六右衛門を急襲する計画を立てるほどであった。その時の火消頭取は、六右衛門と幼馴染である眞鍋幸三《まなべこうぞう》という男である。眞鍋は配下の暴挙を止めさせ、代わりに一人で抗議のために腹を切った。

暴発は止まったものの、眞鍋を慕っていた配下の多くは新庄藩を辞した。その後を継ぎ、著《いちじる》しく弱体化した新庄藩火消を率い、火事に挑んで散った頭取並。それこそが新之助の父である鳥越蔵之介《くらのすけ》であった。蔵之介もまた、眞鍋と同じく、六右衛門と同年同窓である。二人の幼馴染の想いを背負い、蔵之介は炎に立ち向かったのだろう。新庄藩火消は最後の頼みの綱である蔵之介まで火事で失い、見る影もないほどに崩壊した。それを立て直すために登用された者こそ、松永源吾である。

今では新庄藩は随分持ち直し、源吾を中心に固く結束している。だが、火消を圧迫すれば、同じ事態にならないとも限らない。まずは新庄藩にとって外様の、源吾を馘《くび》にしたいところだろう。正親が己に興味を持つのも、その一環だと思われた。

「それがな……当家の火消がいかなるものか見届ける。それまで暫く猶予《ゆうよ》しても良いと仰せだ」

「どういう風の吹き回しでしょうか」

武蔵はこれまで一手の頭として、人世の酸いも甘いも知り尽くしている。疑うのも無理はないだろう。

「お主らのこれまでの活躍を聞いて、心変わりされたのであろう」

左門は純朴《じゅんぼく》で生真面目な男である。主君の一族を信じたいという思いからそのように解釈したらしい。が、源吾はそこまでお人よしではない。しかし気に掛かっていることもある。

――全ては……救えぬ。

そう言った時の正親には、何か真に迫るものを感じたのだ。

俄《にわ》かには信じがたいものの、これ以上論議しても進展はなかろう。今は六右衛門の快癒《かいゆ》を祈りつつ、火消の本分に邁進《まいしん》するほかあるまい。

話が煮詰まったことを察したか、深雪は襖を開けてこちらに合図を送った。

「飯にするか」

源吾の一言で皆の顔に喜色が浮かぶ。松永家の食事は銭を取るという鉄の掟《おきて》がある。毎回御馳走《ごちそう》していては、とてもではないが家計が持たぬということもあるが、長い付き合いをしようと思えばそこらのけじめを付けた方がよいという深雪の持論である。

食事の用意が始まるのを見計らって左門は腰を浮かせたので、源吾は引き止めようとした。

「食って行けよ。どうせお前はただださ」

「そうしたいところだが、今日は私が作るのでな」

「何を」

「夕餉だ」

「何だそりゃ」

源吾は素っ頓狂《すっとんきょう》な声を発した。女天下は終わったはずではないか。

「女天下で妻の大変さがよく解った。それに包丁を握り、存外楽しいとも感じたのだ。毎度は無理だが、たまには私が作ってやろうとな」

左門がさも楽しげに言った時、背後に不穏な気配を感じ、源吾は溜息を零した。

「さすが左門様。よくぞ女たちの思いを汲んで下さいました」

深雪は手を叩きながら褒め称《たた》える。

「深雪殿がよい機会をくれた。感謝しております」

「それでこそ戸沢家を背負って立つ御方。甘い言葉で女を誑《たぶら》かす、どこぞの軽業師とは訳が違いますね」

「勘弁して下せえよ……」

彦弥は突然の流れ弾をくらって身を縮めた。源吾を含めそれ以外の者の表情を一言で表すならば「無」である。下手《へた》に口を開こうものならば、とばっちりを受けかねないと知っている。

左門を見送ると、深雪は今日も鍋を抱えて現れた。やはり食事をこれだけの人数分用意するのは大変である。しかも寅次郎のような大食漢もいるのだ。どんどん具材を足してゆける鍋物がよい。何より気の合う者と鍋を突《つつ》くのは楽しいものである。

「はい、どうぞ」

「げ……何ですか。これ」

新之助は目を剝いて鍋を覗き込んだ。新之助のように迂闊《うかつ》に口にしないものの、皆が同じ感想を持ったに違いない。好き嫌いを一切言わず、何でも胃の中にいれてしまう寅次郎さえ顔が引き攣っている。

鍋の中に得体の知れない赤い出汁と、白い出汁が渦を巻いている。いや、出汁かどうかすら怪しい。それほど鮮やかな色をしていた。

「深雪さんこれは……ちょっと」

腹を括ったか、武蔵が皆を代表して苦言を呈しようとした時、星十郎が微笑んだ。

「これが噂に聞く源平鍋ですか」

「さすが星十郎さん！」

深雪は嬉しそうにぱちんと手を打つ。

「何だ。そりゃ」

人参を擂《す》り下ろしたもの、大根を擂り下ろしたもの、それぞれを昆布《こんぶ》出汁で割ったものがこの紅白の正体である。魚介や野菜を入れた鍋にそれらを交互に入れ、見た目でも楽しめるよう、このように綺麗な紋様を描いているらしい。源氏の白旗、平氏の赤旗を模して、今から六百年ほど前に出来た鍋であるというのだ。

「しかし、これは讃岐《さぬき》国の鍋と聞いております。奥方様が何故これを」

「京極様の家中の方に教えて頂きました」

京極といえば、例の女天下を伝播《でんぱ》させた家である。親しい付き合いをさせて貰っているのだろう。

「さて……」

深雪が咳払いをすると、皆はそれを合図に財布を取り出す。

「お幾らで？」

新参の武蔵を含め、もうすっかりこの決まりに慣れ切っている。最初に思わず腐してしまった新之助は心配げに財布の中を覗き込んだ。

「源氏は捲土重来《けんどちょうらい》、平氏を打ち破りました。ただです」

「え？」

源平合戦の行方が我が家の食卓に影響するとはいかなることか。皆が一斉に首を捻る。

「ただし、見返して下さい。何も腹が立っているのは殿方ばかりではないのです」

深雪はあまり語りたがらないが、世間では遂にあの辰一が塒を出たということで持ちきりであるらしい。ついでに「ぼろ鳶」の鍍金《めっき》が剝がれたという話もちらほら聞くという。

「わかった。見ていてくれ」

源吾は頰を膨らませる深雪に誓った。

煮える鍋からはよい香りが立っていた。さっそく箸を付けた新之助と武蔵は、目を見合わせてその美味さに驚いている。源平鍋とやらも味は滅法良いのに、その見た目で苦労するだろう。そんな他愛のないことを考え、源吾はくすりと笑った。

五

翌日の訓練を終えた後、寅次郎と星十郎が歩み寄って来た。あまり見ない取り合わせである。

「少し気になる話を耳に挟み、先生に相談したのです」

前回の火事が起こった同日同時刻、もう一件の事件が日本橋で起きていたという。

「またか……」

六本木町の事件と同様、ある商家の一家、使用人が皆殺しにされたらしい。それほどの事件でありながら、まだ噂にもなっていないのは、火盗改が厳しい箝口《かんこう》令《れい》を布《し》いているからだという。探索も近所の者にも勘付かれぬよう隠密裏《おんみつり》に行っているらしい。しかしそれを何故寅次郎が知っているのか。

「襲われた商家は材木問屋の菱屋《ひしや》と謂い、達ケ関の谷町《たにまち》なのです」

谷町同士の集まりに、毎度顔を見せるはずの菱屋の主人が現れぬことを心配し、達ケ関は訪ねてみた。するとそこで探索をしていた火盗改と鉢合わせた。

当初は怪しまれて尋問を受けたが、相手が人気絶頂の力士達ヶ関だと分かると、掌を返して手形を求められた。にこやかにそれに応じつつ、達ヶ関はさりげなく探りを入れると、火盗の下っ端はここだけの話と前置きして、ことのあらましをこっそり教えてくれたらしい。達ヶ関は火事と何か関係があるのかもしれぬと、急ぎ寅次郎にそれを伝えてくれたという。

「六本木町の事件でも、同日に宮村町の火事がありました。偶然にしては出来過ぎています」

星十郎がそう言うということは、すでに推理まで終えているということだ。

「どういうことが考えられる」

「火事を囮《おとり》に火盗改や奉行所の目を引き付け、押し込みを行っていると見ます」

確かに最初の六本木町の事件も、この度の事件も狙われたのはかなりの富商であった。金目のものが根こそぎ奪われているということからも、怨恨《えんこん》よりも強盗の線が濃いという。それが事実だとするならば、下手人は一人や二人でなく、統制のとれた複数であることも予測される。

「つまり盗賊一味のようなものか」

「はい……いかが致しましょうか」

「俺たちは火消だぞ。とはいえ、島田じゃな……」

島田は常に出世の機会を窺っており、手柄を得るよりも失敗を恐れ、型通りの探索しかしない。それではこれほど大掛かりな相手には必ず苦戦するだろう。その点、火盗改の前任者は立身の野心などさらさらなく、市井の静謐《せいひつ》と将軍家の安《あん》寧《ねい》のため、いかなる手段も用いる男であった。

――長谷川様……。

京にいる平蔵を思い描き、西の空を眺めた。その時、ここに近づいて来る跫音が耳に飛び込んできた。かなり慌てている様子だが、歩幅は狭いことから女、何より聞きなれた跫音である。木戸口から飛び込んできたのは、肩で息をした深雪である。ここに顔を出すことは滅多にないため、何事かが出来したのだろう。

「いるのですか！　とっくに聞こえているのだから、迎えに来てください」

深雪は恨めしげに言い放った。

「それよりも走るな。身重だぞ」

「それならば猶更――」

「そこまでにしようぜ。夫婦喧嘩は犬も食わねえ」

武蔵がそう言いながら間に入ると、皆がどっと沸き、夫婦して赤面して俯き加減になる。

「何かあったか」

「文が届きました。伝馬《てんま》だったので、少しでも早いほうがよいとお持ちしました」

幕府によって各宿場に置かれた馬を使い、継走して文を送ることを伝馬という。馬の脚であるため飛脚などよりも相当に速い。昨今では富商も独自にその制度を整えつつあるが、やはり伝馬といえば公儀のものという印象が強い。

「誰からだ」

深雪は源吾だけに聞こえるようにそっと告げた。

「長谷川様です」

深雪から受け取ると慌てて文を開く。まさか願いが届いた訳でもなかろうが、この偶然に心を躍《おど》らせた。しかしそれも束《つか》の間、文字を目で追うにつれ、己でも笑みが消えていくのが解った。余程険しい顔をしているのだろう。深雪が不安げに覗き込んでいる。

「星十郎、こいつらだ」

星十郎はさっと目を通し、次に新之助らが文を囲むようにして貪《むさぼ》り読んだ。

「千羽一家……」

新之助は思わずその名を口にした。

実に達筆な字で、皆の無事を祈っていることが綴られた後、文は本題に進む。


この度、伝馬を走らせたのには訳がある。

千羽一家という悪党がいる。これらは三十年ほど前までは江戸を中心に盗みを働いていたが、ある時を境に江戸を出て、盗みの場を他へと移した。解っているだけでも畿内を中心に十九ヶ国で被害が出ている。

その手法はいずれも同じで、まず少し離れた地に火《ひ》を付けて注意を惹き、真の目的である押し込みを行う。こやつらが恐れられる所以《ゆえん》はそれだけではない。被害にあった富商の多くは一族使用人も含め、皆殺しにされているのだ。

儂は大坂に潜伏する千羽一家を追ったが、あと僅かの所で逃げられた。尚もその消息を追うと、どうやら箱根《はこね》の坂を越えたことが判った。三十年もの間、江戸での盗み働きを避けていた千羽一家が、なぜ戻ったのかは分からん。あるいは江戸で上方のほとぼりを冷まし、また他の地へ移るのかもしれない。しかし儂の勘働きでは、江戸でことを起こすのではないかと思う。

　このことは田沼様は勿論、後任の島田殿にもお伝えしたが、ふとお主にも伝えたほうがよかろうと思った。火事を消し止めるのが早ければ早いほど、やつらは動きづらくなるだろう。事あった時は、一刻も早く消し止めて欲しい。

　江戸も騒がしいようだが、こちらも大層難儀しておる。さすがは千年の京、伏魔殿のように悪が湧いてきて、躰がいくつあっても足りん。次々起こる難事件に頭を痛めておる。

　時折、お主や綱《つな》殿を思い出す。落ち着けば手形を出す故、夫婦水入らずで遊びに来い。綱殿が来たとあらば、京の鬼どもも肝を潰すであろう。

　最後は平蔵らしい諧謔《かいぎゃく》で締められているが、逼迫《ひっぱく》した状況だということはよく解る。明言されてはいないが、今の火盗改では心許無いと思ったのだろう。打てる手は全て打ち、たとえそれが無駄となっても喜ばしいことである。平蔵はそれをよく知っている。外様の小藩の火消頭取に過ぎぬ源吾にまで文を送ることがその証拠である。

「手口が同じです。間違いないかと」

　星十郎は断言してみせた。

「府下のどこで火が出ても、神速で消し止める……か。また御連枝にぼやかれるな」

ただでさえ無理難題であるが、今の新庄藩には不安要素が多分にある。暫く様子を見るといった正親であるが、些細な小火《ぼや》にまで首を突っ込んでいたら、いつまた気が変わるやもしれない。それに再び辰一が現場を荒らしに来ることも考えられる。

千羽一家とやらを島田が捕縛するまで、正親を賺《すか》し、辰一を出しぬいてこれを続けねばならない。気の遠くなるような話に、源吾は深い溜め息をついて、今度は少々恨めしく思いながら西の空を見上げた。

第三章　競《せ》り火消

一

「ふむ……」

源吾は夥《おびただ》しい日記に囲まれながら低く唸った。新之助は次から次に日記を捲り、星十郎は気になる箇所を見つけては凝視している。

「何か解ったかな」

そう言いながら襖を開けたのは、近頃京より戻ったばかりの山路連貝軒《やまじれんがいけん》である。星十郎は山路家が代々一日も休むことなく日記を付けていることを思い出し、それを見せてくれるように頼んだ。山路は不躾《ぶしつけ》な頼みも快《こころよ》く引き受けてくれ、それどころか一室を貸して好きなだけ調べろと申し出てくれた。

「拾い出すだけでも一苦労です」

千羽一家はその昔、江戸で暗躍していた盗賊団である。それが三十年前に忽然《こつぜん》と姿を消し、次に現れたのは畿内であった。そこから九州、四国と西国を中心に今なお荒らし回っている。それが唐突に江戸に戻ったのには、何か訳があるのではないか。星十郎はそう仮説を立てて、江戸の頃の千羽一家の情報を得ようとした。

「取りあえず、全て頭に叩き込んでおきます」

新之助は休むことなく手を動かし続けている。幕臣の屋敷にお邪魔するのだ。新之助のような騒々しい者を帯同したくはなかったが、一度見たことは決して忘れぬという驚異《きょうい》の特技は、この場合最も役立つだろうと連れてきた。

「まだ全てを洗えた訳ではありませんが、大きな違いがありますね」

「ああ。今とはえらい違いだ」

江戸を賑わした頃の千羽一家は、一切の殺しをしていない。夜陰に紛《まぎ》れて忍び込み、あるいは予《あらかじ》め使用人として配下を送り込んで内から手引きさせ、数々の富商から大金を盗み出している。それどころか、貧困に喘《あえ》ぐ者に施《ほどこ》しをしたなどの噂も立っていたようで、義賊と褒めそやす者までいたらしい。

「山路様はこの頃のことを覚えてらっしゃいますか？」

「これは父の手だ。この頃の儂は昔のお主のように籠りっきり。とんと世相に疎《うと》くてな」

　連貝軒は皺《しわ》深い口元をなぞりながら笑った。星十郎は初めて聞いたようで目を瞬かせている。

「一体、こいつら幾つなのでしょう。もうよぼよぼの爺様じゃあないですか」

　新之助は煙草を一、二服する間に一冊を読み終わり、次のものに手を掛けている。

「最も古い記録で、三十五年前。当時二十歳としても、五十五か。同じ男が頭なら、まあいい歳には違いない」

　このような盗賊団も世襲されると聞いたことがある。千羽一家も世代を交代しつつ今があるのかもしれない。

「これですね。余程驚いたのでしょう。他よりも詳しく書いてあります」

　星十郎が年代から割り出した一冊を差し出した。寛保《かんぽう》二年（一七四二年）、八代将軍吉宗公の治世である。その頃の源吾は幼子であるし、星十郎や新之助に至っては影も形もない。

「江戸きっての呉服屋『出雲屋《いずもや》』か。親父から聞いたことがある。とんでもなく手広い商いをして、蔵には金が唸っていたらしい」

「これが江戸で最後にして、初めて人が殺《あや》められた押し込みです」

　これより後は江戸での記録がないためはきとは解らないが、平蔵の話から推測するに、義賊の振る舞いとはかけ離れているようだ。

「一家八名、使用人二十六名が惨殺されたか……こりゃ酷《ひで》え」

「一人の丁稚の遺体が見つかっていないことから、当時この者が手引きしたと奉行所は判断したようです」

「今、何と言いました⁉」

　新之助が唐突に叫んだものだから、皆面食らってしまった。

「丁稚が一人……」

「その前です！」

　再度星十郎が読み上げようとするのを遮り、新之助は日記を覗き込むと、独り言のように呟いた。

「やはり……おかしいです」

「何がおかしいんだ」

　源吾だけでなく、星十郎さえ理解出来ないようで顔を見合わせた。

「元文《げんぶん》五年（一七四〇）、出雲屋の引き札に書かれた売り文句が話題になったとありました」

　引き札とは商人が自らの商品を宣伝するために刷られた印刷物である。費用が嵩《かさ》むことから、資金潤沢な大店《おおだな》でしか刷ることが出来ない。

「それがどうしたってんだ」

　源吾はじれったくなって後を急かした。

「その売り文句は、十人十色の品揃え……出雲屋は旦那と内儀《おかみ》、息子娘合わせて、一家十人。それと掛けているとありました。ああ、これだ」

　新之助は何冊か前に目を通した日記を取って開くと、ある日の記述を指さした。おもしろい売り文句を考えるものだ。これからはこのような売り方が主流になるのではないか。そのようなことが書かれている。

「つまり二人生き残りがいるってのか」

　星十郎は再び日記に目を通すが、そのような記載はされていないという。

「こうなれば、奉行所の記録を当たるしかありませんね。しかしそう簡単には見せて頂けないでしょう。田沼様の口利きを……」

「奉行所だな。些か伝手《つて》がある。当たってみよう。頃合いを見てまた訪ねてくるがよい」

三人のやり取りを見守っていた山路が口を開いた。

「山路様よろしいので?」

山路はその問いには答えず、父の残した日記を穏やかな顔で捲っている。

「私が父から日記を受け継いだのは五十を過ぎてより。書くのは和算と天文のことばかりよ。今少し早ければ、世間や人にもっと興味を持てたのかもしれぬ」

「それは山路様が学問に打ち込んでこられた証。それによって我が国の和算、天文は大きく進みました」

幕府の天文方として著名な山路であるが、関《せき》流の和算の大家でもある。その学問の功績は計り知れない。

「今になって孫一《まごいち》の言うことが良く解る。学問は暮らしに生かしてこそ意味がある……とな」

星十郎の父、孫一はその考えに思い至り、幕府のためだけの学問を捨てて野に下った。そして御徒士《おかち》の株を買って気儘《きまま》に学問を修《おさ》めながら、己の知識を人々に役立てるべく、当時定火消であった源吾の許へやってきたのだ。

「山路様……失礼」

源吾はその場に立ち上がると、両耳に手を添えて目を瞑《つぶ》った。

「来ましたか」

新之助は散乱した日記を揃え始める。

「太鼓の音がする。方角、距離から察するに築地《つきじ》のあたりだ」

意味が解らずにいる山路に、星十郎は源吾の聴力が並外れていることを教えた。

「恐らくまたに組が管轄を越えてきます。急ぎましょう」

星十郎も片づけを手伝おうとしたが、山路は掌を向けて止めた。

「そのままでよい。急ぐのだろう」

「しかし……」

「お主、孫一に似てきたな。目が輝いておるわ」

星十郎は少し気恥ずかしそうに俯いた。山路はそれを微笑ましげに見つめながら続けた。

「行け。世に瞬いてこい」

「はっ！」

星十郎は柄にもなく声を張り上げると、先陣を切って歩み始めた。

「山路様、この礼はまた……」

「奉行所と繋ぎ次第報せる。星十郎を引っ張り出してくれたこと、感謝してお
る」

目尻に皺を寄せる山路の眼差しは、我が子を思う父のように見えた。源吾は深々と頭を下げると、星十郎を追って飛び出した。

「遅いですね」

新之助はくすりと笑った。随分早く出たはずなのに、星十郎はまだ一町も行っていない。しかも早くも肩で息をしている始末である。それでも両手を無様なほど振って走っているその背が、妙に恰好良く見えてしまうのは何故だろうか。

「三十数える間に追いつくか」

「いや、二十でしょう」

二人は笑い合いながら駆け出した。陽は落ちたばかり。空はまだ縹《はなだ》色だというのに、すでに一番星が煌《こう》々《こう》と輝いている。

二

教練場に飛び込むと既に皆が集合を終え、碓氷を始め、馬も曳かれていた。

「急げ！　あいつに先を越されるな」

碓氷に飛び乗ると、腹を蹴って先頭を疾駆《しっく》する。築地ならば互いの管轄からほぼ同距離である。教練場に戻るまで時は要したが、太鼓の音を早くに察知したのはこちらのはずである。ならば単純な足の速さの勝負になる。これに関しては自信があった。質量共にどこにも負けない訓練を施している。

「必ず先に消すぞ！」

源吾が馬上で咆哮すると、配下が威勢の良い声を上げる。碓氷も主人の気合いを察したか、高らかに嘶《いなな》いてさらに脚を速めた。

「腰が引けているぞ。貸せ！」

武蔵は叱咤しながら、自ら竜吐水の担い手に加わった。

「武蔵、先掛けでいくぞ」

源吾は振り返って呼びかけた。竜吐水は日々進化しているものの、まだまだ威力も弱く、貯水量も少ないことから、専《もっぱ》ら隣家を濡らして類焼を防ぐために使う。先掛けとはその基本に依《よ》らず、火元に直接水を掛けて鎮火することで、熟練の水番でも極めて難しい。この先掛けが得意なことと、どのような状況でも火事場に駆け出すことを掛けて、武蔵は魁の異名を轟《とどろ》かせていた。

熟練の火消である武蔵は、源吾の意図をすぐに汲《く》み取った。

「そのつもりだ。それ以外に先に消す方法はねえ。四式竜吐じゃあ心許ないが……」

一口に竜吐水といっても様々あり、時代と共に改良を重ねられ性能が上がっている。新庄藩のものは、火消の世界では知らぬ者がいない絡繰師《からくりし》、「水工」平井《ひらい》利兵衛《りへえ》作の四式竜吐水である。長年の使用で老朽化《ろうきゅう》が激しく、最新の七式とはいわずとも、せめて五式にしてほしいと、武蔵に頼まれていた。とはいえ、今はあるもので対処する他ないのである。

風が東に向けて吹いており、近づくにつれて煙が濃くなる。焦げる臭いの中に、美味そうな香りが混じっているので不審に思っていたが、辿り着いてようやくその理由が解った。火元は南小田原町《みなみおだわらちょう》の乾物商い「小谷屋《こたにや》」である。幸い近隣も含め避難は済んでいたが、八丁火消、町火消が入り混じっているもののまだ数は少ない。このままでは相当に広がると見た。配下を散開させている間、新之助が傍らに寄ってきた。

「早く消さないとまずいことになりますよ」

その声はいつになく深刻さを帯びている。今回の火事はただの失火かもしれず、千羽一家と繋がりがあるのかは判らない。それでも早く消さなければならないことに変わりはない。ましてや何故か方針を一転させた辰一が、いつ消し口を奪いに来るか分からないのだ。

「今更分かりきったことを」

「ああ、そっちじゃありません。ここ、奥方様お気に入りの干し芋を取り扱っている店です。一刻も早く消さないと、なかなか商いを再開できません」

新之助は大真面目に言い切ると、配下に配置修正の指示を飛ばした。源吾は半ば呆れながら苦笑した。

「全くお前ってやつは……」

「私たちにとってはそれも大事です」

「違いねえ。機嫌を悪くさせたかねえな」

源吾は腹に力を込めて炎を睨み付けた後、鋭く言い放った。

「星十郎！」

切迫した状況であればあるほど、現状を口に出して読み上げろ。それによって冷静な判断を取り戻し、配下と目的を綿密に共有することが出来る。これはかつて源吾を支えた風読みにして、星十郎の父、加持孫一の教えである。

「皐月十二日、戌《いぬ》の刻（午後八時）。風は東からの海風。半刻後には風は若干《じゃっかん》弱まると見ます。しかしながら此度は半刻も掛けてはいられません。先掛けでもって、四半刻以内での鎮火を目指します！」

言い終わるや否や、源吾は高らかに叫んだ。

「龍に餌《えさ》を残すな！　いくぞ！」

すでに小谷屋の四方を四機の竜吐水で包囲させてある。新庄藩火消の竜吐水は先代の眞鍋の頃から使われている旧型のおんぼろである。それを何度も修復して今日まで使用していた。周りの八丁火消、町火消たちは無謀だと止めようとするが、武蔵は聞く耳を持たず、号令を発した。

「てえ！」

一斉に放水が開始され、四方から大きな弧を描いて水が降り注ぐ。

「甲はやや左上、乙は口を下に。丙《へい》はそのまま浴びせろ。丁《てい》は小刻みに振って炎の手を狩れ！」

武蔵は火事場で鍛えられた喉を常に響かせ、休むことなく細かく指示を出していく。一機に対して今回はさらに増員して十五人の水番をつけて、玄蕃桶で滝のように給水を続けた。

「先生！　これでいいですか？」

寅次郎は置き捨てられた大八車や車長持ちを見つけて来た。今回は隣家を破壊しないため、寅次郎率いる壊し手と、彦弥率いる纏番、梯子番が手持ち無沙汰になっている。これを使って星十郎は新たな一手を打つと言い、到着と同時に荷車の類を探させていた。

「十分です。鳥越様、近くに八百屋《やおや》はありませんか？」

「一本向こうの通りに万代《まんだい》と謂う店、少し離れていますが二町北を左に折れ、一町進んだところに富菜屋《ふなや》が」

新之助の頭には江戸市中の切絵図が完全に叩き込まれている。源吾も大概は覚えているが、これに関しては一歩譲らざるを得ない。

「寅次郎さん、彦弥さん。手分けして青物をかき集めて下さい。あればあるほどよい」

なぜそのようなものが必要なのか誰にも解らない。だが新庄藩一の智謀を皆が信じ切っている。二つ返事で快諾すると、八百屋を求めて走り去っていった。

「鳥越様は北と東に出張り、龍が来たら報せて下さい。そこが限界となります」

「分かりました。行きますよ」

新之助は残る二十名を引き連れて見張りに出ていった。

「拙者《せっしゃ》たちは何をすれば……」

八丁火消と町火消は単独で消火出来る人数が揃っておらず、結果的に消し口を奪い取ってしまっている。それでも文句を言わず、指示を仰いでくるのは、新庄藩火消の実力が知れ渡ってきた証拠だろう。

「ご覧のとおり先掛けで消します。水が枯渇せぬようご助力願います」

「承《うけたまわ》った」

八丁火消と町火消は相談して、武蔵の支援に当たる。

「武蔵さんでもここまで燃えていれば、それなりの時を要します。その間に私たちは……」

「野次馬を逃がす。そして何故火が付いたか探るんだな」

「その通りです。これが付け火なら、さらに一手打たねばなりません」

星十郎の頭は冴え渡っている。この分野でも源吾は負けるだろう。そこまで考えた時、ふいに疑問が湧きあがった。

——己はこの組に何を与えているのか。

と、いうことである。確かに誰にも劣《おと》らぬ耳を持ってはいる。しかし新之助のような常人離れした記憶力は無い。剣もからっきしで中の下といったところ。星十郎ほどの知恵もなければ、武蔵には火の動きを読む力で劣り、寅次郎や彦弥のようなずぬけた身体能力もない。

　野次馬にこの場を離れるように伝えつつ、小谷屋の住人を探していると、星十郎が尋ねてきた。

「いかがしました？」

「いや、皆よくやってくれているなと……」

「口内を噛みましたね。御頭が不安な時の癖です」

　南蛮では人の心の動きを知る心理学という学問があるらしく、星十郎は出島より仕入れた禁書によりそれさえも修めている。このようなことも書かれているのかもしれない。

「何もないさ」

　三年前までは火消のいろはさえ知らない連中だったのだ。ここまでの火消になったことを誇りに思う。自らの負担が軽くなったことも喜ばしい。それにもかかわらず、同時に寂しさを感じる己の身勝手さが嫌になってくる。

「御頭も存外抜けているのですね。あっ、北は駄目です。南へ退避して下さい！」

星十郎は躊躇うことなく言うと、北へ逃げようとする野次馬を制止した。

「ひでえ言い草だな」

「御頭がいるから、皆は安心して戦えることをお解りでないようです。御頭がおらねば、そもそも皆ここに集うこともありませんでした。私などは一生暗い部屋の中で、天井に星空を思い描いていたことでしょう」

星十郎は誘導を続けながら、振り返りもせずに続けた。

「無欠な者などおりません。それを補《おぎな》い合い人は生きているのです。個の力には限界があるかと」

「こりゃあ一本取られたな。まさかお前に人を教えられるとは」

源吾は項《うなじ》を掻きむしりながら自嘲《じちょう》気味に笑った。

「人は変わるのです」

「今のお前なら、お鈴《すず》もぞっこんだぜ」

お鈴とは小諸屋《こもろや》という蕎麦屋の看板娘で、火難にあった時に駆けつけたことで、星十郎が新庄藩火消に加わるきっかけとなった。それ以降、星十郎が淡い恋心を抱いていることを知っている。源吾の軽口に星十郎はその赤髪に負けぬほど顔を染めた。

「馬鹿なこと仰っておらずに、励んで下さい。あの化物が来てしまいますよ」

「先生、寅たちが帰ってきたぜ」

先生と呼んで揶揄うと、星十郎は情けない顔になった。

「もう……いきますよ！」

大八車、車長持ちには青菜や、大根などが山のように積まれており、急いで来たからか来た道に点々と零れ落ちている。

「取ってきました。しかしこれをどうすれば？」

大八車を曳いて来た寅次郎は怪訝そうな顔をする。

「投げ入れて下さい」

「先生も料理に凝《こ》りだしたのかい？」

彦弥が皮肉っぽく笑う。源吾とてその意味を解しかねた。燃え盛る家屋に投げ入れれば、見事に焼き野菜が仕上がるだけではないのか。

「いいから早く！」

星十郎が急かすと、寅次郎たちは半信半疑といった様子で次々に野菜を投げ入れた。燃え盛る商家に向けて青菜や大根、茄子《なす》、蕪《かぶ》、胡瓜《きゆうり》などが飛んでいるのだ。あまりに滑稽《こっけい》ともいえる光景に、手伝いに回っている八丁火消や町火消も呆気に取られている。

半分ほど投げ込んだところで変化が見られた。先ほどよりも明らかに火勢が弱まっているのである。

「本当に効くのですね……」

寅次郎は手に持った大振りの蕪を見て呟いた。

「先生は正気だったようだな」

彦弥は胡瓜を小気味よい音を立てて嚙み折ると、からりと笑って残りを投げ入れる。

「そういや八百屋の火事は不思議と火の回りが遅いな」

源吾は経験則からそれを思い出したが、いかなる原理なのかは知らない。

「青物は多くの水を含んでおります。それが火に熱されて下から水気が立ち上るのです」

「助かったぜ、加持様。一気に決めるぞ！　気合い入れろや！」

武蔵はこちらに向けて礼を言うと、より一層配下に捲し立てた。鳶たちは汗だくになりながら奮闘している。用水路から水を汲んでは、玄蕃桶を抱えて走り、一滴も零さんと注ぎ込む。竜吐水は決して途切れることなく水を飛ばし続け、武蔵が自ら蛇管を取ることもあった。

全ての青物を放り込んで間もなく、上下から圧迫されるように炎は萎《しぼ》んでいった。

「やったな……」

小谷屋の柱は灰黒色に染まり、歪な紋様を浮かべて罅《ひび》割れている。剝き出しになった梁《はり》から水が滴《したた》る。鎮火しても武蔵は種火一つ残さぬように督戦《とくせん》を続けた。

「御頭、こちらが小谷屋の主人です」

鳶の一人が見つけてきたようで、源吾の前に連れて来た。

「申し訳ありません……」

主人は顔を引き攣らせながら頭を垂れた。歳は五十を超えているだろう。髪が薄くなったせいか、小さな髷《まげ》を結《ゆ》っており、それが余計に悲哀を引き立たせていた。

「災難だったな。出火の訳は何だ」

「はい……うちのどら息子が、煙草の火の始末を誤ったようで……」

「そうか。だが死人がでなかったのが何よりだ。今後このようなことがないよう言い聞かす故、後日当家に連れてくるがいいさ」

「ありがとうございます。落ち着けば必ず」

「気落ちするのは仕方ねえが、早く商いを再開してくれよ。家内は小谷屋の干し芋以外は食わねえからよ」

源吾がそう言って笑いかけると、主人の顔にもようやく笑みが戻って来た。

丁度そのようなやり取りをしていると、北から新之助たちが引き上げて来るのが目に入った。

「御頭！　来ましたよ。ご指示通り退散してきました」

に組の連中が現れても、決してぶつかることなく退いてくるように厳命している。

「さすが武蔵さん。上手く消せましたね」

新之助は感心しながら消し炭となった小谷屋を眺めた。

「火の不始末による失火だ。千羽とは関係ねえようだ」

「退きますか？」

「いいや、待つさ」

源吾がそう言うと、新之助も顔を引き締めて頷いた。

三

「おでましだぜ！」

彦弥は半纏の袖を捲り上げた。寅次郎は仁王立ちして待ち構え、ようやく放水を止めさせた武蔵を始め、配下の鳶たちもこちらへ集まってきた。

砂埃《すなぼこり》を立てて向かって来る一団がいる。それを率いて先頭を来る臙脂の半纏の偉丈夫。まさしく九紋龍の辰一である。

「火喰鳥‼」

辰一の咆哮は音の弾丸のように鼓膜を激しく揺らした。衆が衆に行き当たり、砂の擦れる音と共にぴたりと止まった。

「うるせえ、馬鹿野郎。吠えずとも聞こえてらあ」

「人の獲物を掠《かす》め取りやがって。野次馬はどこだ……」

一方は歯ぎしりして見下ろし、また一方は不敵な笑みを浮かべて見上げ、頭同士が睨み合う恰好となった。

源吾は強烈な違和感を持った。やはり辰一は火事そのものではなく、そこに居合わせた野次馬に拘っている。

「さあ、どこだろうな。随分前に消しちまったからな。興が削がれて帰ったんじゃねえか？」

「舐めやがって。襤褸のようにしてやったのに懲りねえようだな」

「相手が悪いぜ。こちとらはなから襤褸なんだよ」

とても武士の口調ではない。声だけ聞いたならば荒っぽい町人たちの喧嘩口上に思えよう。

「今回は邪魔させねえよう、あの馬鹿を置いてきた。とことんやってやろうか」

そう言われて気付いたことだが、衆の中に宗助の姿が見当たらなかった。火事場には出してもらえず、事実上の謹慎状態であるらしい。辰一は変わり果てた小谷屋をちらりと見ると、矢継ぎ早に問い質《ただ》した。

「火付けか？」

「いいや、不始末だ」

「銭は？」

「あらかた持ち出せたらしい」

「かんかは？」

「かんか？」

聞きなれぬ言葉である。鸚鵡《おうむ》返しに訊いたが、言い間違えだったのか、辰一はそれについては何も答えなかった。

「火付けじゃねえなら、用はねえ。帰るぞ」

辰一は興味を失ったように身を翻した。悔しさの中に僅かに安堵《あんど》の色が見えるのは気のせいか。

「ちょいと待ちな。何故——」

その場を後にしようとした辰一の巌《いわお》のような肩に手を掛けた。しかし辰一は一顧だにせず、ずんずんと歩んでいき、源吾は引きずられる形となる。

「離せ」

辰一は蚊を払いのけるように手を払う。その時である。今度はずいと分け入った寅次郎が、むんずと辰一の肩を鷲摑みにした。

「待て。御頭が訊きたいことがあると仰っているだろう」

流石の辰一の脚も止まり、ゆっくりと振り返った。

「てめえ力士だったらしいじゃねえか。それもあの達ケ関とも渡り合ったと聞いたぜ。こんな独活《うど》の大木に苦戦するとは、大関が聞いて呆れ——」

あっと思った時にはもう遅い。青筋を立てた寅次郎が、辰一の腰にしがみついている。寅次郎は自身のことはいくら馬鹿にされても激昂しない。だが力士、それも達ヶ関のこととなると話は違う。

「達ヶ関は名大関になる力士だ」

寅次郎の二の腕に肉が盛り上がり、辰一の両足が宙に浮く。そしてそのまま海老《え》反《び》りに背後に投げ飛ばした。しかし辰一は宙で巨軀を猫のように捻り、屈《かが》むような恰好で着地した。

「やりやがった！　俺たちも遅れるな！」

彦弥が嬉々として叫ぶと、前回の屈辱を晴らさんと配下の鳶も一斉に向かって行った。に組の火消もわっと叫びながら拳を振り上げて向かって来る。

源吾も止める気などさらさらない。むしろこのような展開を心のどこかで望んでいた。新之助もそうであろう。ぺろりと舌を出して最初に来た町火消を難なく投げ飛ばした。

「内弁慶じゃあねえようだな」

寅次郎と睨み合う辰一が八重歯を覗かせた。

「牛若《うしわか》はどうだ」

はっとして振り返る辰一の背を駆け上がり、彦弥は横っ面に鞭《むち》のような蹴りを見舞った。前回のように腕を伸ばして摑もうとするが、彦弥は後ろ向きに宙返りして逃れる。源吾は逆の頰を思い切り殴り飛ばしたが、辰一は襟を摑むとそのまま宙に持ち上げ、血の混じった唾を地に吐いた。

「うざってえ野郎どもだ。とことんやろうってのか」

「何で野次馬を……捕える……」

首が絞めつけられて声が掠れる。源吾は辰一の腕に爪を立てて呻いた。

現場は新庄藩火消と、に組が入り混じっての大乱闘となっている。寅次郎は背後から四、五人に取り付かれ、彦弥は前回のように屋根に上って重石を投げる。武蔵は倒れる味方を身を挺《てい》して庇《かば》い、星十郎は配下に心配されて物陰に押し込まれている。に組の連中は、

「御頭に敵うものか」

「とっととやっちまって下せえ」

などと、囃《はや》し立てながら相手を求めて暴れていた。配下の鳶が源吾を助けに入ろうとするが、辰一の残る左手で薙《な》ぎ倒されていく。その隙間を縫って走る者を、源吾は霞《かす》む目で捉えた。

「手癖悪いですよ」

微かに擦れる音がした。譬《たと》えるならば子どもの頃に遊んでいて、誤って畳表で脚を火傷するほど擦るあの音である。次の瞬間、辰一はがくんと膝を突いた。圧迫から解放され、源吾は貪るように息を吸った。

「邪魔するなって言っただろうが！」

新之助が鞘に納まったままの刀で辰一の膝裏を打ち抜いたのだ。辰一が襲い掛かるが、新之助は巧みな足捌《あしさば》きを見せ、紙一重のところで躱していく。

「新之助、無礼者！　だ！」

「だからそれはまずいですって」

彦弥の過剰な要求に、新之助は苦笑いしながら身を捻った。

「抜いてもいいんだぜ！」

辰一は丸太のような腕を縦横無尽に振り回す。

「抜いたら死んでしまいますよ？」

柔らかい口調で挑発するものだから、辰一はさらに激昂して追い回している。一方の新之助も表情には決して余裕は見られない。かつて修羅場で見せたような引き締まった面構えになっていた。

　辰一は拳を振るい続け、半纏の袖や裾が、勢いで捲れ上がる。肉が引き攣り、伸びたりする中で、躰に寄り添う九頭の龍も躍動しているように見えた。

「筋彫り……」

　源吾は咳き込みながら呟いた。筋彫りとは刺青をする過程の最初で、輪郭だけを彫ることを言う。根性無く痛みに音を上げた者はここで止めてしまい、皆の笑い者になる。九頭の内、八頭までは見事な龍なのだが、右腕に一頭だけ筋彫りのまま残された龍がいる。まさか辰一が途中で投げ出したとは思えない。

　そのようなことに気を取られたのも束《つか》の間、ようやく息を整えて源吾は叫んだ。

「逃げろ！」

　新之助は何も答えない。辰一が拳を振るう度に風が巻き起こる音がする。答える余裕すらないのだ。屈んで躱した新之助は兎《うさぎ》を思わせる跳躍と同時に、抜き胴を見舞った。鞘に納まったままであるため、当然致命傷にはならない。

「蠅《はえ》みたいにちょこまかと……」

　辰一の眉間に小指ほどの青筋が立ち、憤怒の形相となった。

「御頭、やっちまえ！」

に組の火消が憧憬《しょうけい》の眼差しで攻防を眺めながら声援を送った。

「なら、役立てよ」

何故か辰一はひどく哀しげであった。応援していた町火消の後ろ襟を摑み、新之助目がけて投げ放った。宙を舞う町火消の顔が戸惑いと絶望に変わるのがはきと見えた。新之助が躱せば、頭から叩きつけられ絶命してもおかしくない。

「新之助！」

新之助は刀を放り出すと諸手を広げて町火消を受け止めた。衝撃を受けて尻餅をついた新之助の許へ、眦《まなじり》を吊り上げた辰一が猛然と向かっていく。

源吾は無我夢中で辰一へ向かい、頭を砲弾のようにして脇腹を突き刺した。流石の辰一も横からの体当たりにふらつく。しかし頭を強打した源吾はそれでは済まず、朦朧《もうろう》として仰向けに倒れ込んだ。

「邪魔すれば殺すって言っただろう！　はったりと思うな！」

「やるなら……俺をやってみろ」

頸《くび》に力も入らず横を向いた。に組の火消を撥ね除《の》けた新之助が刀を抜くのが見えた。寅次郎の太く逞しい脚、彦弥の洒落《しゃれ》た白足袋《しろたび》もその向こうに見えた。武蔵の怒声も聞こえる。珍しく星十郎まで叫んでいた。

辰一はただでさえ常軌を逸した火消である。ましてや今は正気を失っているとしか思えなかった。嘘でも何でもなく叩き殺すだろう。

「火盗改だ――！」

その声は源吾の配下のものである。機転を利かせて止めさせようとしたのか。いや、そうではない。皆の足が地に根を張ったように動きを止めている。手で頭を支えながら身を起こす。辰一の視線の先はすでに己ではなく、路地を猛進してくる火盗改へ注がれていた。先頭は馬に跨った島田である。

「即刻、止めよ！」

島田の指示の下《もと》、火盗改の配下が取り囲むように散らばっていく。刺股《さすまた》を突き出す者、腰の刀に手を掛けている者もいる。取っ組み合いになっていた両火消も、手を止めて固唾《かたず》を呑んだ。

「御頭、大丈夫ですか」

寅次郎が動くと、火盗改はさらに警戒を強めて輪を縮める。それを意に介さず寅次郎は傍らに寄り添った。

「起こしてくれ」

肩を借りつつ起き上がったが、足元が覚束《おぼつか》ない。

「戸沢家火消、町火消に組、このような時に喧嘩をするとは不届き千万。両頭は追って詮議に掛ける。今日の所はこの場を立ち去れ」

島田は汚いものでも見るかのような目で、居丈高《いたけだか》に言い放った。

「このような時だと……」

寅次郎の肩を離して源吾が一歩踏み出した時、それまで動きを止めていた辰一が、島田のほうにつかつかと歩いていく。

「な……何か文句――」

「大ありだ」

その場にいた皆が言葉を失って唖然となった。辰一は島田の襟を摑み、鞍《くら》から尻を浮かせている。島田は今己が置かれている状況が信じられぬといった様子で、もがきながら喚いた。

「無礼者！　離せ……」

辰一は天に突き出した腕を横滑りさせる。馬から離されて宙に浮かんだ島田は無様に足掻《あが》いた。

「このような時とはよく言えたな。お前がとっとと捕まえりゃいいんだろうが」

辰一が言ったのは、図らずも源吾が言おうとした文句そのものであった。

「誰か……斬れ！」

火盗改の配下が一斉に刀を抜く。それでも辰一は金剛力士像のように動きはしない。

「斬る前に頭をかち割ってやる」

――こいつは……。

源吾は絶句した。尋常ではないとは解っていたが、火盗改にまで喧嘩を売るとはもはや狂気の沙汰である。恥辱の極致を迎えた時、人の顔は赤よりも青に染まるらしく、今の島田はまさしくそれであった。何とか場を収めようと思うが、に組の連中はおろおろするだけで当てにはならない。決して妙案ではないが、一つだけ止める策を思いつく。あとは野となれ山となれと、やけっぱちになって叫んだ。

「喧嘩の中途でござる！　お役目といえども邪魔立てはお止め下され！」

「馬鹿な……」

島田は何故この状況でさらに責められねばならぬかと、目を白黒させている。ここぞとばかりに星十郎が畳み掛ける。

「公事方《くじがた》御定書七十一条、追加条。所謂《いわゆる》『無礼打ち』の法に依り、武士と町人の喧嘩はお役目であっても最後まで見届け、決着をつけた後、追って沙汰をするとの判例がございます」

島田は襟元がはだけて打ち捨てられた案山子《かかし》のようになりながら吠えた。

「そのような話聞いたことがないぞ！」

「正徳《しょうとく》元年（一七一一年）卯月《うづき》七日、坪内能登守《つぼうちのとのかみ》様の裁定でございます！　これを止めた与力がけしからぬと蟄居《ちっきょ》を命じられました」

「まことか……」

「幕府が通例を何よりも重んじることを御存知のはず。当家はそれに倣《なら》い喧嘩を続行致します。水を差されたので、決着は改めて後日」

「わ、分かった……知らなんだことだ。許せ。咎めぬから下ろせ」

それを聞いて辰一は、ようやくゆっくりと腕を下ろした。島田としても何故己が謝っているのか訳が分からぬであろう。せめてもの捨て台詞《ぜりふ》をと思ったか、憎らしげに言い放った。

「辰一、此度は許すが二度と無いと思え」

辰一は興味を失ったように眉間を掻くと、くるりと後ろを向いて引き上げを命じた。体面を気にする島田はさらにその背に向けて罵声を飛ばし続ける。

「知っているぞ。無念を晴らそうと縄張りを出たか」

辰一の隆々とした肩がぴくりと強張《こわば》った。何のことを言っているのか、源吾らは解らない。それどころかに組の火消たちも首を捻っている。

「はったりか。お前のようなぼんくらが知るはずねえ」

「さる御方が教えて下さったのよ。お主が出雲――」

島田が追い打ちを掛けようとした時、辰一は旋風の如く身を翻して島田の喉を鷲摑みにした。

「黙れ」

辰一は唾を吐き捨てるように言った。島田は口辺に泡をつけてなおも何かを言おうとした。

「実の……父では……ないともな……」

言いかけた途中、辰一の剛拳が島田の頰を捉えた。島田は大筒の弾を受けたように吹っ飛ぶと、白目を剝いてのびてしまっている。

「こ、これは見逃せぬ！　捕えよ！」

火盗改の配下たちは抜刀して辰一を取り囲む。先ほどまでは島田を殺してでも縛に就かぬと嘯《うそぶ》いた辰一であるが、打って変わって悲哀の目で藍色の空を見上げている。に組の火消も茫然自失で立ちつくし、辰一を救おうとする者は誰一人いない。ただ源吾ら新庄藩火消が止めようとするが、一度収まったところへ、ここまでの暴挙に出ては火盗改としても見逃せない。妙に大人しくなった辰一に幾重にも縄を掛けた。さらには腹に回した縄から肩に掛け、縦に縄を通すという徹底ぶりである。

「辰一……」

引っ立てられていく段になっても、声を掛けたのは源吾だけであった。

「火喰鳥。いかなる小火でも容赦するな。府下のどこであってもな」

「もしや、お前、千羽のことを知っているのか……」

「黙れ！」

火盗改が棒でもって辰一の顔を叩いた。目の上が切れたようで細い血の筋が頬を辿る。気を失った島田を担ぎ上げると、火盗改の面々で覆い隠すようにした。

「さあな。火事だけは止めてくれ」

辰一はそう言い残して連れられていった。こうなれば為《な》す術《すべ》も無く見送るしかない。

に組の襲来を警戒してこの界隈から人を追い払ったため、この界隈に野次馬もおらず、残されたのは両火消だけである。祭りの後のような静けさの中、どちらからでもなくその場を離れ始める。誰も口を開こうとしない。それもやはり祭りの後に酷似していた。源吾は霞の掛かったように滲む月を見上げながら、言い知れぬ不安を感じていた。

四

その夜更け、源吾の自宅の戸を叩く者があった。寝ぼけ眼《まなこ》を擦る深雪の顔は強張っている。夜に訪ねてくるなど尋常ではない。火事ならばもっと激しく叩き、太鼓や半鐘の音も聞こえているはずである。

源吾は枕元の刀を引き寄せると、不審な来訪者の正体を問うた。

「松永様、夜分に申し訳ございません……」

「宗助……か？　このような時にどうした」

宗助の声に間違いはないが、それでもまだ安心しきる訳にはいかない。昔はここまで臆病ではなかったが、今は違う。守るべき者がいるのだ。それも一人ではなく、二人になろうとしている。

「御頭は小伝馬町《こでんまちょう》に繋がれました」

小伝馬町には江戸唯一の牢獄がある。そこから牢獄そのもののことも指す。

「今、開ける」

話の間、耳を澄《す》ましていた。吐息の数は一つと聞き定めている。戸を開けるとやはり宗助ただ一人。目鼻に疲れの色が滲み出ている。中へ引き入れると、深雪に向けて目配せをした。深雪は雨戸をそろりと外して月明かりを入れる。火には細心の注意を払っている。行燈を用いずともよいならばそれに越したことはない。

共に土間の上がり口に腰を掛けた宗助が口を開いた。

「私は火事場に出られません」

「そうらしいな」

聞けば辰一は宗助に留守《るす》を命じ、抜け出さぬよう他の者に監視までさせているらしい。辰一が捕まった今もその厳命は守られ、これからも出ることが適わぬという。しかしこうして夜に訪ねて来る答えにはなっていない。

「新庄藩火消と通じているのではと疑われています」

「そこまでして手柄が……」

「いえ、元々手柄などに頓着の無い御方。ここのところ御頭は何か鬼気迫るものがあります」

「だろうよ。正気じゃねえ」

「何か訳があるのだと思います」

宗助が力強い眼差しを向けて来るので、源吾は細く息を吐いて肩を落とした。

「信じているんだな……」

「はい。疑ったことはありません」

宗助は熱を込めて語り始めた。宗助の父である宗兵衛は辰一より十ほど年嵩である。辰一が二十歳そこそこで頭になって以降、長年に亘って支えてきた。

常人離れした身体能力を持つ辰一である。次第に頭角を現すようになり、に組の連中から、

――御頭に任せておけば大丈夫。

と、絶大な信頼を得るようになっていく。いや、信頼というよりは依存といってもよいのかもしれない。辰一が過《あやま》った判断を下しても、口を出す者がいなくなった。

加えて皆が辰一のことを恐れていた。に組の者が他の町火消との喧嘩に負ける

と、辰一はすかさず出て行って半殺しの目に遭わせる。あの絶望的なまでの強さを目にすれば、萎縮するのも無理はないことだろう。

「お前の親父だけだな。辰一に物申したのは」

源吾は亡き宗兵衛の姿を思い起こした。

「御存知のように親父は『不退』の異名を取る一徹者。御頭のためにならねえってことなら、いくら殴られようが己の言い分を貫きました」

辰一も一目置いていたようで、宗兵衛によって暴走が止まったことは一度や二度ではない。

「衝突はあるが、上手く回っていた。そんなところか。それがあの一件で……」

源吾が指しているのは、辰一が勢い余って火付けの下手人を殺したという事件である。

「あれは、私のためなのです」

宗助は唇に幾つもの皺を作った。宗助が火消になって間もなくの頃の話である。白昼、出火があって出動した。手口から見るに火付けとすぐに解ったが、これはに組の管轄内では至極珍しいことである。に組では新しく越してきた者には数度にわたって訪問を行い、また日頃から桶に水を貯めるなどの防災指導も怠《おこた》らなかった。これにより、火付けの件数は激減し、たまにあっても突発的な流しの火付けであることが殆どである。

　新米の宗助は野次馬の中に、恍惚《こうこつ》とした目で炎を見る浪人を見つけて詰め寄った。御足労願いたいと遜《へりくだ》ったものの、浪人は必要以上に激しく罵ってきた。これで宗助はより確信したらしい。

　浪人といえども武士である。町人が引っ立てるなど無謀であるが、若い宗助は憧れの辰一ならば必ず逃がさぬはずだと、執拗に追い縋った。一町ほどいったところで揉みあいとなり、浪人の懐から火打石と大量の付け木が零れ落ちた。

「そこでその浪人がいきなり抜刀したのです」

　宗助はそう言いながら左袖をまくった。薄暗くともはっきり見えるほどの切り傷の痕がある。宗助は迂闊《うかつ》に踏み込み過ぎたと痛感したが、時は既に遅い。元々正気ではなかったのだろう。激昂した浪人は鬼の形相《ぎょうそう》で無我夢中で逃げる宗助を追いまくった。異変に気付いた人々が叫び声を上げると、浪人は何を思ったかそちらに斬りつけ、町は阿鼻叫喚に包まれたという。

「そこに駆け付けたのが、御頭と親父です……」

　宗兵衛が悲痛な声を上げて浪人に向かおうとするより早く、辰一は天魔の化身ともいうべき速さで駆け、浪人の頬桁《ほおげた》に拳を打った。石斧《いしおの》で殴られたように倒れる浪人の腕を踏みつけ、刀を手放させると両手で襟を摑んで引き上げた。

何故火を付けた。何故町の人を斬ったと訊く辰一に、柘榴を頬張ったかのような赤い口を見せて浪人は嗤《わら》った。

「暇つぶし……そう言った直後、白壁が赤く染まりました」

辰一は浪人の項《うなじ》を摑むと、鐘を撞《つ》くように壁に打ち付けた。一撃である。一撃で浪人は絶命した。

それによって辰一は江戸払いとなった。辰一が去った後、宗兵衛を中心に皆で組を守《も》り立てて来たが、昨年の大火で宗兵衛は最前線に立ち、崩れ落ちる梁の下敷きとなって死んだ。大火の後の恩赦により、辰一が数年ぶりに帰参し、今に至るという訳であった。

「そのようなことがあったのだな……それで俺は何をすればいい」

昔話をしにわざわざ訪ねて来た訳ではあるまい。宗助の意図が摑めずにいた。

「御頭が連中に連れて行かれる間際、松永様に仰ったと聞きました」

「府下のいかなる小火でも容赦するな……だな」

「御頭が人を頼るのは、私が知る限り初めてのことです。御頭には海のように深い恩があります。何卒お願い致します」

宗助は上がり口から腰を滑らせて、土間に膝を突いて頭を下げた。あれで頼ったと言えるのかと思うが、宗助いわく、一切誰も恃《たの》まぬ辰一にとってはあんな言葉さえ空前のことであるらしい。

「言われなくともそのつもりだ」

宗助の腕を摑んで立たせながら言った。宗助は何度も感謝を述べて、しんと寝静まる江戸の町へと帰って行った。

――全ての小火か……。

源吾の脳裏に浮かんだのはあの御連枝様である。今は様子を見ると言ったが、尋常でない出動となれば、いつまでも目を瞑ってはくれぬだろう。心配そうに窺う深雪に、源吾は優しく声を掛けた。

「驚かせたな。早く寝てくれ。躰に障《さわ》る」

「旦那様は？」

「少し月を見ている」

縁側に場所を移す。こめかみを搔いた。新庄藩火消はつくづく苦難に縁があるらしい。そのようなことを考えながら、西に落ちて行かんとする大きな月を見上げた。

翌日の昼過ぎ、非番を返上して皆が源吾宅に集まった。左門は御城使としての残務があるらしく、顔を出していない。真っ先に武蔵は唸るように、星十郎の知識を褒め称えた。

「それにしても、先生はさすが物知りだ。武家と町人の喧嘩に関する法度《はっと》があったなんて、ちっとも知らなかった」

昨日、島田を追い払った時に述べた話である。源吾も大小様々な喧嘩をしてきたが、そのような話は初耳であった。

「幕府は不都合な裁定は公表しませんからね。異国でも儘《まま》あることです。ただこの国の人は忘れませんよ」

星十郎いわく、諸外国では読み書きは貴族のみで、故に権力者に不都合な記録も残されない。しかしこの国の識字率は異常に高く、庶民であっても日記などをつける。そのことで市井でも学問が発展し、時に権力者の行いを記すことで権勢への枷《かせ》にもなる。

「坪内定鑑《さだかね》という御奉行は享保《きょうほう》八年（一七二三）にお亡くなりです。火盗改から南町奉行へ累進されました。江島生島《えじまいくしま》事件の糾明《きゅうめい》で名を挙げましたが、迅速にことを進めるあまり、証文の名を書き間違えるという失態を犯し、一月《ひとつき》の謹慎を命じられます。私はこれを幕府の罠だと考えています」

ひょんなことから始まった星十郎の講義に、皆が寺子屋の筆子《ふでこ》のように耳を傾けて頷く。

「坪内様は高貴なお人に似合わず、誰とでも分け隔てなく接した御方であったらしく、町人からも絶大な人気を誇り、故に十四年もの長きに亘り南町奉行を務められました」

通常奉行の席は四、五年もすれば交代する。坪内某《なにがし》の在任期間は特殊である。坪内は多くの難事件を解決に導いた辣腕《らつわん》であった。

「そんな御方が何故罠に？」

すっかり武蔵はこの寺子屋の優等生と化していた。

「坪内様は町人寄りの裁定を多く残されています。失脚させたかったのでしょう」

幕閣は同格である北町奉行に命じて、坪内の謹慎中に記録を精査させて差し押さえてしまった。そこから幕府の公文書として一切日の目は見ておらず、そのため島田のような高官でさえ知らないのだろう。しかし記録があったことは事実であり、それは市井の日記にも記されている。幕府としても決して無いとは言い切れず、出来るだけ触れぬことで記憶から消えるのを待つことにしているのだ。

「その中の裁定の一つで、幕府が最も忌諱《きき》しているのが『喧嘩次第』です」

一、喧嘩とは決闘にあらず。用いるべきは刀ではなく、意地である。
二、遺恨を残さずやりきるべし。また余人が止めること相成らぬ。
三、喧嘩に身分は問わず。
四、男が女に、若きが老いに手を上げるは許すまじ。塩梅《あんばい》を知らぬ者は喧嘩をするべからず。
五、喧嘩は江戸の華なり。大いに笑って踊るべし。

「えらいことをいう奉行もいたもんだな。町人の気質を良く解ってらっしゃる」

源吾は笑みを隠しきれずに眉を開いた。

「最後の、笑って踊るべし。いいですね」

新之助も口角を上げて笑った。坪内という男にとって、喧嘩と祭りは同義であったのだろう。

「こりゃあ、幕府も触れたくはないだろうよ」

このようなことが流布《るふ》してしまっては、ただでさえ多い喧嘩が正当化され、治安が悪くなる恐れがある。昔ならばいざしらず、昨今では坪内の説くところの「塩梅」を知らぬ者が多いから猶更であろう。

「彦弥さんの口車に乗らなくてよかったです」

新之助は目を細めて彦弥を見た。

「馬鹿野郎。本当に抜けなんて思ってねえよ」

ばつの悪そうに俯く彦弥を見て、一頻《ひとしき》り皆で笑った後、源吾は咳払いをした。

「あいつは千羽を知っているな」

低く言うと、皆が頷いて同意を示す。

「折角、先生が上手く収めてくれたのに、殴っちゃうんだから」

自身も結構な無茶をする新之助であるが、さすがに呆れ返っている。

「島田の言った何かが逆鱗《げきりん》に触れたようだ。新之助、正確に頼む」

九紋龍の異名を取る男である。図らずもその言葉はぴったりと当て嵌まる。傍若無人《ぼうじゃくぶじん》の辰一といえども、折角収まりかけていた場を引っ掻きまわす利点はどこにもない。島田の発言は千羽一家に関するもので、その中に辰一を激昂させる何かがあったと考える方が適当である。新之助の並外れた記憶力は見たものだけでなく、聞いた話にまで及ぶ。源吾には皆目分からないが、それも画と合わせて頭に刷り込まれるらしい。

「辰一、此度は許すが二度と無いと思え。知っているぞ。無念を晴らそうと縄張りを出たか。さる御方が教えて下さったのよ。お主が出雲……ここで喉を鷲摑みに。痛快でしたね」

新之助は思わず噴き出してしまっていたが、不謹慎と思ったかすぐに口を結んだ。

「どうだ、星十郎」

「気になる言葉は無念、そして出雲ですね」

「無念ということは、以前に千羽と何か関わりがあるということ。一度取り逃がしたとか……」

寅次郎はそう割って入った。

「辰一さんは御頭より二つ上でしたか。千羽が最後に江戸で働いたのは三十一年前。その頃はまだ子どもです」

「それに、火消は下手人をとっ捕まえはしねえしな」

火消の本分はあくまで火を防ぐことであり、火付けの下手人を捕まえるのは奉行所や火盗改の役割である。星十郎、源吾と立て続けに否定されて寅次郎は牛のように唸った。

「辰一は出雲の出なのかい？」

彦弥は軽快に聞いた。まずそう思うところであろう。

「生まれも育ちも江戸らしいぜ。あの話し方にも一切訛《なま》りがねえし」

武蔵は小刻みに膝を揺らしている。源吾もそのような話を耳にしたことがあるし、訛りに関しても同意見であった。

「そういえば……かんかって言っていたな。意味が解らなかった。ありゃあ訛りか？」

辰一が現場に現れて間もなく、そのように言っていたのを思い出したのである。源吾はその時の会話を出来うる限り正確に話した。

「かんか……聞いたことねえな」

「言い間違いじゃあねえのかい？」

江戸で生まれ育った武蔵、彦弥も解らないようである。聞き間違いかと結論付けたところ、深雪が躰半分だけを覗かせてきた。

「お食事の頃になったら仰って下さい」

深雪は口元を綻《ほころ》ばせながら、少しそわそわした様子である。余程今日の料理には自信があるらしく、早く披露したいと我慢しきれなかったのだろう。

「行き詰まってきたな。食うか」

源吾は重苦しい場を切り替えようと、明るい調子で言った。

「何ですか、これは」

異口同音に皆の声が重なった。大人数での食事のため、普段は鍋料理が主流であるが、今日は大きく趣が違う。樽《たる》の蓋ほどの大皿に山盛りの料理が盛られている。しかもそれが三皿立て続けに運ばれてきた。

「卓袱《しっぽく》料理です」

深雪はえへんと胸を張って言うが、皆言われたところで解らない。ただ星十郎だけが、

「初めてみました。これが噂に聞く卓袱ですか」

などと、感心しきっている。

「星十郎さん」

深雪は手を宙で滑らせる。解説をしろと言いたいのだろう。星十郎は拳を口に当てて咳をすると、朗々とこの得体のしれない料理の解説を始めた。

卓袱料理とは、唐料理や阿蘭陀《おらんだ》料理を取り入れ、長崎で生まれた料理である。膳は用いずに大皿に盛られた料理を各々が自由に取り分け食べるものらしい。

「先生にとっては、ある種故郷の味ってか」

彦弥は物珍しそうに大皿を見比べている。星十郎の祖母は蘭人である。確かにこのようなものを食べていたのかもしれない。星十郎は好奇の目を輝かせて尋ねた。

「どこで学ばれたのですか？」

「小倉典膳《おぐらてんぜん》様のお内儀に教えて頂きました」

「誰だそりゃ」

源吾は間髪《かんはつ》容れずに言った。この手のやり取りはもう何度も繰り返しているから慣れっこになりつつある。

「平戸《ひらど》藩松浦《まつら》家の御方です」

「松浦様の家中の方とも顔見知りか……」

松浦肥後守《ひごのかみ》の屋敷は決して近くはない。つくづく深雪の顔の広さには驚かされる。他家の事情にも明るい星十郎がぼそりと言う。

「確か小倉様といえば御家老です」

「な……」

源吾は声を詰まらせた。諸藩と関係を築くことの難しさをよく知る左門なら
ば、ひっくり返ってしまうだろう。

「海鼠《なまこ》に鮑《あわび》……目を剝くほど高価な食材です。この鮑など銀五十匁のものもあり
ます」

「え——！」

星十郎が一つずつ指差して解説すると、新之助は唐突に声を上げて頭を抱え
た。いかがしたと訊くと、消え入りそうなか細い声で言う。

「今日はおっそろしく高くなりそうじゃないですか……だって五文の鰯《いわし》なら
……」

新之助が指を折ろうとすると、深雪はぴしゃりと言い切った。

「おおよそ六百六十五匹買えます」

「何ですか、その馬鹿げた数！　もうそれは鰯の軍勢ですよ！」

「小倉様からの頂きものです。さすがに頂きものではお代は受け取れません」

新之助の顔は木漏《こも》れ日を受けたように明るくなった。

「……やった」

「本来は卓を使うようですが、当家にはそのように洒落《しゃれ》たものはございませんので、床で失礼しますね」

深雪が皆に小皿と箸を配り、飯櫃《めしびつ》を引き寄せた時、星十郎がはっとして身を乗り出した。

「銭、かんか……火元は乾物商いの小谷屋……ようやく意味が解りました。筆を貸して貰えませんか？」

先程話題になった辰一の一言である。寅次郎は料理を恨めしそうに見ながら、いつも持ち歩いている矢立《やたて》を取り出す。星十郎は受け取った帳面へとさらさらと筆を走らせた。

「乾貨《かんか》……なんだそりゃ」

源吾は目を凝らした。字を見たところで誰も要領を得ない。ただ深雪だけがその意味を知っていた。

「煎《いり》海鼠、干鮑、鱶鰭《ふかひれ》。いわゆる俵物三品《たわらものさんぴん》のことです。唐土《もろこし》では貨幣と等しい価値があるということで、そのように呼ぶようです」

星十郎はさすがと微笑む。

「俵物は知っておりますが、そんな呼び名聞いたことありませんね」

一刻も早く目の前の料理にありつきたいのだろう。寅次郎は心なしか早口である。

「そう。普通は知りません。これは商人、それも外の国と商いをするほどの大店のみが使う言葉。辰一さんが知っているのは奇異に思えます」

「あいつ、火消の前に奉公でもしていたのか？」

若い頃の辰一の過去を知らない彦弥は眉を顰《ひそ》めた。そのようなことはない。少なくとも源吾が現場に立った時には、すでに火消であった。

「ふふふ……」

深雪が口に手を添えて笑うので、皆がそちらを見た。

「何が可笑《おか》しいんだ」

「いいえ。皆様手ひどくやられた割には、親身になっておられるなと」

「江戸っ子は五月《さつき》の鯉《こい》の吹き流しってなもんさ」

源吾は苦々しく笑った。正式には後に、

――口先ばかりではらわたは無し。

と、続く。江戸っ子は口こそ悪いが、腹に悪気は無く、また貯め込まないさっぱりとした気性を表した川柳《せんりゅう》から生まれた諺《ことわざ》である。

確かに辰一には煮え湯を呑まされた。しかしわざわざ再び喧嘩を吹っ掛けたのは怨恨からではない。やられたからにはやり返すといった程度の、傍《はた》から見れば何とも幼稚な理由である。威勢の良い江戸っ子の一つの象徴ともいうべき火消にとって、それは至極真っ当な理由に成り得た。

火消どうし幾らいがみ合おうとも、火消以外の外圧に向かう時、妙な連帯感が生まれてしまうものである。今回の場合それが辰一を連行した火盗改という訳である。今では人を恃《たの》まぬという辰一の、言い残した言葉を全うしてやりたいと思っていた。

「あいつをとっちめてやりたいが……」

「牢に繫がれていてはそれも出来ないですしね」

彦弥の呟きを、途中から寅次郎が引き受けた。

「まあ、火を消したいって思いは本当みたいですしね」

「あの馬鹿が縄張りを出るってことは、相当のことがあるんだろうよ」

鼻歌混じりに新之助が言うと、武蔵も片笑みながら続けた。

「こうなると思っていました」

星十郎は然知《さし》ったりといった様子で赤髪を掻き上げる。

「やはり男は馬鹿ですね」

深雪は忍び笑いを続けながら、菜箸を手に取った。

「前にも言っただろう。男は馬鹿だが、中でも火消はもっと馬鹿なのさ」

源吾は月代《さかやき》をぴしりと叩いて快活に笑った。

五

子《ね》の刻（午前零時）を少し過ぎた頃、源吾は布団から飛び起きた。地を這うように太鼓の音が鳴っており、すかさず半鐘が追随している。

「またか……」

「どこでしょうか」

深雪は乱れた髪をさっと撫でつけて立ち上がると、衣紋掛けから火消羽織を取った。

「浅草《あさくさ》か」

源吾は身支度《みじたく》を整えながら答えた。音の方角、距離から察するにその辺りで間違いないだろう。

「お気を付け下さい」

送り出そうとする深雪に、源吾は手を出して短く言った。

「寝ておれ。躰に障る」

源吾は振り返りもせず家を飛び出した。北の夜空に僅かであるが赤みが差している。それを何度も確認しながら、教練場に駆け込んだ。すでに半数が集まっている。

「彦弥、どうだ？」

源吾は櫓《やぐら》の下から呼びかけた。方角火消は通常より高い火の見櫓の設置が許されており、より遠くが見通せる。

「浅草のようです。やや西、上野《うえの》の近くのようですぜ」

源吾の予想はぴたりと的中した。すかさず身を翻して、今度は新之助に問う。

「出られるか」

「今で半数です。武蔵さんを出しますか？」

新之助は逼迫《ひっぱく》した様子であるが、それよりも気に掛かることがあり、気がそぞろであった。

「そうだな……揃うまで待つ。しかし、何であいつがいる」

源吾は失笑してしまった。何故か新之助の飼い犬である鳶丸《とびまる》がちょこんと座り、舌を出して円《つぶ》らな瞳でこちらを見つめているのだ。

「ああ、気が付いたら付いてきていたのです」

「主人の真似ですかね」

傍の武蔵も苦笑いしながら首を捻った。言う通り、太鼓や鐘が鳴るといかなる時も飛び出す新之助を真似るようになったのかもしれない。

「鳶丸のほうが、呑み込みが早いかもな」

源吾がそう軽口を飛ばすと、新之助は少し頰を膨らませた。さすがに鳶丸は連れていく訳にいかず、屋敷の下男に託して教練場を飛び出した。

浅草までは距離がある。士分は馬を使用する。源吾の乗馬は加賀鳶より贈られた名馬碓氷である。ようやく新しい火消装束も見慣れたようで、飛び起きた野次馬たちが、ぼろ鳶だと指を差す。

「前のほうがぼろ鳶らしい」

「紺の地味な半纏だ」

などと、皆が勝手に言っているのが耳に入った。確かに火消装束は年々華美になっている。その中では新庄藩のものは極めて地味に違いない。

源吾は羽織の襟をぎゅっと握った。この装束がいかなる経緯《いきさつ》で己らの許に届いたか知っている。いかに罵られようとも、何両もする高価な羽織よりも価値があるものだと思っている。

新庄藩火消は雑音に惑わされることなくただ全力で疾駆し、北へ北へと向かった。

浅草御門を越えるとそこは札差《ふださし》の町である。札差とは旗本や御家人に代わって蔵米を受け取り、家で食べる分を残して残りを換金する。そしてそれを札旦那と呼ばれる依頼主に届け、手数料を受け取ることを商いとしている者たちである。御蔵米の支給日には江戸中の幕臣が集まるため非常に混み合う。一両日かかっても受け取れないなどざらであった。故にこれを面倒と札差に依頼する者が後を絶《た》たず、おかげで札差はどこもおおいに繁盛していた。

浅草御門の近くには幕府が天領から徴収した年貢米が保管されている浅草御蔵があり、故にここに札差を家業とする者が密集しているのである。

「すげえ数だ」

源吾は馬上で舌を巻いた。あちらこちらから火消が湧くように現れ、北西の上野方面へ移動している。大名火消ではない。かといって町火消でもない。どの者も屋号を書いた派手《はで》がましい刺子半纏を身に纏っている。

「これほどの店《たな》火消は滅多に見られませんね」

新之助は巧みに手綱《たづな》を捌きながら左右を見渡した。

店火消とは商家が独自に持つ私設火消である。大店は幕府より十人の火消を持つことを課せられている。中には己の家財を守るため、自主的に増員する豪商もいる。ここらの札差は皆これを義務付けられている。このあたりからも札差がいかに儲《もう》かっているのか解るというものである。

天王橋《てんのうばし》を渡り、浅草御蔵の前を西へと折れる。そこから新堀《しんぼり》川を越えれば、火消の数はさらに増加して、馬も乗り入れられぬほどに混雑していた。

火元は阿部川町《あべかわちょう》。野次馬どうしの話からどうやら火元は墨屋の「染床《そめとこ》」であるらしい。墨屋は筆や半紙も取り扱うことから、火勢はかなりのものである。

この混雑では竜吐水も簡単には乗り入れられず、武蔵が身一つで先へと進み、様子を窺って来た。

「現着は戸田《とだ》家、酒井家、大久保家、松平伊豆《いず》家、松平内記《ないき》家、立花《たちばな》家、その他武家火消が多数。町火消は総員二百八十九のを組。さらに所々火消の伊達《だて》家。加えて店火消がざっと三百！」

武蔵が皆に聞こえる大声で報じた。源吾に次ぐ熟練にして、番付小結の武蔵である。火消の知識、復命の簡潔さにおいては右に出る者はいない。

「辰一には悪いが、遠くの浅草なら後着は仕方ねえ。に組は⁉」

「に組の姿は見えません」

「頭がいなけりゃ、元通り出ねえってか。何から何までおんぶに抱っこな野郎どもだ」

源吾は吐き捨てると、伊達家の火消が水を求めて下がってきた。

先月は火消の家族が人質に取られ、火事を報せる太鼓を打つことができないという事件が頻発した。本所《ほんじょ》の火事では伊達家でもその被害を受け、太鼓を打てなくなったのである。すぐに出ろと詰め寄る源吾と、勝手な行動を慎《つつし》む伊達家の間でひと悶着あった。しかし武蔵が死を覚悟して独断で鐘を打ったことに奮起し、深川《ふかがわ》まで繰り出して大いに奮戦した。後に武蔵の助命も幕府に訴え出てくれ、今では和解している。

その伊達家は本所を守ったことを評価され、当月より浅草御蔵の守護を任されていた。

「火付けか⁉」

源吾は過ぎ去ろうとする伊達家の火消を呼び止めた。

「ぼろ鳶か！　家屋の外壁から広がったことから見て、火付けの疑いが濃い！」

「動くかもしれねえな……」

火付けということは、すなわち千羽一家が暗躍している可能性があるということである。ではどこを狙うのかと言われれば答えは出ない。犯行は短時間であること。火事の混乱に乗じて大人数で行動していること。手段を選ばぬ強襲を行うこと。それ以外は何も解っておらず、源吾とて影すら見たことがないのだ。

星十郎は馬上から辺りを見渡しつつ、落ち着いた調子で進言した。

「御頭、火盗改はまだ到着していないようです。この数の火消ならば火元は任せて、我らは千羽一家の警戒に当たりましょう」

「島田の鈍間《のろま》め」

火消相手にあれほど偉そうにしておきながら、自身の働きは二流三流なのだから悪態をつきたくもなる。

「警戒といっても、どうすればよいのですか？」

新之助の疑問はもっともである。源吾も含め誰にも方策は無いのだ。

「皆様、私の声が聞こえるところへ。一度しか申しません」

星十郎はもたつきながら馬を降りると、一同を近くへと呼び寄せた。自然と星十郎を中心とした輪が出来上がる。

「千羽一家が火を付ける訳。それは火消や与力を火元へ集め、同時に町に住まう人々を火元より遠ざけるためです」

星十郎は手持ちの鳶口を借り受けると、地に二重の丸を描いた。皆が首を伸ばしてそれを覗き込む。

「二重円の中心が火元。内の円の中に火消、興味本位の野次馬が集結します。そして元々住んでいる人々は外の円のさらに外に逃げ出します」

「なるほど……つまり奴らが狙うとすれば、内円の外、外円の内ということか」

源吾の感嘆に、星十郎は力強く頷いた。

「八丁火消と謂うくらいです。内円の範囲は八町。そして火元から半里（二キロ）に住まう人は避難する。この帯状の円は二町から三町と見ます」

「このどこかが標的というわけですな」

寅次郎は大きな躰を屈めながら指差した。

「まことに千羽一家の火付けならば、さらに混乱が増してから動き出すはず。今ならばまだ抑えられます。今回は浅草ということが幸いしました。南側は神田《かんだ》川《がわ》、東は大川《おおかわ》です」

星十郎の思惑は伝わった。源吾は背を伸ばすと一気に指示を出した。

「寅は二十名を連れて南へ。浅草御門と新シ橋《あたらばし》を押さえろ！」

「人っ子一人通しません！」

寅次郎はどんと厚い胸板を叩いた。

「武蔵は北東の口、二十名で吾妻橋《あずまばし》を封鎖しろ！　でけえ橋だ。竜吐水を並べ、橋幅を狭めるんだ。逃げる者は通すが、誰も入れるな！」

「支度しろや。一番乗りで行くぜ」

配下を鼓舞するように武蔵は言い放った。

「新之助は北だ。新寺町《しんてらまち》の往来を塞《ふさ》げ。長い通りだ。五十名を連れていけ！」

「解りました。皆さん安心して下さい。万が一千羽一家が来ても私がいます」

新之助がぽんと腰の刀を叩くと、緊張していた配下の顔が和《やわ》らいだ。

「彦弥は西。板倉伊予守《いたくらいよのかみ》屋敷から泰宗寺《たいそうじ》まで」

「どこですかい。そりゃ」

江戸の地図がそっくり頭に入っている源吾や新之助は別として、通常の者はそれでは伝わらない。

「西側半里全てだ」

「げ……広すぎるでしょうよ」

「お前は上があるだろう。纏番、団扇番全て連れていけ」

「そういうことですか。任せて下さい」

彦弥は鼻の下をこすりながら不敵に笑った。源吾は胸いっぱいに息を吸い込むと、今日一番の大音声で命じた。

「俺と星十郎、他に伝令五名は残る。鼠《ねずみ》一匹、絶対入れるな！　行け！」

「おう！」

皆の声が一つの塊となって発せられるや、すぐさま四方に向けて散って行った。

「間に合うか？」

傍らの星十郎は自らの髪を激しく弄っている。これはこの男が思考を巡らせている時の癖である。

「ご覧下さい。車長持ちを曳いている者がちらほらいます。これでは人目に付き過ぎる。あと四半刻が頃合いでしょう」

星十郎の予測が外れたことはない。昨年の大火のような混迷した状況でも策を絞り出したのだ。

両隣には類焼しているものの、その先にはすでに火除地を作ったようである。炎は新たな依代《よりしろ》を得られず、四半刻ほど過ぎると、遠くからでも火勢が弱まっているのが見て取れた。腐るほど火消はいるのだ。玄蕃桶や手桶で水を掛け続ければ、あと半刻ほどで鎮火するだろう。

「千羽じゃあねえのか……」

時は過ぎてゆくが、怪しい者が現れたという伝令は来ない。刻一刻と時は流れていき、やがて火元の墨屋染床の火まで消し止めた。

「杞憂《きゆう》だったようですね。集合を掛けましょう」

星十郎が伝令を走らせ、四方に飛ばした配下を呼び寄せた。武蔵は戻るのも一番で、続いて寅次郎、新之助、彦弥の順に戻ってきた。変わったことは何も無かったと口々に報告する。

「何も無かったならそれに越したことはねえ。俺たちも手伝うぞ」

鎮火してもまだ仕事は残っている。小さく燻《くすぶ》っていた火が時をかけて復活し、再び火事に発展することは儘あるのだ。多くの者で見回り、念には念を入れて水を掛けていかねばならぬ。

新庄藩火消は玄蕃桶に水を張って周囲を見回った。火の粉一つでも逃さぬよう、人ひとりが辛うじて抜けられるような猫道まで調べていく。そして少しでも怪しいと思えば水を撒《ま》いていくのだ。小路を抜けた時、龕灯《がんどう》の灯りがちらつきながら近づいてくるのが見えた。

龕灯とは銅板で出来た釣り鐘状の筒の中に、自由に転回する蠟燭《ろうそく》立てと反射鏡が付けられたものである。一方だけに光を照らす構造になっており、相手からは逆光で姿が見えないようになっている。非常に高価な照明器具である。

「今頃かよ。遅いこった」

屋根の上から、漏れ落ちがないか警戒していた彦弥が吐き捨てるように言った。これほどの量の龕灯を持ち出すのは火盗改と相場が決まっている。案の定、近づいてきたのは馬上の島田率いる火付盗賊改方である。

「何をしている！」

島田はのっけから喧嘩腰である。

「見て解らねえか？　火種絶やしを兼ねて夜番しているんだ」

「先刻まで橋を塞ぎ、往来を見張っていたと聞いた。何をしていた」

火盗改が火事場に現れぬことはよしとしよう。彼らの本分は治安維持であり、消防ではない。しかしながら千羽一家が暗躍している今、呑気にそれを言い放つことに怒りを覚えた。

「手前《てめえ》らが遅《おせ》えから、こっちで警戒しているんだろうが！　千羽をよ！」

「貴様……何故それを……」

怒りのあまり口を滑らせてしまったが、千羽一家のことは平蔵より聞いただけで、世間にはまだ知れ渡っていない。島田は顔色を変えて睨み付けてくる。

「怪しい。引っ捕えろ！」

火盗改というものは嫌疑だけで逮捕する権限を与えられている。それだけに止《とど》まらず拷問さえ黙認されているのだ。配下が散開し、幾条もの龕灯の光が激しく動く。

「島田様、お待ちを！　島田弾正様！」

星十郎が諸手を広げて宥めると、島田も手を挙げて配下の動きを制した。

「我が官名まで知っておるとは、元御徒士の加持星十郎か」

この虚栄心の強い男は、己のことを知っていただけで気を良くしたのかもしれない。星十郎に向けては怒気を感じられなかった。

「我々が知っていた訳を話します。まずはお聞きください」

星十郎は詳《つまび》らかに事の経緯を話した。長谷川様を通して御老中田沼様とも知遇を得ていることなど、話の本筋に関係のないことも上手く織り交ぜる。田沼の名を出すことによって島田を怯ませているのだ。解り易いほどに島田の気勢が削がれていくのが見て取れた。

「事の次第は解った。だが、ぬかったようだな」

「え……」

「先ほど、一軒の札差がやられた。故にまだ近くにおらぬかと探索しておるのだ」

星十郎は愕然《がくぜん》として言葉を失っている。代わりに源吾が進み出た。

「札差はどうなった」

「同業の話では少なくとも二百両はあったという。それが見当たらぬ」

「そんなことはどうでもいい！　怪我人は出てないのか！」

源吾の鬼気迫る様子に、さすがの島田もたじろいだようで無礼を咎めない。

「主人、家族、使用人。十一名が皆殺しだ。店火消が戻って見つけた」

「どういうことだ……」

浅草へ入る口は全て押さえていた。誰かが見逃したというのか。それとも星十郎の見立てが外れ、すでに中に入っていたのか。項垂れて赤髪を掻きむしる星十郎の背中にそっと手を添えた。振り返れば新之助を始め、皆が沈痛な面持ちである。

空気が湿りを帯びてきたからか、不快と後悔が心に渦巻くからか、息を吸っても、吸った心地がしない。生温い風が纏わりつくように頰を撫でていく。緩やかな風に雲が流され、やがて月を隠した。いつの間にか、闇を切り裂く光も動きを止めていた。

六

新庄藩火消一同、肩を落として帰路に就く。中でも星十郎は爪を嚙み、髪を千切らんばかりに引っ張りながら憑《つ》かれたように独り言を零《こぼ》していた。

源吾は平静を装っていたが、内心は腸が煮えくり返っている。千羽一家への怒りは当然ながら、救えたかも知れぬ命を守れなかった己に憤っていた。

出動の折は、一度火消屋敷に戻ってそこで解散となる。源吾は屋敷の外からすでに複数の気配を感じていた。

「戻ったな」

待ち構えていたのは正親であった。次席家老の児玉金兵衛《こだまきんべえ》、その他に四名の家臣を伴っている。無言でいる源吾らに向け、正親はさらに続けた。

「竜吐水を渡せ」

「それはいかなる次第ですか」

「明日、即刻売り払う」

「ふざけるな！」

元々苛立っていたところにこの仕打ちである。相手が誰であろうが我慢がならずに叫んだ。後ろの金兵衛は肩をすぼめ、止めろと懇願するような顔になる。

「ふざけてなどおらん」

「銭に替えてどうする……」

「国元の西里村《にしざと》で疫病が広がり病人が続出している。二束三文であろうが、薬代の足しにはなろう」

「当座の銭があるだろう⁉　御家老が本復なされればきっとどうにかして下さ

る」

「御家老、御家老とどいつもこいつも囀《さえず》りおって……六右衛門を何だと思っておる。何も無いところから米を生み出せる仙人だとでも勘違いしているのではあるまいな」

正親が苦々しく言って振り返ると、金兵衛や供の者はさっと俯いた。

さすがに何も口答え出来なかった。正親の言う通り、六右衛門ならばどうにか財政を立て直してくれると、いつの間にか頼り切ってしまっている。源吾だけではなく、新庄藩全体にそのような気分が蔓延《まんえん》していた。だからこそ六右衛門が倒れた今、新庄藩はかくも迷走しているのだ。

——これじゃあ、に組の連中と同じだ。

に組の者たちの辰一への信頼、崇拝《すうはい》、依存は、新庄藩家臣の六右衛門に対しての想いに酷似《こくじ》しているのかもしれない。

「解りました……これを銭に替えて下さい」

源吾は腰の刀を抜き取り差し出した。

「御頭、それじゃあ釣りが来ますすよ」

新之助が囁くのも気にせず正親に握らせる。源吾の佩刀《はいとう》は業物《わざもの》である。剣術がからっきしであるため、普段からわざわざ誇ることはないが、以前その道に造詣《ぞうけい》の深い新之助は、すぐに銘を言い当てた。

「これは……」

正親は鯉口を切って中を検《あらた》めた。反りは少なく、刃文は足長丁子刃。妖しいほどに青光りしている。

「長綱《ながつな》ですよ」

新之助が代わりに答える。長綱は大坂新刀の名工、初代近江守忠綱《おうみのかみただつな》の門弟であり、耳が聞こえなかったと言われる。心無い者からは差別も受けていたであろう。それを乗り越え、腕で認めさせる覚悟であったのか。敢えて自ら茎《なかご》に「聾《つんぼ》長綱」の銘を切った。

これは深雪の父、月元右膳《つきもとうぜん》が婚姻の折に源吾に贈ろうと用意していた逸品である。後に押し掛けてきた深雪から手渡された。

「長綱は耳が聞こえずともこれほどの刀を生み出した。婿殿はそれに慢心してはならぬ。そのような戒《いまし》めの意味よ。なに、義父として一つくらい教訓を言い渡してやりたいのよ。万が一、費《つい》えに困れば売り払えばよい。それなりの金になる」

右膳は呵々《かか》と笑っていたという。

――申し訳ございません。

源吾は天の右膳に向けて詫びた。

「それを薬代に」

「何故そこまでする」

「今、竜吐水を手放す訳にはいきません」

「刀より火消道具か……火消侍よの。新庄の民がまだ見ぬお主らを語っているのを聞いた。あながち間違ってはないようだ」

新庄藩火消一同がざわつく。何と言われていたのか気になるのは当然である。ただ一人、先頃国元に帰った源吾だけはそれがいかなる内容かを知っていた。

源吾と正親、二人は見つめ合う恰好となった。正親は奥歯を鳴らしてぼそりと言った。

「人は米を食わねば生きていけぬことを忘れるな」

源吾ももう言葉を飾ることはない。腹の底から声を絞り出す。

「そうだ。しかし人は米を食うだけでは生きてはいけねえ」

皆何の話をしているのか解らぬようで首を傾げる者もいる。しかし正親だけはその真意を理解していると確信した。その証拠に目の奥に熱が宿っている。

「今暫し……猶予をやる。新庄の民を裏切るな」

正親は鼻を鳴らすと身を翻して教練場を後にした。姿が見えなくなっても新庄藩火消の中に悪態をつく者はいなかった。火事場で疲れ果てているのか、それとも人の命を守れなかったことに打ちひしがれているのか。そのどちらでもあろうが、今一つ理由を加えるとするならば、六右衛門におぶさっていた己たちを恥じているのかもしれない。

第四章　余所者《よそもの》

一

「深雪、謝らねばならぬことがある」

昨夜、帰宅早々に源吾は刀を正親に渡したことを告げた。深雪は怒るでもなく、かといって笑うでもなく、ごく平静な調子で答えた。

「父でもそう為《な》さると思います」

翌日は天をひっくり返したような豪雨であった。昼過ぎには止んだものの、町中がずぶ濡れになっているこの状況では、さすがに火付けを決行出来まい。

源吾は縁側に座って中庭をぼんやりと眺めていた。青葉から露《つゆ》が滴り、ようやく顔を出した陽の光を受けながら地に吸い込まれる。

宙に水滴が浮いている。蜘蛛《くも》の巣に絡まった滴《しずく》がそのように見えるのだ。一見不思議に見えることも、よく視《み》れば絡繰《からく》りがある。それは千羽一家の凶行とて同じはずなのだ。

「旦那様、武蔵さんが」

「もうそのような時間か」

早朝から何度目だろうか。深雪は新たに淹れた茶と、空になった湯呑みを交換してくれる。煙草と茶。これを交互にやりながら昼まで来てしまった。間もなく皆が集まることになっている。まだ約束の午の刻までは四半刻ほどあるはずだが、魁武蔵に遅刻という概念はない。

今日の集まりは星十郎が持ち掛けた。

——明日までに必ず答えを導きます。

昨夜の別れ際、星十郎は幽霊のように青ざめた顔で言った。己の策が外れたことに憤慨しているのではない。救えたかもしれぬ多くの命を守れなかったことに懺悔《ざんげ》している。そのような様子であった。

武蔵と盛り上がりもせぬ世間話を暫くしていると、一人、また一人と集まってくる。やはりどの者の表情も硬く、暗いものであった。最後に現れたのは星十郎。午の刻を報せる昼九つ、それを今から打たんと注意喚起する捨て鐘三つが鳴り響いている最中のことであった。

車座になって座り、目の下に深い隈を浮かばせた星十郎が語りだす。

「もう一度確認致します。皆様方の持ち場におかしな者は現れませんでしたか」

「南に避難する者は通し、北に向かう者は何人《なんぴと》も通してはいません」

「うちもそうだ。少々揉めはしたが、一切入れてねえ」

寅次郎、武蔵と自信満々に答える。

「北と西はどうだ?」

源吾が話の回し役を受け持つ。

「半町間隔で人を立たせて警戒しましたので、洩れはないかと思います」

新之助の北側もやはり怪しい者は現れなかったと言う。

「全員屋根の上で目を光らせたが、入ろうとする者はいなかった。ましてや十人を超える人数なら絶対見逃さねえ」

彦弥の声にも力が籠っている。星十郎は膝に向けて深く溜息を零した後、顔を上げて鋭く言い切った。

「やはり……下手人……千羽一家は火消に紛れています」

「なんだと……」

意外な一言に皆が色めきたった。星十郎は訥々《とつとつ》と解説を始めた。

「昨夜描いた二重円。あれに間違いはございません」

　星十郎は地図を広げて指差した。どこの札差がやられたかは島田から聞いている。確かに星十郎が予測した円と円の隙間にその店はあった。

「誤ったのは、千羽一家の侵入時刻。一人二人で火付けをし、火消が出動し、逃げる者、野次馬がどっと湧き出る。火が大きくなり、混乱の極みに至ったところで事を起こすものと思いました」

「確かに……初めから十数人で夜の街をうろついていちゃ、怪しいことこの上ねえからな」

　昨今、田沼が景気を良くするためと夜の営業を緩和した。それでも夜も深まれば、人通りはほとんどない。加えて町々には木戸が設けられ、亥《い》の刻（午後十時）には閉ざされて急用でもない限り通ることは出来ない。仮に濠や柵を越えたところで、大きな辻には辻番と呼ばれる見張りが立っており、大人数での行動は必ず止められる。

「千羽一家は火消に扮装し、夜番をしていたと見ます」

「火付けをする者が夜番か……」

　夜番とは火の用心を連呼しながら、拍子木《ひょうしぎ》を打つことである。それぞれの町方において輪番で行われているが、武家火消、町火消にかかわらず意識の高い火消は独自に行っている。まさかこれが火付けをするとは誰も思わない。

「火を付ける。火消と人々が出て空白地を作る。怪しまれぬ火消装束で動き、目的地を急襲するという手順でしょう。狙われた家も火事の最中に火消が訪ねてくれば、何事かと応対するはずです」

「二百両もの金子をどうやって持ち出すんだ。目立たないはずがねえ」

源吾は眉間に皺を寄せた。星十郎の推理に穴があるとすればそこであろう。

「火消が持っていておかしくないものがあるでしょう」

「竜吐水か！」

それの達人である武蔵がいち早く気付き、星十郎は首を縦に振った。

「他にも玄蕃桶を二重底にしているかもしれません」

確かに火事場で火消が火消道具を持っていても疑う者はいまい。

「御頭、あの麻布宮村町の火事の時の……」

彦弥は珍しく神妙な面持ちである。

「ああ。それなら火元から離れていったのも辻褄《つじつま》が合う」

彦弥と共に屋根から見たあの光景である。纏を持たぬ火消たちであったため、失態を犯したものだとばかり思っていた。奴らは坂下町を折れていった。その先に押し込みを受けた朱門屋がある。

源吾はそれらのことを順に説明した。皆が納得しかけたが、剣の道に詳しい新之助だけは腑に落ちていない。

「十数人が殺されているのです。千羽一家全員が達人という訳でもないでしょう？　狭い屋内で返り血を受けないはずがない」

「それも火消であれば回避出来ます」

「そういうことか……」

これは火消を務めた期間が長い源吾と武蔵だけが即座に気が付いた。

「鎮火と共に羽織半纏を裏返して退去しているのです」

鎮火を見届けると、火消は自らの威勢を誇るために羽織や半纏を裏返して帰路に就く。火消は裏地にそれぞれの個性を表した絵や柄を用いる。源吾であれば復活と再生の象徴である鳳凰《ほうおう》であるし、新之助であれば勇壮に躍る麒麟《きりん》、加賀鳶の勘九郎であれば人々を安寧に導く八咫烏《やたがらす》である。彦弥などは舞い散る銀杏《いちょう》の柄に、今まで関係を持った女の頭文字を刺繍《ししゅう》するという暴挙に出ている。

「それならば血糊《ちのり》は隠せるな」

「これが火消に扮していると思う一番の根拠です。恐らく火元にも人を配している。鎮火を見届けて連絡。そこから半纏を裏返して堂々と引き上げている」

「少し待て」

「いかがしました？」

源吾はさっと掌を向けて話を止めた。星十郎は推理に不備があったかと怪訝そうにしている。

「辰一の野次馬狩り……これが目的か」

星十郎でさえも気付かなかったようで、皆一斉にあっと声を上げた。

「確かに。急襲組を押さえるのは難しいが、見張りを押さえるならば比較的に容易ですね。必ず火元近くにいるのですから」

寅次郎は感心しながら膝を叩く。

「辰一は野次馬の中に見張りがいると考えたようだ。まさか火消の恰好をしているとは思わなかったようだな」

「やはり千羽を知っていた訳か」

武蔵は肩の力を抜いてふうと息を吐いた。元々奇人で有名な男だが、同じ火消としての矜持《きょうじ》は失っていないことに安堵したのだろう。

「もう一度過去の事件を洗い直す必要が……」

源吾がそこまで言った時、新之助が急に突拍子《とっぴょうし》もない声を上げた。手足をばたつかせて落ち着きない。

「解りましたよ！　出雲の意味が！」

「何だ？」

あまりの勢いに源吾は腕を組んだまま仰け反る。

「千羽一家の江戸の最後の仕事、そして初めて死人を出した仕事。日本橋呉服問屋『出雲屋』です」

源吾が膝を打つ。

「生き残りが二人いたというあの店か！」

「山路様は奉行所に当たるので、頃合いを見て訪ねよと仰って下さいました。そろそろかと」

ここのところの事件続きでそのようなことも忘れかけていた。

「繋がったな」

皆が同時に頷く。ようやくこの事件の謎に光が差し込んできた。源吾の頭にはある仮説が浮かんでいる。皆もそれに気付いていることだろう。闇に隠されていたのは、知るのも恐ろしい残酷な真実のような気がして虚空を眺めた。

「あちらはまだ糸口さえ摑めませんね」

新之助が上屋敷の方角へ目をやりながら零した。正親は六右衛門が踏み込まなかった費えにも、容赦なく突っ込んでいる。それは何も火消だけではない。江戸雇いの女中を半数に減らす。年に二、三十回行っていた諸藩との会合も一、二度に纏める。そのような方針を立て、それぞれの役方を困らせているらしい。

「まあ、女中は減らしてもいいでしょうし、会合も無駄に思えますがね」

新之助が軽々しく言うので、源吾は厳しい声で窘めた。

「俺たちもそう思われているさ。女中が今の数が必要か、会合は減らしてはならぬか。それはそれぞれの役方にしか解らねえ」

「皆が少しずつ切り詰めるというのはどうですか？」

と、至極真っ当な意見を言ったのは寅次郎である。

「それは無理でしょう。誰かがやってくれる。人はそう安易なほうへと流されるものです」

星十郎は人の心の動きを読む学問を修めている。もっともそれくらいのことは源吾でも解った。

「こちらも腹を決めねばならないことになりそうだな。源……御頭」

源吾がいかなる考えか。付き合いが長い武蔵は早くも勘付いているようだ。

「会合はどうでもいいけどよ。女中を守るためなら仕方ねえ」

彦弥が飄々《ひょうひょう》と言うので、源吾は小さく噴き出した。女に対しての彦弥の姿勢は徹底したものである。深雪はあまり快く思ってはいないが、これもまた一つの矜持と言えるのではないか。それを貫いて彦弥は火に巻かれて死にかけた。今なお首にはその時の火傷の痕が残っている。

本当に大切なものを守らんとすれば、時に相応の覚悟も必要である。

——大切なものか……。

場を和ませようと軽口を重ねる彦弥、それに遂に笑い出す面々を見回しながら、源吾はそのようなことを考えていた。

二

早速、源吾と星十郎は山路の許を訪ねた。なおざりにしていたことを謝したが、山路は丁度先日返答があったとにこやかに迎えてくれた。山路がわざわざ奉行所まで足を運び、書き写してきた記録に目を通す。

「一家八名は惨殺。主人、内儀、隠居、長男、次男、娘たちが三名です。三歳の末息子が行方知れず。竈《かまど》に隠れた三男だけ難を逃れたとあります。歳がぴたりと符合します」

星十郎は記録を隅々まで見ながら言った。

「生き残った三男のその後の足取りはどうだ」

「卯之助《うのすけ》という者に引きとられたとあります」

「千眼《せんがん》の卯之助か！」

やはり、と源吾は思わず叫んでしまった。

「ご存知なので？」

星十郎は緊張の面持ちで顔を覗き込んできた。

「ああ。良く知っている。そして奴はまだ生きている」

「その道の方なのですね」

星十郎も察したようで薄い唇を動かした。

「お前はこれより家に戻り、次で捕える段取りをつけてくれ。千羽一家は野分に似たり。短い時で荒稼ぎして場所を移す。町が乾く明日にでもまた動くかもしれねえ」

「そもそも上方より来て、すぐにこれほどまでの盗みを働けるのは何故でしょうか」

「嘗役《なめやく》を使っているのさ」

　嘗役とは盗賊の役割の一つである。嘗役は一味とは別行動を取り、一人で諸国を見て回り、押し込みに適した商家や豪農を探す。嘗帳と呼ばれる帳面に、狙った家の家風、行事、財産、奉公人の数から主人の好み、屋敷の間取りまでを書き記し、それを頭領に報せるのである。嘗役の諸費用は一味から支給され、押し込み成功の暁《あかつき》には相応の分け前も与えられる。大きな盗賊団には必須の役割であった。千羽一家はこれを使って、新たな地でもすぐに盗みに取り掛かっていると見た。

「なるほど。合点《がてん》がいきました。しかし、火消に紛れる悪党を炙《あぶ》り出す……難しい注文ですね」

　星十郎は前髪を鼻の前に引きながら呟いた。

「いいや。案外簡単かもしれねえぜ」

「何か腹案があるようですね」

「ああ。恰好は真似られても、真似出来ねえこともある」

源吾は小声で囁いた。星十郎は渋い顔になって眉間を摘み、山路はその意外すぎる解決策に、思わず噴き出してしまっている。

「御頭の策は無茶が過ぎます。が、成功するでしょう」

「お前も火消が何かよく解ってきたじゃねえか。後は任せる」

源吾は呵々と笑って立ち上がった。

「どこへ行かれるので？」

「卯之助を訪ねる」

源吾は山路に礼を述べると、小走りで外へ飛び出していった。

「相変わらず忙しないやつじゃのう」

山路は口元に皺を浮かべて笑った。

「全く。ゆっくり空を見上げる暇もございません」

「眩《まばゆ》いのう」

山路は手で目を覆う真似をしてみせ、星十郎は恥ずかしげに俯く。山路はおどけるのを止めて真顔になると、低く威厳を込めて付け加えた。

「天地の間に人の営みがある。この当然を崩す者を赦《ゆる》すな」

「容赦しません」

天井に遮られ空は見えない。畳の上であるため大地に触れてもいない。稀代《きたい》の天文家二人。まさしく天地の間に浮かび、人を論じて力強く頷き合った。

陽は中天と地平線のちょうど間を越えた。これより時を追うごとに赤みを帯びてくる。

源吾は組合橋《くみあいばし》を東に渡り、浜町《はまちょう》河岸を北へと上る。細川《ほそかわ》、津軽《つがる》、牧野《まきの》などの諸家の屋敷の前を通り、千鳥橋《ちどりばし》の前に差し掛かって右に折れた。ここは村松町《むらまつちょう》である。

この近くに住んでいるとは風の噂で聞いたが、詳細は判らず行き交う人に尋ねる。有名な男である。すぐにその家は知れた。

長屋二つを合わせたほどの広さ。町人にしては大きな家である。頼もうと外から呼び続けると、少し待って戸がゆっくりと開いた。現れたのは白と銀の混じった髪色の老人である。老人は顔を近くまで寄せてまじまじと見つめると、悟ったような表情になった。

「火喰鳥……か。随分立派になった」

「ご無沙汰だな」

家の中に招き入れられて、一室に通された。

「一人では、茶もままならねえ。水で許してくれよ」

壁を手でなぞるようにして歩き、水瓶《みずがめ》に柄杓《ひしゃく》をぶっきらぼうに突っ込むと、零しながら湯呑みに注いでいく。

「飯はどうしている」

「隣の娘に銭を払ってな。朝夕持ってきてくれるのよ」

老人は濡れた湯呑みを畳に置いて着座した。

「千眼の卯之助。達者そうで何よりだ」

「お前が餓鬼《がき》の頃、もう随分昔の話さ」

卯之助はちろりと湯呑みの縁《ふち》を嘗めた。

管轄内なら小火でも見逃さぬことで千眼の異名がついた火消で、二十年ほど前には火消番付の関脇に名を連ねていたほどである。源吾が火消になって二、三年で現役を退《しりぞ》いたため十数年ぶりの再会である。

「尋ねたいことがある」

「解っている」

卯之助は一気に水を飲み干すと、瞑目《めいもく》して湯呑みを置いた。

「子の辰一のことだ」

卯之助はに組の先代頭である。いつも最前線で瞬きすることなく、周囲の状況を見渡していたことが災いした。ある日、爆《は》ぜた木端が両眼に突き刺さり、一年ほどの間に視力のほとんどを失った。五寸先を見るのが精々《せいぜい》らしく、今ではその座を一人息子の辰一に譲って隠遁《いんとん》生活を過ごしている。

「些か気荒く育てちまったようだ。迷惑を掛けちまったな」

「単刀直入に訊く。辰一は実子ではないのだな」

卯之助は鼻から息を漏らした後、早口で答えた。

「あいつの実父は身丈六尺二寸。母は身丈五尺八寸（一七四センチ）の女丈夫。倅《せがれ》はその血を見事に受け継いだよ。小男の俺とは似ても似つかねえ堂々たる体軀さ。だが……俺はあいつを実の子と思っている」

「やはり……辰一は出雲屋の倅か」

「思った通り、詳しく知っているようだな」

卯之助の両眼がぎらりと光ったように見えた。老いたとはいえまだまだ並みならぬ胆力を秘めている。

だ」


「辰一はそれを知っているのだな」

「幼いとはいえ、よく覚えているさ。今でも悪夢にうなされることもあるようだ」

覚悟を決めたか卯之助に隠すつもりはないようである。

「辰一が縄張りから出た訳は千羽一家への復讐《ふくしゅう》……」

「父母、兄、姉を皆殺しにされ、弟を攫われたんだ」

ここに来るまでの道中、源吾はあることをずっと考えていた。それを口にすべきか否か、この場に至ってもなお迷っている。

記録によると、卯之助はたまたま通りかかった出雲屋で異変を察知して惨状を発見した。そこで幼い辰一を見つけて、奉行所に報せたはずである。出雲屋が襲われたのは丑の刻も回っていた深夜。たまたま通りかかるなどということがあるものか。

仮にそうだとしよう。ならばどの時に通りかかったのか。出雲屋が襲われている最中ならば、屋敷の異変に気付けよう。それならば一人で危険な屋敷内に踏み込むはずがなく、踏み込めばこうして生きてはいない。

反対に事が全て終わった後ならば、屋敷は静まり返っていたはずで、いかに卯之助といえども奇異に思うはずはない。そのような状況を鑑《かんが》みれば、導かれる答えはただ一つである。

源吾は脇に置いた脇差をそっと引き寄せると、畳をなぞるほど低く問いを発した。

「何故、火消になった」

「辰一が望んだことだ」

「違う。あんたの話だ」

卯之助は火消として変わり種であることは、当時から有名な話であった。何が変わっているのかというと、三十路《みそじ》になって火消を志《こころざ》したのである。そこから類まれなる洞察力と指揮能力を買われて見る見る出世し、五年の間に、に組の頭を任されるに至った。

「さすが火喰鳥。勘働きが並じゃねえな」

「答えろ」

源吾の口調は先ほどまでの温厚なものではなく、下手人を問い詰めるかのように厳しい。

「察しの通りよ。俺が千羽一家の頭。無燈《むとう》の熊蔵《くまぞう》だ」

言い終わるや否や、源吾は片膝を立てて脇差の鯉口を切った。

「てめえ……よくもしゃあしゃあと……」

数々の火事場で多くの人を救ってきた火消の大先輩である。どこかで外れてくれと願っていた。疑念の通りの現実を突き付けられ、源吾は歯を食い縛った。

「斬れ。いつかこんな日が来ると思っていたさ」

「倅は……辰一は知っているのか！」

「知らねえさ。てめえの親を殺した奴に育てられたなんて知ったら、あいつが壊れちまう」

脇差を抜こうとすると、卯之助はそっと目を瞑った。生への執着は微塵《みじん》も感じない佇《たたず》まいに、源吾の心は激しく揺さぶられた。

「全て話せ」

「断る」

「辰一を実の息子と思うと言ったのは嘘か⁉　救いたくねえのか！」

「奉行所と火盗改にはたんまりと鼻薬を嗅がせた。手鎖六十日で落ち着くことになっている」

「違う！　確かに乱暴な奴だけどよ……今のあいつは正気じゃねえ！　あいつの

心が悲鳴を上げているのが解らねえのか！」

「復讐を遂げさせろと言うのか……」

「あんた何も解っちゃねえな！」

卯之助は口を半ば開いて茫然としている。源吾は手をゆるりと下げると、静かに言った。

「火盗改に連れていかれる時、あいつは火事だけは止めてくれと言った。その意味が解らねえか。己の復讐が叶わずとも、火事は止めたい。あいつは火消であることを優先させたのさ」

卯之助の肩が小刻みに震えるのを見逃さなかった。源吾は脇差から手を離すと、浮かせた腰を下ろし、ひたすら卯之助が口を開くのを待った。

「俺は殺すつもりはなかった……」

卯之助は嗚咽《おえつ》と共に堰《せき》を切ったように語りだした。

卯之助はかつて熊蔵と謂い、千羽一家を率いて諸国で盗みを働いた。無燈の異名は星明り一つなくとも、迅速に盗みを働けるほど夜目が利いたことに由来しているらしい。

熊蔵は盗まれて難儀する者へは手を出さず、殺しは勿論、女を手籠《てご》めにすることもしない本格の盗賊であった。二十歳《はたち》で初の盗みをしてからというもの、一度たりともその禁を破らずに十年もの間、多くの盗みを成功させてきたという。

「そのような盗みよ。銭に困ることはなくても、持て余すほどじゃあねえ。それが気に食わなかった、補佐役の闇猫《やみねこ》の儀十という男に一家を乗っ取られた。決行の直前、頭を樫《かし》の木で割られたのさ」

新生千羽一家は予定通り標的にしていた出雲屋を襲った。

「糞みてえな畜生《ちくしよう》働きさ」

卯之助は濁った眼を見開いて吐き捨てた。

畜生働きとはその道の言葉で、押し入った家の者を全員惨殺するやり口のことである。盗みにも流儀というものがあるらしく、優秀な盗賊ほど嫌う手法である。

「意識を取り戻した俺は血塗れだった。手拭いで頭を縛り上げ、出雲屋に向かったのさ……だが……」

「すでに時遅し。そこで辰一を見つけたのだな」

「ああ。せめてもの償いに辰一を育てようとした。俺は当時から水茶屋の主人『卯之助』という表の顔も持っていた。さして怪しまれることは無かったよ」

そこからは何となく予測がついたが、源吾は心静かに卯之助が再び語りだすのを待った。

「火消を志願したのはその少し後。昔は火付けなどしていなかったから、それが千羽一家と気付くのに時間がかかったが、それが暴走した千羽一家の動きを捉えるのに最も都合が良いと思った。二度とあんな惨事を繰り返させねえようにな」

「千羽が三十年もの間、江戸を避けたのはあんたが手ぐすね引いて待ち構えていたからか」

ようやく全ての謎が解けた。卯之助が引退してもう十余年が過ぎている。死んだと思ったか、そうでなくとも流石にほとぼりが冷めたと思ったのかもしれない。平蔵という難敵にいち早く察知され、予定していた大坂での見込みが外れ、大物を求めて江戸に入ったとも取れる。

「あいつには復讐の為に生きて欲しくねえ……俺みたいに一生を棒に振っちまう」

卯之助の目から涙が止めどなく零れ落ちる。辰一にはただ健《すこ》やかに生きて欲しい。それがこの老盗賊、いや老火消のただ一つの願いであることは痛いほど解った。

「あいつが千羽を追う訳は復讐だけじゃねえはずだ」

「え――」

「あいつの刺青。勿論知っているだろう」

「九紋龍……」

「一頭だけ筋彫りのままだ」

「あれは、あいつが途中で柄に飽きたと言ってほったらかしに……」

涙で頰がてかっている卯之助を前に、源吾は鬢《びん》を掻きむしった。

「そんな訳あるかよ。八頭はあいつの亡くした家族。一頭は行方知れずの弟さ」

卯之助は畳に涙を落として呟いた。

「捜していたんだな……ずっと」

「今のあいつは、何を仕出かすか解らねえ」

「まさか……牢破りを」

千羽がなおも猛威を振るい、託された新庄藩が一度しくじった今、牢を破ってでも防ごうとするかもしれない。そうなれば死罪は絶対に免《まぬが》れない。

「俺に任せろ。辰一を救う」

「何故だ。辰一はお前らを……」

卯之助は涙の他に、洟《はな》も涎《よだれ》も垂らしている。関わりのない者が見ればこれほど無様な顔は無いだろう。だが源吾はそうは思わなかった。

人は何度でもやり直せる。己も妻にそのことを教えて貰った。卯之助は後半生をそれに費やしてきたのだ。心の行き違いはあったとしても、己のしたことへの後悔、そして辰一への想いは嘘であるはずがない。それ故のこの顔が醜《みにく》いはずないではないか。

「忘れたか、千眼の卯之助。火消ってやつは仲間を見捨てねえもんだろう」

畳に突っ伏して頼む、頼むと絞り出す卯之助の肩をぽんと叩き、源吾はゆっくりと歩み出した。

三

その日のうちに新庄藩火消全員を教練場に集めた。いつ何時、千羽一家の次の襲撃が来るかも判らない。万が一かち合ってしまえば、刃傷《にんじょう》沙汰にまで発展するかもしれない。どうしても事の次第を伝えておきたかった。

篝火《かがりび》が煌々《こうこう》と焚《た》かれている中、源吾の語りを皆真剣な眼差しを向けて聞く。

「卯之助の件は他言無用だ。そして次に火付けがあった時は……」

全てを話し終えた後、己の腹案を皆に告げた。大半が星十郎と同じ渋い顔をするか、あんぐりと口を開いてしまっている。

例外といえば主だった頭の四人である。武蔵はそれでこそ源兄と豪快に笑い飛ばし、寅次郎は望むところと早くも腕まくりをしてみせた。彦弥はそりゃあいいと、笑い過ぎて目尻に涙を浮かべており、新之助は何でもやりますよと、やはり軽い調子で鼻歌を唄っている。

「命令とあれば無茶も形にするのが軍師の役目。御家老の怒鳴る顔が目に浮かびます……」

星十郎はそう言って具体的な策を説明しようとした。

「案外あれで、こんなお祭り騒ぎが好きな御方だぜ?」

僅か二月ほどであるが、六右衛門と行動を共にしたことで、今まで見えなかった顔も垣間見えた。立場上やれとは仰るまいが、きっと知らぬ顔で容認してくれることだろう。

「早く良くなられるといいですね……」

新之助がしんみりと言う。当初は対立していた六右衛門であるが、今や新庄藩火消皆が信頼に値する仁だと思っている。

「何度も言わせるな。必ず良くなられる。星十郎」

「まず、千羽一家の的は必ず富商。考えられる地としては……」

星十郎が板壁に貼った地図を指さしながら解説を始める。源吾の策とも言えぬ策を見事に具現化してくれている。それどころかその穴まできっちりと埋めてくれている。やはりこの男を無理にでも加えて良かったと、今更ながらに胸を撫で下ろした。


千羽一家は一所《ひとところ》に長くは止まらぬ。間もなく動き、恐らく次が最後の山になるであろうと星十郎は見立てた。その予測通り、太鼓が江戸の町に鳴り響いたのは、皆を集めた翌々日の亥の刻であった。

「来た！」

源吾が飛び起きた時、何とすでに深雪が立ち上がっていた。聴力だけには絶対的な自信があり、深雪に劣るとは思わない。

「今宵か今宵かと思うと眠れぬのです」

小さな謎の答え合わせをしながら、深雪は早くも羽織を手に取った。支度を手伝って貰い全て整ったところで、深雪が脇差を差し出す。大刀はすでに正親に譲ってしまっている。

そもそも源吾は火事場に向かう時、大半は刀を差していない。通常、武家は外を歩く時は、いかなる時も二本差しであらねばならない。しかし火消侍は身軽さを維持するため、火災においては特例で差さぬでも良い。最近では騎乗であろうが徒歩であろうが邪魔であると、星十郎も差さないでいる。もっとも勘九郎や新之助のように常に差している者もおり、各人の判断に委ねられているのだ。

此度の出動がいかなる性質のものか、多くを語らずとも深雪は解っているのだ。

「ありがとよ」

「刀をまた買わねばなりませんね」

脇差だけだと収まりが悪く、深雪は帯をきつく締め直そうとした。

「これで十分さ」

源吾は微笑んで指揮用の鳶口を見せ、それを腰へと捻じ込んだ。

「お腹一杯召し上がって来て下さい」

「ああ、喰って来る」

源吾は身を縮めて勝手口から出ると、全速力で教練場を目指した。

教練場の中にはすでに人の気配が満ち溢れている。いつもより早い参集である。皆もこの一戦へ闘志を滾《たぎ》らせているのだ。

「揃っているか！」

「わん！」

真っ先に返事をしたのは鳶丸である。源吾は拍子抜けして、そのまま前のめりに倒れそうになった。

「新之助……また連れてきたのか」

「仕方ないじゃあないですか。勝手に付いてくるのですよ。縄を付けてれば吠え続けて近所迷惑ですし……」

新之助はそう言いながら鳶丸の首輪に紐を結び、反対の先を柱に括りつけた。それが何を意味するか鳶丸にも解るのか、紐に嚙み付き首を激しく横に振るが、やがて諦めたように哀しげに尾を垂らした。

八割方が集合を終えている。その間に彦弥を火の見櫓に上らせた。

「古巣の方だろう⁉」

「当たりだ！　神田橋《かんだばし》御門近く……三河町《みかわちょう》だ！」

　そうこうしている間にも一人、また一人と集まって来る。九割方まで集まった時、木戸口から数人の男が入って来た。御連枝様の正親である。脇にはやはり次席家老の児玉金兵衛の姿もある。一刻を争う今、ここで時間を食う訳にはいかない。

「なんでしょうか」

　源吾は不愛想に問うた。気の弱い金兵衛は泣き顔で止めろと訴えている。

「そのほうらの腕前は認める」

「へえ……」

　前回とは趣《おもむき》の違う意外な一言に一同の口から息が漏れた。

「その上で申す。御老中、若年寄は先日の喧嘩を重く見ておられる。火事場見廻の柴田七九郎《しばたしちくろう》殿、皆川左京《みながわさきょう》殿を通じ、此度の出動は見送るようにと先ほどお達しがあった」

「そやつらは皆、将軍家を蔑《ないがし》ろにする一味。お断り致す」

　源吾は怒気を込めて捲し立てた。

「不遜《ふそん》なことは重々承知で申す。私にとっては将軍家より、新庄の民のほうが重い！」

正親も負けてはいない。あまりの暴言に新庄藩火消も嘆息を漏らし、金兵衛は左右を見回しながら声を静めるように頼み込んだ。

「あんたも随分頑固だな。俺も新庄は大切さ。しかし何故そこまで拘る」

正親は唇を口に巻き込んで悩む素振りを見せた。そして意を決したように言った。

「私は脇腹である」

源吾は眉を顰めた。初めて正親に拝謁した日、確かにそのように陰口を叩いていた者がいたことを思い出した。金兵衛はお止め下さいと小声で何度も囁きかける。それでも正親は表情を変えずに一気に語り出した。

「母は御正室に子が出来ぬからと迎えられた妾《めかけ》であった」

一切口外を禁じられているが、正親の母は貧しい農村の出であるらしい。妾は借り腹ということで、産んだ子は正室が育てるところ、母は自らの手で育てると最後まで言い張ったらしい。それでも通常ならば認められぬが、正親の父は三代藩主の七男という傍流であったこと、父の寵愛《ちょうあい》が深かったことで何とか認められた。

「母は下賤《げせん》の者として御正室から激しい虐《いじ》めにあった。母の躰のあちこちには、いつも痛々しい青痣《あおあざ》が出来ていた」

金兵衛はもう止めようとしなかった。ただ事情は知っていたようで、悲痛な面持ちで俯いている。正親は遠くを見つめながら言った。

「母はそれでもいつも微笑んでいた。誰も恨んでおられなかった。自らの出自を卑下することもなされなかった」

――よいですか亀松《かめまつ》。働く領民があってこそお武家はおまんまを食べられるのです。お前が偉くなっても、決して蔑ろにしてはなりません。新庄の領民を守るのがお武家のお役目です。

正親の母は、幼名を呼びながらそう優しく語りかけたという。

正親が九つの頃、御正室に続いて父も亡くなり、ようやくこれから安寧な日々を送れるといった時に正親の母も逝《い》ってしまった。正親はそうして独りになった。

正親は度々城を抜け出すようになった。藩主の一族とはいえ最末端である。さして咎められることもない。母唯一の言い付けを守るべく、村々を見て回りそこで領民と触れあった。

藩の中には冷ややかな目で見る者も多かったが、領民にはその幼名から今でも

「亀様」と呼ばれて親しまれている。そんな正親に突如、執政代行の白羽の矢が立った。本人としても青天の霹靂《へきれき》であったという。

「若年寄は方角火消の辞退を申し出れば、五十年賦で金子を貸してもよいと仰っている」

辞退というのが味噌である。新庄藩を除こうとすれば、必ず田沼が横槍を入れてくる。しかし辞退を申し出た上に、一橋の息の掛かった幕閣が賛同すれば、田沼といえども如何《いかん》ともしがたいだろう。

「そんなところだと思ったぜ……しかし――」

「余所者《よそもの》のお主には解らんのだ！　当家……いや、我が領民は爪に火を灯して貧困と闘っている！」

正親は摑みかからんとする勢いで迫った。余所者という言葉が心を締め付けた。それに対しては何も返す言葉が無いのである。源吾は瞑目して新庄の山野に想いを馳《は》せた。

源吾も僅かであるが国元を見た。城下はまだしも、農村部にあっては襤褸にも等しい綿入れを着た領民もいた。想像以上の貧しさに絶句したものである。それ

でも六右衛門が、

「この者が江戸で新庄の意気地《いくじ》を見せた松永だ」

などと笑顔で紹介してくれると、

「大変なお役目ご苦労様でございます」

と、畏まって深々とお辞儀をする農夫や、

「いつかおいらも江戸に出て新庄の男の強さを見せたい」

頬を霜焼けで赤くしながら目を輝かせる子どもばかりであった。中には神仏に出逢ったかのように、手を擦り合わせて拝む婆様もいた。胸が締め付けられた。心苦しくて顔を上げられなかった。このような人々の犠牲の上に、新調された半纏があるのだ。そんな源吾に六右衛門は新庄を囲む山々を見つめながら言ってくれた。

「お主に民を見せたかった」

最初は真に財政が厳しいことを解らせるためかと思った。しかし六右衛門はこれからも防災には銭を投じると改めて約束した。六右衛門は新庄の風を思い切り吸い込み、胸を膨らませる。

「新祭《しんまつり》を知っているか」

「はい。話だけは」

今より十八年前の宝暦五年、新庄は古今未曾有《みぞう》の飢饉《ききん》に見舞われた。領内では多くの餓死者が出た。だが食えぬことよりも深刻であったのは、家族の死の上に生き残った人々は、生ける屍《しかばね》のように活力を失ったことである。これを憂《うれ》えた先代の戸沢正諶《まさのぶ》は何と、領民を励まし、五穀豊穣《ごこくほうじょう》を祈るために戸沢家氏神の天《てん》満宮《まんぐう》新祭を命じた。

「これには家臣は猛反対したものよ。何せまだ暮らしが安定しておらぬ故な」

源吾が聞いてももっともに思える。六右衛門は咳をすると、声色を変えて話し出した。

「新庄の民は貧しい。しかし決して明日への希《のぞ》みを捨てぬ。人への思いやりを忘れはせぬ。人の真の貧しさとは、それらを忘れることではなかろうか……先代のお言葉よ」

新祭では天満宮の神輿《みこし》が領内を巡り、町方には趣向を凝らした飾り付けを競わせた。見世物や出店が出て、一張羅を着た近郷からの人々が城下を埋め尽くした。どの者の顔にも笑みが溢れ、祭りが終わりを告げた頃、誰も何も語らず家路に就く。人々の目には、明日からの苦しい日常に負けんとする闘志が宿っていたという。

六右衛門は路傍に分けられた雪に近づくと、ぽんと掌を押し当てた。

「この雪の下で、多くの名も無き花が春を希みに堪え忍んでおる」

冷たさが痛みに変わるであろう頃になっても、まるで痛みを共有するかのように、六右衛門は手を引かない。

「御家老……」

「お主らも今や新庄の希みよ。ぼろは領民も一緒じゃからのう」

振り返った六右衛門の顔は初めて見る朗《ほが》らかなものであった。六右衛門の白い息は、白亜の景色にすぐ溶け込んでいく。必ず来る春、雪を割って咲く花に思いを馳せ、源吾は凜《りん》と頷いた。

「余所者だということは解っています……」

源吾は絞り出すように言った。顔を覗きこんだ新之助があっと声を上げる。解っている。哀しさが込み上げて顔が歪んでいるのだろう。ようやく得心したかと、正親の肩から力が抜けていく。

「だからこそ国元の方々のように、どれほど哀しくとも人を想う男になりたい。

どれほど苦しくとも希みを捨てぬ男でいたいのです」

源吾はただ真っすぐ正親を見つめた。正親は明らかに狼狽《ろうばい》している。決して馬鹿若様などではない。源吾の真意が解るのだ。

「確かに新庄の民はお主らを誇りに思っている」

「やはり御存知か……」

過日の言い争いの時、正親は新庄の民がまだ見ぬ「ぼろ鳶組」を語っていると言った。新祭に続く、新庄復興の象徴となりつつあることも知っているのだろう。

「新庄の民は皆心優しい。江戸の民だから見殺しにしろとは口が裂けても言わぬ。ずっと堪え忍んでいるのだ。だからこそ、これ以上貧しさと闘えとは言えぬ……」

源吾は己を恥じていた。御家老なら何とかして下さる。そう考えて頼りきっていたことを。いや、辰一に対してのに組の連中のように依存しきっていたのかもしれない。

源吾は抑えのきいた声で言った。

「僅かですが……削れるものがあります」

「それは何だ！」

正親は身を乗り出した。まことに民を思い、まことに財政に頭を悩ませているらしい。妙案ならば誰の意見でも呑むといった覚悟が垣間見えた。

「その前に命じて下さい」

「それは……出来ぬ」

出動を命じてくれと取ったらしく、正親には迷いが見られ、悶《もだ》えるように顔を背けた。

「共に闘えと」

「何だと……」

「貧しさとの喧嘩。拙者も加わります。松永家の家禄そっくりそのまま返上致す」

正親は雷に打たれたかのように茫然となっている。

「御頭、姐さんにこっぴどく叱られますぜ。御連枝様、俺も落ち着くまで俸給はいいぜ。軽業だけで食ってやる」

彦弥が快活に笑って賛同し、他の鳶も続こうとするのを制しながら続けた。

「これ一本で食っている奴は無給って訳にはいかねえが……」

「それでも半分ほどには出来ます」

寅次郎がずいと進み出て言い切った。

「加持家も松永家に倣《なら》います。寺子屋でも始めるとしますか」

星十郎は零れた赤髪をすうとなぞって微笑んだ。

「はいはい。解っていますよ。鳥越家も好きにして下さい」

「お主は譜代であろうが……」

正親は弱々しく言った。

「譜代も外様も関係ない。そんなところです。ここは」

新之助は飄々としている。正親は動揺を隠せず、額に汗を浮かせている。

「家禄無しだぞ……ならば他家へ移ればよいではないか……」

「我らは『羽州の』ぼろ鳶組です。語呂がよいでしょう？　奥州、山州《さんしゅう》、泉州《せんしゅう》、江州《ごうしゅう》……ほら、収まりが悪い」

源吾が軽口を飛ばすと、正親は目頭を押さえながら天を仰いでいる。金兵衛に至っては元来涙もろい性質らしく、もうすでに号泣していた。

「喧嘩か……家政を何だと思っておる。飢《う》えの苦しさを知っておるのか」

「我が妻はその喧嘩の達人でございます」

源吾がおどけて言うと、皆が一斉に噴き出した。

「お主らの心しかと受け取った。新庄の民に代わり礼を言う」

正親はそう言うと、深々と頭を下げた。主君の親族であり、現在は執政の代行なのだ。それが何の躊躇いもなく、家臣の一火消侍に頭を下げる。これだけでこの男の非凡さと、誠実さが見て取れた。

「だが……幕命を無視しての出動とあれば、当家は改易《かいえき》を受けるやもしれぬ」

「それは……」

これに関しては明らかに正親に理があった。今回我を通してしまえば、戸沢家の家臣一同が路頭に迷うことになってもおかしくない。

「お主ら、に組の連中にやられたらしいな」

「は……」

急に何を言い出すのか。脈絡のない話に源吾を始め皆が困惑した。

「町人風情《ふぜい》に負けるとは、武士の風上にも置けぬ！　今すぐ三河町に乗り込み、借りを返してこい！」

新庄藩火消一同、顔を見合わせて口元を綻ばせた。

「承った‼」

源吾が吼えると、それに続いて鬨《とき》の声を上げる。

「御連枝様の命により、新庄藩火消、喧嘩に参る！」

「おう！」

武蔵を先頭に、風呂桶の底を抜いたように木戸口に吸い込まれていく。源吾は乗馬である碓氷と共に最後まで居残った。

「ありがとうございます」

地に着くほど頭を下げると、鐙《あぶみ》に脚を掛けて颯爽《さっそう》と跨った。

「新庄男の心意気、見せつけてこい」

背負う為に宙を舞わせた羽織から、鳳凰が力強く翼を広げる。正親の叱咤激励を背に受けながら、源吾は馬腹を蹴って碓氷を駆った。

第五章　江戸の華

一

源吾は車輪の如く脚を回す配下を抜き去って先頭へと躍り出た。

「なかなか粋《いき》な若様じゃねえですか」

あれほどまで罵っていたのに、彦弥の変わり身の早さに驚いて鼻を鳴らした。とはいえ、源吾も同じ心境である。彼には彼の傷があり、想いがあり、願いがあったのだ。思えば当初の六右衛門との確執もそうであった。立場によって物事に優劣をつけざるを得ないことはある。だが先ほどのことで、源吾は改めて確信した。

——当家に民を思わぬ者がいるものか。

正親に金魚の糞のようについてきた金兵衛も、最初はこちらを窘《たしな》めていたが、最後には鳶に混じって喊声《かんせい》を上げていた。六右衛門に比べれば些か小物感はあるが、やはり新庄が、そこに暮らす民が大好きで堪らないのだ。

江戸の民とて愚《おろ》かではない。ここのところ頻発する押し込みは、全て火事と同時に起きていると薄々勘付いている。中でも賢い者は火を少しでも早く止めることが、即ち押し込み犯を牽制《けんせい》すると解っているし、信心深い者は火の魔物が惨殺の凶行を行っていると信じて疑わない。どちらにせよ火を即刻消すことが最善だと噂になっていた。

「方角火消桜田組、羽州のぼろ鳶組だ！　道を開けろや！」

並足の馬に負けぬ健脚の武蔵は、先頭で喚き散らしながら走った。

「ぼろ鳶！　頼むから早く消しておくれ」

どこかの商家の女将が懇願するように言う。富商が狙われていることにも皆気付いており、それ相応の商家は気が気ではない。

「戸締りしろ！　火の用心だ！　誰が来ても、たとえ火消でも戸を開けるな！」

夜番にしては少々荒っぽい。よく息が続くなというほど、武蔵は往来に出た人々に叫び続ける。

「早くおっ払ってくれ！」

職人らしい男が、寝ぼけ眼を擦る子どもを抱き寄せながら叫んだ。裕福でなければまず標的にはならぬだろう。そのようなことは解りつつも、赤子さえ躊躇なく殺す盗賊団が町に潜んでいるとあれば、子を持つ親として当然不安になる。源吾は深雪の腹に宿るまだ見ぬ子に想いを馳せつつ、心配させぬよう白い歯を見せて返した。

「任せておけ！　坊、お父の言うこと聞いていろよ！」

「うん！　ぼろ鳶も頑張って！」

そのやり取りが可笑しかったか、野次馬からどっと笑い声が沸き上がった。それにつられて新庄藩火消も共に笑いながら、足を前へ前へと押し出した。

お城の東側を北へ向けて猛進する。日々の鍛練の賜物《たまもの》か、それともここで雌雄を決しようとする高揚感からか、これほどの距離を走りながら息を切らしていない。

「動いちゃいねえか……」

通塩町《とおりしおちょう》に差し掛かった時、源吾は独り言を零した。

「そのようですね。ぴったり町に張り付いています」

町の辻々に立って警戒している者、それは火消半纏を身に着けたに組の連中である。

「風向きはどうなる？」

「ただ今は北東に向けて緩やかな風。いずれ東に向けて変わり、この界隈にも危難が及ぶやもしれません。南東には吹かぬものと思われます」

星十郎がなぜわざわざ吹かぬ方角にまで言及したか。源吾はその意味を解っている。

「頭がいなけりゃ、元通り穴蔵籠りのに組か」

忌々しげに言った時、どこかから言い争う声が聞こえてきた。何故か「ぼろ鳶」という言葉が飛び交っている。それほど遠くは無い。一本折れる筋を変えて、その声の元に向かった。

「宗助！」

「松永の旦那……」

に組小頭の宗助である。それを取り囲んでいるのは、これもに組の火消である。

「いかがした。時が無い。手短に話せ」

「ぼろ鳶はすっこんでろ！」

に組の一人が悪態をついて馬上を睨み付けた。しかしすぐさま寅次郎が進み出たので、怖気《おじけ》づいたように肩を窄《すぼ》めた。

「私は消火に加わるべきと言い張りましたが、皆が……」

宗助は管轄から踏み出すことを主張した。確かにこれまで辰一は踏み出さず、踏み込ませぬという掟《おきて》をに組に布いてきた。しかしながらここ最近の辰一の行動、捕まる直前に言い残した「小火でも容赦するな」という言葉。それらを鑑みれば辰一の意思を慮《おもんぱか》り、に組はことを起こすべきだというのだ。それに対して同輩たちは、

「慮る必要なんてねえ。これまで通り、御頭から命じられたことをすればいいんだ。勝手に動くことは慎むべきだ」

などと、異口同音に反対したという。

「御頭が何故ぼろ鳶を頼ったか解らねえのか！」

宗助が摑みかかって怒鳴った声を、源吾の耳が捉えたという訳である。

「悪いが、ゆっくりはしてられねえ。やらなきゃならねえことがあるんでな」

「はい……解っています」

項垂れる宗助、それを取り囲むに組の火消を嘗め回すように見た後、源吾は口を開いた。

「だが、宗助の言う通りさ。辰一はお前らを頼りにしてねえ」

「何だと……」

「てめえら藁《わら》人形みてえな火消は、屁のつっぱりにもならねえって言ってんだ！」

「かかってこいや！　潰しちまうぞ！」

に組の火消たちは物騒な言葉を口にし、激昂する。この侮辱は相当に響いたか、寅次郎が睨みを利かせても収まる気配はない。

「確かに辰一は怒りに任せて手を上げた。しかしよ、その後、大人しく捕まったのはてめえらを守るためじゃねえのか！」

源吾が一喝すると、急に皆が凍りついたように固まった。

「まさか……逆《さか》らったら半殺し、配下を投げるようなお人だぜ……」

前回の喧嘩で、辰一は新之助に向けて配下を物のように投げ飛ばした。決して褒められたことではないことは解っている。

――なら、役立てよ。

だが、そう言った辰一の悲哀に満ち溢れた顔が、どうしても忘れられないでいた。当初はそれがいかなる種の感情か解らなかったが、今のに組の体たらくを見ていれば、自《おの》ずと答えが出た。

「一人でも火を消しちまう最強の火消を、独りにさせたのはお前らさ」

に組の連中ははっとすると情けない顔になって俯いた。

「徒歩《かち》の者が追いつきます」

星十郎が背後から促す。どれほど懸命に走ろうとも、徒歩の者は騎馬に比べれば遅れてくるのが常である。気付かぬ間に長蛇の如く縦に長くなってしまい、何度かこのように集結させていく必要がある。

「もう行く。俺たちは自ら闘うことを選んだ。お前たちは、一生辰一を頼っていな」

源吾は一瞥して再出立の号令を発す。に組の火消たちは何も言い返さなかった。眉間にしわを寄せ、頰を歪め、唇を嚙みしめて肩を落としていた。元々気付いていたのだろう。宗助は泣き出しそうになりながら天を見つめていた。

「そろそろ、分かれ道です。策ですが……」

「お前を信じている」

星十郎の伺いに対して即答した。いつまでたっても星十郎は馬術が上手くならない。手綱を取り落としそうになりながら頷いた。

「各頭は走りながら聞いて下さい。おさらいです。御頭の要望は、一に火を消して誰も死なせない。二に火元に火消、野次馬も近づけない。三にその中から千羽を炙り出すという無茶なものです」

前回、星十郎が描いた二重円で謂うならば、内円の中には何人たりとも入れないということである。それでいて鎮火するというのだから、知らぬ者が聞いたらまずその矛盾《むじゅん》を指摘しよう。

「一と二に関してはすでに手を打ちました。三に関しては、これも御頭の策を採用します」

「やってやろうぜ！」

彦弥と寅次郎が拳と拳を合わせて息巻く。

「最後に……先ほど、急遽《きゅうきょ》、御頭から四つ目の要望がありました」

これに関しては星十郎だけに語り、誰にも伝えてはいない。新之助にすら伝えてはおらず、皆一様に首を捻った。

「これより、御頭は組を離れます。指揮は鳥越様が執って下さい」

「え――！　そりゃないですよ。自分だけ荒事から逃げるおつもりですか」

新之助は口を尖《とが》らせて文句を言う。

「御頭は今より向かう所があります」

もうそれだけで皆は解ったようである。御頭は甘《あめ》えなと苦笑いする彦弥、それが御頭らしいと大笑する寅次郎、昔から変わっちゃいねえと煽《あお》る武蔵。そして新之助も片手を手綱から離し、掌を上にしながら滑らして、どうぞといった仕草をしてみせた。

「任せちまって悪いな。俺は、あの日の俺を救いに行く！」

源吾は馬首を廻らせて組から離れる。碓氷にも想いが通じたか、何もせずとも脚を疾《はや》く疾く動かした。鬣《たてがみ》をそっと撫でることを礼とし、源吾は腿《もも》を引き締めて前のめりになった。

二

正親が教練場にて源吾を見送った後、入れ違いで折下左門が駆け込んできた。

「御連枝様！　何卒火消たちを――」

左門は言葉を止めて蛻《もぬけ》の殻になった教練場を見渡している。

「遅いぞ。折下」

「はっ……申し訳ございませぬ」

「主だった家臣を起こし、皆で諫言《かんげん》しようとした。そのようなところか」

「お見通しでございますか」

正親はふわりと笑った。何と真正直な男か。お役目に対しても勤勉そのものと聞いている。一見すれば源吾と正反対に見えるが、だからこそ馬が合うのかもしれない。

「奴らはもう行った。見事に言い負かされたわ」

「御耳障りなことを申したならば、拙者が一身に代えて……」

「よい。お主の真面目さには息が詰まる。しかしでかしたぞ。何人の連名を取り付けた」

「拙者を含め三十二名。外に待たせております」

上屋敷に住まう家臣は約四十名。そのほとんどが源吾らを応援していることになる。

「足らぬ」

「は……？」

左門は意味が解らぬようで間抜けな面になる。

「中屋敷、下屋敷。全ての男を集めよ！　訳を話す暇はない。お家の一大事ぞ。急げ！」

左門は雷撃を受けたように身を震わせ、大童《おおわらわ》で再び飛び出していった。今度は左門と交代にぞろぞろと上屋敷の主だった家臣が入ってくる。流石に藩主を守る近習の姿は見えないが、やはりほとんどの者が揃っている。どの者も状況が呑み込めぬようで訝しんでいる。

「えらい人気じゃな」

正親は苦笑いしながら、続けて金兵衛に尋ねた。

「予備の半纏はあるか」

「はあ……例のぼろ着でございますが」

「皆で手分けしてここに持て」

四半刻すると左門が戻って来た。時を置かずして中屋敷、下屋敷の家臣が続々と参集する。中には中間《ちゆうげん》小者の姿もあった。金兵衛らも火消半纏を用意し終わる。正親はその内の一枚を手に取った。洗濯しているので臭いこそないものの、継ぎはぎだらけで、袖が短くなっている。他の半纏も穴の繕《つくろ》ってあるものや、襟がごっそり取れているもの。酷いものになると二枚を一枚に貼り合わせたようなものまである。

「国元の者より酷いわ」

正親はぼそりと言うと、頰を緩めた。そして半纏をかざしながら声高らかに命じる。

「お家の危急によう集まってくれた。ここにある半纏を身に着けよ」

皆顔を見合わせて騒《ざわ》めく。しかし左門だけは目を輝かせている。

「源吾らの応援に駆け付けるのですな！」

「ししゃますな男だにゃあ」

思わず新庄弁が飛び出してしまった。勤番の者のほとんどは江戸生まれで、国元に滅多に帰ることはなく、故に方言にも疎い。この場の半分が首を捻る。一方で参勤の者は生まれも育ちも新庄である。思わず噴き出してしまっている者もいた。

「どうしようもない男だと申したのだ」

「しかしそれでは何故、火消半纏を……」

「ちゃっちゃど、どんどど、わらわら」

左門のきょとんとする顔が面白かったので、今度はわざと揶揄《からか》って新庄弁を話す。すでに半数の者が半纏に手を伸ばしている。

「それは……いかなる意味で」

「全て、急げ。じゃ」

左門を始めとする残り半分も半纏を取って身に纏った。

「そろそろ来るぞ。着たら並べ。一言も口を開くな」

正親がそう言ってから間もなく、蹄《ひづめ》の音が近づいて来て木戸口の前で嘶きを発した。そして身なりの良い男、さらに供の侍が十名ほど教練場に入って来た。

「戸沢殿！　これはいかなることか！」

「これは柴田七九郎様。いかがなされましたか？」

「何をとぼけておられる！　火消は繰り出すなという幕命を忘れたか！」

柴田七九郎の務めている火消見廻組とは、火事場で火消が傍若無人に振る舞わぬように見回り、火消争いの仲裁、火急の時には火消の退去まで命じる。そしてそれぞれの功罪を幕閣に伝える火事場の軍監のような役回りである。

「はて、ここにおりますが」

「とぼけるか。ここでは火元に向かっておるあれは何ぞ！」

「他家の方と見紛われたのではございませぬか」

「家紋は戸沢の九曜《くよう》だ！」

「九曜を使うお家は多い故……」

左門らも何のために半纏を着せられたのか、ようやく解ったようで身を強張らせて直立している。

「このようなみすぼらしい半纏で誤魔化されぬわ。大方、急いでどこぞの古着屋で買い求めたものだろう」

「柴田様はいつから火消見廻役をお務めでしたかな？」

「今年からだ。それが何だ」

「確か、それまでは道中奉行の補佐をされておいでのはず」

「何を申したい！」

柴田はこの問答に焦れ、顔を真っ赤にして怒鳴り散らした。

「当家の火消は、ぼろ鳶組。こちらが本物でございますよ」

柴田も耳にしていたのだろう。小さく声を上げて無念そうに唸った。

「で、では、頭取の松永はどこだ！」

「松永は腹が痛いので寝ております」

「ならば頭取並の鳥越はどこだ！　頭取、頭取並のどちらかがおらねば、火消を召集することも罪であることを忘れたか！」

火消の法など普通に暮らしていて知る筈《はず》もない。後ろに控える家臣たちも顔を青くしている。もう金兵衛などは口に手を添えて、

「儂が鳥越ということに……」

などと言っている。当人は小声のつもりであろうが、しっかり聞こえてしまっており、柴田はにやりと笑った。正親は深い溜息を零しながら、つかつかと講堂の方へと足を進めた。

「これが鳥越新之助でございます」

「ふざけるなー‼」

柴田の絶叫が教練場にこだました。正親がぽんと手を置いたのは鳶丸の頭であった。鳶丸は舌をぺろりと出して、嬉しそうに尾を振っている。

「当家の者を侮辱なさるか。お主が鳥越なのに。のう？」

「わん！」

鳶丸は天に向けて吠えると、短く息を吐き続けている。

「貴様……斬られたいか。ふざけるのもいい加減にしろ」

「ふざけておられるのはどちらか！」

正親が急に凜然と言い返したものだから、柴田やその供だけでなく、新庄藩家臣たちも呆気に取られていた。正親はゆるりと柴田に近づきながら語り出した。

「先日、方角火消を辞せば、金子を貸すと仰いましたな。それは確かに有り難かった……無役になれば余計な費えは減る。さらに金子が借りられれば、新庄の民の暮らし向きも今よりはよくなろう」

「では何故……」

「その後の一言が気に食わなんだ。当主戸沢孝次郎を隠居せしめ、私を当主に挿《す》げ替えてやる。とな」

「それは……」

柴田は気迫に呑まれて弱々しく返す。目の前で繰り広げられているこの会話に、さすがに家臣たちも色めきたった。

「これは上様のご意向であるとも申したな。だが……私はそうは思わん。ならば上様にお尋ね致そう。もし相違あらば、上様の名を騙《かた》り、徒党を組もうとした柴田殿の謀反《むほん》ぞ！」

柴田は鶏を締め上げたような奇声を発し、身振りを交えて反論した。

「何を根拠に！　そのような話はしておらん！」

「聞いていた者がおるのですよ」

「それはお主の供であろう。そのような者の証言は信じるに値せぬ」

「ほう。やはり布石を打って正解であったようだ。あれは供ではない」

「だ、誰だと……仰る」

ここまで完全にやり込められている柴田は、続きを聞くのが恐ろしいといった様子で、言葉も些か丁寧なものへと変わっている。

「あれはな。京極佐渡守様よ」

柴田は卒倒しそうになり、供の者に支えられてようやく立っているという有様であった。

「無理な願いであることは承知であった。断られれば何家でも回るつもりじゃったが……隣の好《よしみ》という訳ではあるまいが、佐渡守様は立ち会いを快く受けて下さった」

正親は足元の覚束ない柴田の前で、深々と頭を下げた。

「柴田殿、御心づくしはありがたいが、お話はしかとお断り申し上げます。何年掛かろうとも、当家の喧嘩は当家のみで決することに致しました。お引き取り下され」

柴田はもう何も言い返す気力はないようで、蹌踉《そうろう》とした足どりですごすごと退散した。

「御連枝様……ありがとうございまする！」

左門が拝跪《はいき》すると、皆がそれに続いた。

「お主の苦労が少し解る」

「それにしてもよく佐渡守様がお受け下さいましたな。何の得もないでしょうに
……」

「それがな。よう解らんことを仰っておられた。女天下を共に乗り越えた仲じゃからな……とな」

正親は首を傾けた。まさか話の内容が解るはずもなかろうが、鳶丸も首の紐をぴんと張って立ち上がり、嬉しそうな鳴き声を上げた。

三

あの町に良い思い出はない。何しろ昨年の大火の折、下手人に疑われてここに

繋がれた経験があるのだ。

当初は新庄藩、そして協力を依頼した火消の二手のみで事を決してやるつもりであった。しかし今、源吾はその考えを改めて小伝馬町に向かっている。

に組の連中は不甲斐ない。宗助のような例外も僅かにいるが、完璧な火消の頭に頼り切り、どの者も思考まで預けてしまっている。指示がなければ己が何を為すべきかも見えていない。管轄に籠れと言われれば黙って従い、出ろと言われればまた黙して従う。組織としてはそれが正解なのかもしれない。

――だがそれでは、いつか綻びが出る。

炎との向き合い方に正解などない。たった一人の力や知恵では到底抗えぬほど、炎は暴虐《ぼうぎゃく》にして狡《こう》知《ち》である。故に数十、数百、時には数千の力と知恵を結集して臨まねばならない。

その無数の方策の中から最善を決断することこそ頭の使命である。その時点でも何が正しいかなど解らない。心細く、孤独なことである。それでも決めねばならぬ。決めた上で劣勢に立たされれば、また仲間が助けてくれる。そうでなければ、源吾とてとても重圧に耐えきれない。

奴には何もない。大戦略から小戦術まで己一人で決め、自らが陣頭指揮を執《と》らねばならぬ。そう思い至った時に気付いたことがある。火消は火事場で決して失敗は許されない。だからこそ最低限の管轄だけを堅守し、最も信用に能《あた》う能力を持つ、己を真っ先に投入するのではないか。一昨年までは新庄藩火消も似たようなぼんくら揃いであったからこそ、そこに気付き得た。

もう一つの大きな理由がある。

――己の手でかたをつけさせてやりてえ。

公《おおやけ》に私《わたくし》の感情を持ちこむのは許されない。それは解っているが、どうしても他人事《ひとごと》に思えず、気が付けば星十郎に頼み込んでいた。

かつて己は火消に絶望した。炎が恐ろしくて堪らなかった。心に巣食った闇というものは何とも手強く、新庄藩に迎えられた後も何度も諦めかけた。それを多くの者の力を借り、自らが決着をつけることで闇を滅ぼすことが出来たのだ。

仮に源吾らが奴の悲願を叶えても、きっと何も終わることはなく、これからも過去に向き合って長い一生を過ごしていかねばならない。奴もあの頃の己と同様、闇に呑まれ、誰にも助けを求められずもがいている。

――辰一……。

源吾は心で念じるように繰り返しながら手綱を引き絞った。

小伝馬町の牢屋敷に辿り着くと、碓氷から飛び降りて大声で喚いた。

「新庄藩火消頭取、松永源吾！　火急の事態が出来《しゅったい》し罷《まか》り越した！」

許可も得ず源吾が入ろうとするので、見張りの牢役人二人が棒で押し止める。

「将軍の身に万が一のことがあれば、お主ら責を負えるのか！」

決して大袈裟ではない。昨年の大火の二の舞を演じれば、お城に飛び火しても何らおかしくないのだ。話の大きさに気圧《けお》されたようで、後ずさりをする。しかし騒ぎを聞きつけて続々と他の牢役人、獄丁たちが現れた。

「将軍……江戸の危機でござる！　お通し下され！」

源吾は唾を飛ばして訴えるが、上役と思《おぼ》しき男は首を横に振る。

「誰がそのような嘘を信じるものか。お主が新庄藩の者かどうかも怪しい」

「そやつは新庄藩の者よ」

牢役人がはっとして振り返る。そこに立っていたのは四十絡みの男。腕を組みながら悠然と歩いてくる。

「石出《いしで》様……」

「昨年ぶちこんだばかりの男を忘れるとは、お主らそれで牢役人が務まるか」

石出帯刀《たてわき》。町奉行配下の囚獄と謂われる役に就《つ》く牢屋敷の長である。石出家は

代々この役目を務めていた。昨年、源吾が冤罪《えんざい》で捕まったことで面識がある。無実を訴える源吾に、石出は、

「悪人か善人か、それは御奉行が決めること。儂は誰であろうとも逃がさぬ。それだけよ」

と、冷酷に言い放った。その時の記憶がまざまざと蘇《よみがえ》り、源吾は固唾《かたず》を呑んだ。

「松永、将軍様のお命が危ないとは大層な物言いよな。今、起こっている火事のことか」

たとえ無実であろうとも、一時は囚人として繋がれていたのだ。牢とは不思議なもので、その時の関係は後々まで引きずる。源吾は声を落として答えた。

「は……その通りでございます。切り放ちを」

火事の時、身の安全のため、一時的に囚人を牢から放つことを切り放ちという。火事が終息しても三日以内に戻らなければ死罪、反対に大人しく戻れば罪一等を減ぜられる。今から約百二十年前の明暦《めいれき》の大火の折、石出の先祖が独断で行ったことがそのまま法になった。切り放ちを行えば、ほぼ全員が誠実さを見せて戻ってくるという。寛容な法であるからこそ、真に危急の時しか発せられること

はない。

「ここまで来ぬことはお主ほどの火消ならば知っておろう。真の目的を話せ」

石出家は長年に亘って牢屋敷を守ってきた。そこらの風読みよりも的確に風を読み、無用な切り放ちは行わない。

「辰一を解き放ってくだされ」

「馬鹿な。辰一を放てば江戸が救えると申すか」

石出は無表情であるが、周りの牢役人は皆嘲笑を浮かべている。

「はい」

正気かといったようにその場にいた者全てが動きを止める。

「たった一人だぞ」

「あいつほどの火消はそういません」

石出は感情が一切無いのではないかと思えるほど、やはり表情を変えない。

「火消とはおかしなものよな。並の武士ならば、同職を褒めはせぬ。己が優れていると息巻くものよ」

「考えたこともございませんでした」

「役目を全《まっと》うしたい想いは解った」

「ならば……」

「しかし、儂も囚獄の役目を全うせねばならぬ」

石出の目がぎらりと光る。この鉄の心を持った男には何を言っても通じぬであろう。一旦引き下がろうとしたその時、石出が牢役人に向けてぽつりと言った。

「辰一の牢から火が出たらしいな」

「はい。火の粉がふわふわと囚獄に飛んできて、辰一の牢をすり抜けました。全く、面妖なことです」

牢役人は阿吽《あうん》の呼吸で困り顔を作った。

「切り放て」

「石出様……」

「三日で戻らねば死罪。とっとと連れていけ。近頃はお上の気儘で牢を使う故敵《かな》わん。過日の詫びよ」

無愛想に言うと、石出は身を翻して屋敷の中へ入っていった。いかなる者でも命じられたままに牢に繋ぐだけ。石出はそう言った。しかし人はそう容易く割り切れるものではない。無実と解りつつ牢に入れた者もおろう。その中で獄死した者もいるはずである。石出のような実直な男には、牢を政に利用されるのは腹立たしいことなのだろう。源吾はその背に向けて、いつまでも頭を垂れていた。

暫くすると獄丁四人に囲まれて辰一が現れた。やはり大きい。獄丁が子どものように見えてしまうほどである。

「火喰鳥。何故来た」

「うるせえ。出雲屋の倅」

源吾の頬を目がけて辰一の鉄拳が飛ぶ。獄丁が止める間もない。いや、止めたところで木の葉のように吹き飛ばされるのが落ちだろう。それを、しっかりと受け止めた。源吾は血混じりの唾を吐くと、辰一を睨み付ける。

「人に面倒を任せるな。てめえの尻はてめえで拭け」

「全てを知って……酷い言い様だな」

「卯之助……親父さんにも会ったぜ」

「何——」

「お前を助けてくれって泣いていたよ」

辰一が必要以上に顔を強張らせ、そして一気に緩めたことが気に掛かった。見たこともないほど狼狽し、安堵の溜め息さえ洩らしている。そこで源吾の脳裏に閃《ひらめ》くものがあった。

「お前……親父さんの過去を……」

「何のことだ。親父は俺が認める唯一の火消。それだけだ」

どのようにしてかは解らぬが、やはり辰一は卯之助の前身を知っているように感じた。そうだとしても決して認めはしないだろう。己であってもそうであろう。これが辰一の守るものなのだ。

「健気《けなげ》なところもあるじゃねえか」

辰一は受け口のように下の歯で上唇を齧《かじ》った。

「同情なんざいらねえ。火事場はどんな調子だ」

「お膳立てはしてやったぜ。かたつけろや」

辰一は舌打ちを見舞った。その阿修羅《あしゅら》の如き体軀に似合わぬほど、蓮《はす》が開いたように小さな舌打ちである。

「気に食わねえ野郎だ」

「お互い様だ」

源吾は碓氷に跨ると、気合いを発して駆った。辰一は徒歩である。乗るか、と躰を慮るつもりもない。苦労したろう、などと馴れ合うつもりもさらさらなかった。鎖に繋がれた龍を助けたのは、気まぐれのようなものである。

火を滅す。焔を弄《もてあそ》ぶ悪党を止める。その一点だけで火消はよい。碓氷の軽快な蹄《ひづめ》の音に、大地を踏み鳴らす重厚な音が重なり、江戸の町を切り裂いてゆく。

四
「血迷ったか、ぼろ鳶！　さっさとどきやがれ！」

町火消の罵倒《ばとう》が矢のように降り注ぐ。

「これは公儀への謀反と見なしてよろしいか！」

武家火消の凜然たる抗議が槍のように胸を突く。

「まあまあ、落ち着いて」

新之助が諸手を突き出して笑顔で宥《なだ》める。

「馬鹿の一つ覚えみたいに、いつまでそう言っているつもりだ！」

摑み掛かろうとした町火消は、くるりともんどりを打って地に伏した。手を払う新之助は笑みを消さなかった。

「無理に来たらこうです」

「何なんだ、てめえらはよ！」

別の町火消が吼えると、屋根の上から彦弥が怒鳴る。

「うるせえ！　こっちにも事情があるんだよ！」

「彦弥さん煽らないで下さい」

新之助は困り顔を作った。そうこうしている間に、寅次郎ら壊し手が戻って来た。皆が火消を抱えている。寅次郎に至っては左右両手で一人ずつ引きずっている。それを新之助らが道を塞ぐ向こうへと押しやった。

「これで全てです。案外手間取りました」

寅次郎の髷が崩れ、頰にはひっかき傷のようなものまである。

「もう火元から二町に火消はいませんね」

未だ怒声が飛び交う中、星十郎は冷静に言った。

――火元に火消を近付けぬ。

これこそが星十郎が打ち立てた策の一つ目である。火元を中心とした半径二町、そこに入る口を手分けして押さえた。そして既に中に入っていた火消を、寅次郎らが捕まえて円の外に放り出したのだ。

「人々を避難させせねばなりません！」

定火消であろう。前髪が取れたばかりといった若侍が悲痛な声で訴える。

――火元の近くの民を即時退去させる。

これが二つ目の策である。策というよりは当然のことでもあるが、こうして他の火消を抑えながらこなすのは容易ではない。これに対して新庄藩火消の約半数の五十を割くつもりであったが、火元が三河町であったのが幸いであった。

「大丈夫だ。もう誰もいねえ」

それに対しては自信満々に武蔵が答えた。

ここは武蔵の古巣である万組の本拠の目と鼻の先である。詳しい訳を告げずに、先ほど武蔵が万組に避難誘導を依頼している。今頃、北方より退去していることだろう。

「誰も消さなければ、町は火の海になっちまう！」

町火消の哀願に対して、星十郎が答える。

「これも安心して下さい。必ず消えます」

「まさか雨でも降るっていうのかい⁉」

白煙の中に黒が混じり始めている。煙こそまだ届かぬものの、噎《む》せ返るような悪臭がすでに漂っていた。安心しろといったものの、新庄藩火消も不安げにその時を待っている。

押し問答を繰り返していると、火元の方角から一騎こちらに猛然と向かって来る。

「加持殿！　整いましたぞ！」

「清水《しみず》殿、ありがとうございます」

罵詈雑言《ばりぞうごん》を放っていた火消がふいに沈黙した。

「清水……煙戒《えんかい》の清水陣内《じんない》！　加賀鳶か！」

「加賀鳶総勢八百繰り出し申した。東は義平《ぎへい》、南は小源太《こげんた》、北は牙八が塞ぎ終え、加賀が押さえた故に西に回れと促しておる。民は先ほど万組に連れられて退去致した」

三方は加賀鳶が押さえ、加賀宰相《さいしょう》の威光を振りかざして追い払っている。功名に拘る加賀鳶にとって、このように消し口を陣取ることは珍しいことではない。火消の王たる加賀鳶と揉める面倒を避け、大抵の者が引き下がる。故にここ、西の口には時を追うごとに火消が群れるように集まっている。後ろの者などは何故先頭が進まないのかも解っていないだろう。

「して、火元は？」

「詠《なが》殿、一花《いっか》、福永《ふくなが》、仙助《せんすけ》と共に五百。率いるは大頭、大音勘九郎様！」

火消たちは罵声を飛ばすのを忘れて感嘆した。陣内は得意げに付け加える。

「大頭より言伝じゃ。人を顎で使いよって。これで全ての義理は返したぞ。半刻で消してやる……とのこと」

「しかと御頭にお伝え申す」

「儂も茜空《あかねぞら》の下へ戻る。上手くやられよ」

陣内は相変わらず詩吟《しぎん》的に言い回して火元へ立ち戻っていった。

――火元を叩くは府下最高の火消、加賀鳶。

これが三つ目の策である。信用するに能《あた》う、なおかつ単独で火元を制圧出来る火消は彼らをおいてない。事前にことのあらましを告げ、協力を仰いでいたのである。それまで眦《まなじり》を吊り上げていた火消たちも、一安心と胸を撫で下ろした。

「彦弥さん、どうですか⁉」

新之助は上を向いて問いかけた。彦弥は配下に屋根に梯子を立てさせ、そのてっぺんから四方八方を見渡している。

「単独で動く火消はいねえ」

火消の向かう先といえば火元ただ一つである。これに逆流する火消がいれば、それが千羽一家とみて間違いない。そのような者たちが見えないということは、千羽一家はまだ潜伏していると考えられる。

火元に火消が近づけず、野次馬も強制的に排除されているのだ。いつもと勝手が違う今、恐らく用心深い千羽一家は偵察を繰り出すはずである。すでにこの数百の中に見張りを務める一味が紛れ込んでいると考えた。

「来たぜ……御頭だ！」

遠くを指さしながら、屋根の上の彦弥が叫んだ。艶のある漆黒の毛並みはまさしく碓氷、その上にあるは火喰鳥。駆け足とはいえ、あの駿馬から遅れず走る大男がいる。全ての火消の顔が引き攣った。ただ新庄藩火消だけが不敵に笑いつつそれを待ち構えた。


「集まってやがるな……辰一、段取りは話した通りだ！」

源吾は首を回して後ろに呼びかけた。

「あれが段取りと言えるか」

「好きだろう？」

心が逸《はや》るからか、唇が僅かに震えた。打ち合わせ通り火消の立ち入りを防いだようである。これで、内円と外円の間に全ての火消が集まったことになる。

火元から立ち上る煙に水の気配を感じた。すでに竜吐水を持ち出して、加賀鳶が仕上げに掛かっているのだ。源吾は飛び降りると、碓氷の尻を軽く小突いた。碓氷は不満げな嘶《いなな》きを発して来た道を戻っていく。人馬の性格が似ているところの思うことも見事に伝わる。

「首尾は⁉」

源吾の声は火消の群れを越えていく。親指ほどの大きさに見える星十郎が、しかと頷くのを認めた。胸いっぱいに息を吸い込み、先ほどにもまして声を張り上げた。

「そこの下手くそな定火消、ちんけな町火消、手柄は新庄藩火消が頂きだ！　ざまあみろ！」

喉がごくりと鳴る。これほど多くの群衆の顔が、一度に赤く染まるのをかつて見たことが無い。そして恐らくこれからもないだろう。

「ぼろ鳶！　調子に乗りやがって！」

気性が激しそうな町火消が巻き舌で啖呵《たんか》を切ると、ここに集まった数百の火消の怒号が飛び交った。

「松永！　血迷ったか！」

と、定火消の中には刀の柄に手を掛ける者もいた。

「喧嘩売っているのか⁉」

「売っているのよ！　てめえらも火消の端くれなら、笑って踊れ！」

源吾が喧嘩次第の一節を引用して見得《みえ》を切ると、衆の熱気は頂点に達した。押し合い圧《へ》し合いしながら源吾に殺到する。寅次郎が放り投げた町火消が宙を舞い、武蔵は石頭を鼻柱に打ちつけ、新之助も技を出す間もなく揉みくちゃになる。情けない声を発しているが、星十郎でさえも、ぽかりと頭を殴りつけていた。それらを目の端に捉えながら、源吾は向かって来る者を片っ端から相手した。一人殴る、二人殴るが、瞬く間にその何倍もの拳を受けた。

新庄藩火消を目標としていたはずが、腕が当たっただの、足を踏んだだの、あちらこちらで諍《いさか》いを誘発し、町火消と八丁火消、定火消と店火消が取っ組み合いの喧嘩になった。数百の荒くれ者が狂喜乱舞する。このような異常事態は開府以来、初めてのことに違いない。

人波に呑まれて源吾が倒れ込むと、幾つもの足裏が落ちて来た。転がって避けようにも、すぐに誰かの脚に当たってそれも適わぬ。ただ頭を抱えて小さくなり逃れる機会を待っていると、大地に触れている耳朶まで震えるほどの咆哮が響き渡った。地鳴りのように低く、それでいて天を貫かんばかりの雄叫び、それはまさしく龍である。

踏みつけが止まったので、恐る恐る手をどけようとすると、首根っこを摑まれてぐんと引き起こされた。

「弱いくせに、いきがるからだ」

「てめえが化物なだけだ」

辰一の周りには五、六人の火消が横たわって伸びている。

「祭りを続けるぞ！」

源吾はそう言いながら新たな相手を求めた。

もう無茶苦茶である。皆が手あたり次第殴り、蹴り、摑みかかり、嚙みつく。しかしどの者の目にも殺気が宿ってはいない。まさしく祭りで神輿を担ぐように、嬉々としていた。

――火消を一箇所に集めて大喧嘩さ。

源吾の発案である。これが最後の策というより、むしろこれを成し遂げるために星十郎は多くの策を立ててくれた。

千羽一家は実に巧妙に火消に化けている。恐らく本物の火消半纏を使っているのだろう。何十と出て来る火消を一家、一組ずつ吟味する時はない。ならば一所に集めて、一斉に篩《ふるい》に掛けることにした。

大乱闘に似つかわしくない高い笛の音が響く。彦弥の指笛の音である。それも喚声に紛れて常人ならば聞き逃すだろうが、源吾からすれば捉えるのは容易すぎるほどであった。

「御頭、あそこだ！　菱形が重なった家紋！」

屋根の彦弥が左手を大きく振り、右手で下を指差している。指の先にこの喧噪《けんそう》から逃れようとする火消がいる。そこに向かおうとするが、人の壁に遮られ、とてもじゃないが進めない。

「辰一！　あの二重菱！」

辰一は己に摑みかかった者を振り飛ばすと、人海を薙ぎ割って真一文字に突き進む。逃げた男の振り返った顔が戦慄《せんりつ》の色に染まる。飛び上がった辰一の膝が背を捉え、そのまま串刺しに突き倒した。

「終わり、終わりです！」

一部始終を見ていたのだろう。星十郎が鼻血を流しながら悲痛な声で繰り返す。しかし火消の乱闘は一向に収まらない。

「止まらねえさ」

源吾は呟くと、揉まれ殴られながら、辰一の許へと向かった。辰一は男の項を鷲摑みにして、今にも絞殺しそうな形相で睨み付けている。その脇から源吾が厳しく問い詰める。

「千羽一家の見張りだな」

「何を……拙者は土屋《つちや》相模守《さがみのかみ》家中――」

「って、態《てい》なのだろう。何故逃げた」

「このような馬鹿馬鹿しい喧嘩に付き合っておれぬと思ったまで」

「だとよ。火消って――」

話している途中に後ろから飛び蹴りをくらってよろめいた。振り返り様に拳を見舞って追い払う。

「寅、ここで盾になってくれ！」

こちらが核心に迫ろうが、他の火消には何ら関係ない。彼らは祭りに酔いしれている。寅次郎を呼び寄せて周囲を落ち着かせると、源吾は再び口を開いた。

「火消ってやつは、始まった喧嘩を途中で止められるほど賢《さか》しくねえ。恰好を真似て知識を詰め込んでも、火消の馬鹿ぶりは真似られねえようだ」

「千羽はどこを狙う……殺すぞ」

辰一が初めて口を開いた。嘘ではない。爪が肉に食い込んで血が流れている。男はもう言い訳をしなかった。かといって認めるでもない。栄螺《さざえ》のように口を閉ざしている。

「星十郎！」

狂騒の中、ひっそりと気配を消して隅を歩き、星十郎がやってきた。無造作に鼻血を拭ったからか、頬に紅を引いたようになっている。二、三言話しかけるが、やはり男から応答はない。

「厄介ですね。何も言わなければ読み取ることもできません。恐らく殺されても話さぬでしょう」

「くそっ！」

源吾は砂を蹴って怒りをぶちまけた。

「しかし火事は止めたのです。次の機会にしましょう」

「ここまできて逃せるか――」

星十郎がさっと掌で制した。

「今、この男の躰が緩み、黒目が揺れました。人の心は自然と躰に出るものです。次の機会はもうない……いや、火事のほうか」

辰一の息は猛獣のように荒い。

「ぼろ軍師。どういうことだ――」

鋭い眼光を星十郎に向けた時、天を衝くような爆音が鳴り響き、南の空に火柱が昇った。喧嘩に没頭していた火消たちも、さすがに手を止めて茫然とそれを眺めた。源吾は腹から湧きあがる怒りを抑えきれず、震える声で言った。

「あれは、小伝馬町か！」

「思いのほか慎重な奴らです。繋ぎがないことで、予め用意していた他の火付を動かしたようです」

「まずいぞ……界隈の火消はここに集まってしまっている。誰も止める者がいねえ。それに……」

「はい。あの轟音、火薬を使ったものでしょう。瞬く間に火が広がります」

先ほどよりは小さいが、再び爆音が町を貫く。樽のようなものに黒色火薬を詰め込んで、広範囲に置いているのであろう。今回に限り一段と手が込んでいるのではない。これまでも念のため毎回この仕掛けを用意していたが、使うまでもなかったというのが真相であろう。

それまで喧嘩に興じていた火消たちだが、一斉に再編成に動く。

「稲葉《いなば》家中はこちらぞ！」

「松平は参集せよ！　違う織部《おりべ》家ではなく左衛門《さえもんの》尉《じょう》家だ！」

これほど入り乱れてしまっているのだ。集結する場所もままならず、数百枚からなる至極難解な貝合わせをしているようなもので、現場は混乱の坩堝《るつぼ》と化した。

千羽一家の足取りは依然、杳としてしれない。唯一の手掛かりである見張りを締め上げるしかないのだ。星十郎は赤髪を指でさらりとなぞった。

「予備の火付けをしたが運の尽き。千羽が襲う大凡《おおよそ》の位置は摑めました」

「どこだ⁉」

辰一は血相を変える。自ずと力が籠り、下敷きになった下手人は苦しげに呻いた。

「三河町をしくじった時の備えとして小伝馬町があったのです。つまりそのどちらでも、空白地になる場所。柳原岩井町《やなぎわらいわいちょう》から本船町《ほんふなちょう》までを直線に結んだどこか。その距離十二町」

見張りの顔が真《ま》っ蒼《さお》に染まっている。星十郎のように心を読むまでもなく、動揺が見て取れた。

「新之助さん」

新之助も人混みを縫いながら近づいてきている。

「はいはい。聞いていましたよ。その十二町で唸るほど金を持っているのは、京より仕入れている西陣織を扱う唐松屋《からまつや》のみですね」

いよいよ慌てて、見張りの黒目が忙しなく動く。もう誰が見ても狙いは明白であった。辰一は取り押さえていた男の髪を摑むと地に打ちつけた。ぐわんと頭が毬《まり》のように跳ね、男は泡を吹いて気を失った。

「逃がすか」

辰一は早くも案山子のように乱立する火消を搔き分けようとした。

「待て！　一人で行くな！　火事を止めなきゃならねえ」

「お前らでやれ」

「あれほどの火だ。一家や二家では死にに行くようなもの。ここにいる火消をまとめ上げた後……」

その時、源吾の耳朶がぴくりと動いた。遠く小伝馬町からの音を捉えたのである。

「辰一、待つんだ！」

「お前らでやれと……」

「違う！　摺鉦……に組の鉦吾だ！」

　源吾が叫んだことで、周りの火消も銘々静かにするように促し合い、耳を傾けた。

　鉦。鉦が鳴っている。雷雲が迫るが如く鳴り響いている。

「総掛かり……」

　辰一は天を仰いだ。辰一の裁可がなければ一切動かなかったに組が、早くも小伝馬町に辿り着いている。恐らく彼らだけである。あの火勢に単独で向かうなど無謀極まりない。四半刻も持たずして一人残らず黒焦げになるだろう。

「このままでは焼け死んでしまいます！」

　絹のようにきめ細かい星十郎の額に脂汗が浮かんでいる。

「呆《ぼ》けどもが……火勢も読めねえのか」

　辰一の一言を受け、源吾の中で何かが音を立てて切れた。ずんずんと向かっていくと、天を仰いだ辰一の頬を思い切りぶん殴った。

「何て言い草だ！　やつらは、まだお前が牢に囚《とら》われていると思っているんだよ！」

背の高い辰一を睨み付ければ、自然空が目に入ってくる。浮かぶ月は焦がされる空を憂えているように哀しく輝き、辰一の顔に影を作る。辰一は頬をつるりと撫でたが、影の中に埋没《まいぼつ》して表情は見えない。

「知っているさ」

辰一は猛然と走り出すと、高く飛び上がった。桟に手を掛けると、もぎ取らんばかりの勢いで身を屋根へと上げる。屋根伝いに行く。向かう先は柳原岩井町のある北でも、本船町のある南でもない。月明りを背に受けながら、橙に染まる東の空へ駆けていく。

「新之助！」

「唐松屋の者を逃がします」

意図をすぐに理解した新之助は、言うや否や一人で駆けだした。唐松屋までは約五町、新之助の脚ならばあっという間に到達するだろう。

「決して相手にするな！　逃がすだけだ！」

源吾の忠告に対し、新之助はふわりと手を挙げて走り去って行く。

「聞け！」

源吾は右往左往している全ての火消に向けて呼びかけた。

「事は逼迫している。家も組も関係ない。力を貸してくれ！」

喉が裂けんばかりに叫んだ。火消たちは先ほどまで殴り合っていたのが嘘のように、てんでばらばらであるが、どの者も力強く頷く。源吾は託すように皆に考えを告げだした。

五

遠くで火消の喊声が聞こえてくる。外は火事により昼のように明るいが、ここは闇に覆われている。新之助は瞑目してその時を待った。

先刻、唐松屋に辿り着くと、大声で呼ばわりながら無断で敷地に入った。丁度荷を纏めて逃げようとしていた使用人たちは度肝《どぎも》を抜かれたようであった。

新之助は主人を呼びつけ、ここが昨今暗躍している盗賊団に狙われているから、すぐに退去するように命じた。

主人は爪先から頭までを嘗め回すように見て訝しんだ。新之助こそ一味で、こうして屋敷の者を追い払い、火事場泥棒に及ぶのではないかと思ったのであろう。

事態は一刻を争う。新之助は覚悟を決めると、ふうと溜息をつき、刀を抜き放った。主人の鬢からはらりと髪が落ちる。

「殺すならとっくにやっている。早く出て下さい」

主人は高い奇声を発してこくこくと頷き、使用人たちに命じて着の身着のままに逃げ出していった。そして屋敷の中に居座っているのである。

――御頭にまたどやされる。

新之助はぼんやりと考えながら、その時を待った。

御頭は千羽一家を相手にするなと言った。いくら腕に自信があろうと、一歩間違えれば無事には済まない。これまでも何度も危ない橋を渡って来ており、御頭はそのことを酷く心配している。

捕物が火消の本分でないことも重々解っている。このようなことは奉行所か火盗改に任せておけばよい。それでも今、ここで止めることが出来れば、一人でも多くの命を救うことが出来る。ならば新之助の取る道は一つであった。

人の気配がする。御頭のように音を捉えている訳ではない。ただ淀んだ悪意のようなものを感じるのだ。それはどんどん近づいて来て、跫音まではきと聞こえるようになった。何やら囁き声のようなものまでする。

そして遂に戸が開き、真っ暗であった屋敷に仄《ほの》かな灯りが差し込んだ。それと同時に新之助は身内を出迎えるように優しく言った。

「いらっしゃい」

「何者だ……」

逆光で影になっていても、先頭の男の顔が引き攣《つ》ったのだけは判った。

「この姿を見て判りませんか」

「そ、そうだな。貴殿も火の見回りか……」

男たちは火消の恰好をしている。取り繕うようにぞろぞろと屋敷の中に入って来て、天井に飛び火がないか見て回る「ふり」をしている。

首だけを動かして数を数えた。その数は七。思ったより少ない。目を閉じて闇に眼を慣らしており、こちらからは相貌が見て取れる。どの者も一見すると火消に違いないが、新之助には酷く卑《いや》しい顔立ちに見えた。

「まずは竈の始末を見るものでしょう。下手な芝居はやめてはどうです」

男たちは顔を合わせると、忌々しそうに舌打ちをして一斉に刀を抜き放った。

薄墨を撒いたような灰色の景色に、銀の筋が幾本も輝く。

「ばれちゃあ仕方ねえ。死んでもらうぜ」

そのまま刀を構える者、距離をとりつつ回り込んで板間に土足で飛び乗る者、狭い屋内であっという間に包囲された。それでも新之助は柄に手を掛けずにくすりと笑う。

「何が可笑しい」

別の男が言う。酒焼けしたような低い声色である。

「いやね。どいつもこいつも、悪者は似たような言葉を吐くなと。この後は……ええい、やっちまえ。ですかね？」

「誰だか知らねえが、殺してやる……」

「来いよ」

光が襲って来る。ここで退くことが最も危ういことを熟知している。新之助も一歩踏み込んで立ち向かった。悲鳴と共にぽつぽつと地に落ちたのは男の指である。屈みつつ振り返り、背後の男の腿を刃でなぞる。こちらも呻きを発して仰向けに倒れた。脾腹《ひばら》を踏みつけて板間に飛び乗ると、さらに刀を走らせた。こちらは軍鶏《しゃも》を潰したような声で板間から滑り落ちる。

「取った――」

刀を振りかぶった男の声が詰まった。見逃してはいない。ただ刃は己に届かぬことを知っていた。

「それじゃあ、取れない」

男の大刀が欄間に食い込んでいる。狭い屋内での闘争には脇差が良い。手練《てだ》れならば皆知っていることで、男たちに剣の心得はない証拠である。

新之助はすれ違いざまに、脇差で素早く脇を斬り付けた。

――残るは三。

屋敷の奥へと進み、柱を背に構え直した。追う男の太刀を紙一重で躱すと、これも深々と柱に食い込む。手を脇に差し入れるように、強烈な掌底を顎に見舞うと、男は魂が抜けたように膝から崩れ落ちた。

一人が帳場から算盤《そろばん》や文鎮を手当たり次第に投げて来る。新之助が辟易《へきえき》して飛び下がったところ、残る一人の斬撃が来た。

薄闇に火花が散ってすぐに消えた。新之助は受けた衝撃でよろめいて、背で襖を押し倒した。

「これは効くぞ。こっちに来てもっと投げろ！」

「馬鹿でも考えるものですね」

こうして罵っていたのも、相手を激昂させてその隙を衝くつもりであった。しかしもう相手はそれに乗ってこない。帳場の男は呻く仲間から一本、二本、三本と刀を取り上げこちらに向かって来る。

「二人で同時に投げるぞ」

先ほどは所詮《しょせん》算盤や文鎮であり、当たれば痛いが死にはせぬ。次は二人して刀を投じてくる。素人らしい策であるが、剣士に向けては案外有効な方策である。

「困ったな」

新之助は弱々しく言いながら脇差をゆっくりと鞘に戻すと、男の一人が卑しく笑った。

「覚悟したか。それとも逃げだすか」

「いいや。殺さずに上手く斬れるかということです」

いかに凄腕といえども、二人をまったく同時に斬ることは出来ぬ。ならばその間を限りなく短くすることである。

男たちが刀を振りかぶった時、新之助の鞘が快音を奏《かな》でた。脇差は小さな弧を描いて男の鼻を嚙み千切る。もう一人の男に目をやると、すでに刀は男の頭上を越えて振り下ろされんとするところであった。返す刀で斬りつけてももう間に合わぬ。

故に新之助は手を開いて脇差を落とした。そして再び腰間《ようかん》に手を走らせる。

俎板《まないた》を叩くような小気味よい音が屋敷に響いた。床に突き刺さった刀の柄を、男の手は今もなお離さない。今日初めて顔を見せた大刀から血が滴り落ち、手首から先を斬られた男は、野犬のように吼えて悶絶した。居合いはその速さと引き換えに、納刀が必要なため二度続けて放つことが出来ない。そこで大小を用いた連続の居合いを考えたのである。

「死にたくなければ大人しくして下さい。血止めをします」

辺りを見回すと、すでに血を失いすぎて気絶する者、涙を零して呻く者が転がっている。一つ間違えば己がこうなっていてもおかしくない。また御頭から拳骨を見舞われることを覚悟して、新之助は細く息を吐いた。

六

宗助は刻一刻と迫る死に身を震わせた。

爆音が鳴り響き、焰柱が天に上がった。それが小伝馬町であると解った時、すでに走り出していた。に組の中には若干躊躇う者もいるにはいた。しかしそれもほんの僅かなことに過ぎない。それを振り切るように火消道具を引っ張り出して、銘々走り出した。皆向かう先は小伝馬町のある西方である。

目的地は同じなのである。一人、二人、十に百と、自然と組が形成されていった。火元は亀井町《かめいちょう》。小伝馬町牢屋敷まで僅か二町の距離である。

「宗助！　出過ぎだぞ！」

他の組頭が宥めようとするが、宗助は脚を緩めなかった。

「馬喰町、宗助四番小組、鉦打て！　御頭を助けるぞ！」

組頭は苦笑しているのだろう。背後から大袈裟な溜息が聞こえた。

「七番小組、消し口取るな！　このまま突き進むぞ！」

元来ならば風を読みつつ火元から少し離れた場所に消し口を取る。そこに腰を据えつつ消火を行うのだが、安全圏を踏み越えて突き進むつもりである。

「二番小組も倣《なら》う。総掛かりの鉦打てや！」

「竜吐水、梯子、団扇、打ち捨てろ。鳶口だけ持って突っ込む。いくぞ六番小組！」

各小組頭が大同小異の下知を出して牢屋敷を目指す。再び爆音が耳を劈《つんざ》く。凄まじい炎である。熱波が刺子《さしこ》の上からでも肌を焦がした。

「宗助……牢屋敷が！」

黒煙の中から血そのもののような亡者の手が伸び、あちらこちらの家屋を引きずり込まんとしている。すぐそこには牢屋敷があり、無数の火の粉が降り注いでいる。一気に広がったため、半ば燃え上がっている家が多く、それを火除地に変えるのは難しい。そのようなことは重々承知しておりながら、宗助は叫んだ。

「四番小組は壁となって火を防ぐ。他で御頭を救え！」

宗助の無理難題に配下は快く応じた。

――親父、見ているか。

父、不退の宗兵衛は、昨年の大火で炎の壁となって死んだ。御頭不在の時に、町を燃やす訳にはいかん。そう言って督戦《とくせん》する宗兵衛は、刺子に火が移り、肩が燃え上がってなお退くなと連呼したという。

不退の血が己にも流れているならば、今こそ目を覚ませと心を叱咤した。

宗助は自ら鳶口を取って隣家の壁に穴を穿《うが》った。にゅっと飛び出した焔が頰を掠める。すでに火移りした柱や梁を皆が懸命に折ろうとする。見回せば四番小組だけでなく、他の小組もいる。御頭の捜索と、燃え盛る隣家の破壊を、阿吽の呼吸で手分けしている。

「牢屋敷では切り放ちが行われ、蜂の巣をつついたようになってやがる……御頭は見つからねえ」

牢屋敷は南北一町、東西二町の広大な土地を有している。全員が退去するまでに相当な時を要する。牢を開けるのを忘れられ、焼け死ぬようなことがこれまでにもあった。

「退くな！　少しでも時を稼げ！」

宗助は腹を括った。御頭の切り放ちが忘れられていたとしても、ここで炎を止めれば何の問題もないのだ。僅かな間に、に組は窮地に陥った。火の粉が顔に降り注ぎ、皆雀斑《そばかす》のような火傷を負っている。水の力を借りずに戦うとはそういうことである。

「早く……早く御頭を見つけろ！　俺が防いでいるうち――」

煙を思い切り吸い込んでしまい、宗助は激しく咳き込んだ。喉が焼け付くように痛む。口の中に燻《いぶ》された肉の味が広がったと思うと、そのまま膝を突いた。

「宗助！」

駆け寄る同輩の手を払いのけ、宗助は立ち上がった。そして天をも越えろと、力を振り絞って叫んだ。

「御頭ー！　早く逃げてくれ！」

このままでは瞬く間に牢屋敷まで火が届く。耳鳴りがして音が遠い。背後が騒がしい。喜びの声に聞こえるのは耳がおかしくなったからであろう。このような地獄に歓喜は似つかわしくない。朦朧《もうろう》としながら宗助は鳶口を手に歩み出した。

「下手な指揮執りやがって」

肩を摑まれて脚が空転した。

「御頭――どこに……」

「てめえら。誰が助けろと頼んだ！　黙って言われた通り、管轄を守ってやがれ！」

我鳴りたてられて皆がしゅんと肩を落としかけたその時、宗助は背伸びして辰一の胸ぐらを摑んでいた。

「ふざけんな！　俺たちは……俺はあんたの駒じゃねえ！」

地震雷火事親父と言うが、少なくともに組にとって辰一の存在は火事よりも上位にいる。眼前の炎よりも、宗助の暴挙にあわあわと顎を動かす。

「お前らに何が分かる……」

「自分で救いたいものくらい分かる！」

「俺は死なねえ」

「こんな火じゃ、あんたでも無理だ！」

「人を頼ってばかりのくせに」

「あんたを超える火消になってやる！」

宗助は襟を激しく引っ張ったが、辰一の厚い胸板が顕《あら》わになるだけでびくともしない。に組の連中の情けなかった顔が一変し、精悍《せいかん》な顔つきでやりとりを眺めていた。宗助は目いっぱい顔を近づけて、止めに泣き叫ぶように言った。

「だからあんたも頼れ‼」

辰一は呆気に取られている。しかしすぐに片笑むと、宗助を押し退けずいと前へと踏み出した。

「牢屋敷はもう心配ないだろう」

「なら二町退きましょう。に組だけじゃここは止められません」

別の小頭が進言する。当たり前のようなことであるが、今までこのようなことは無かった。ただ辰一の指示を黙々と遂行するのみであったのだ。

「風が吹き乱れている。ここで止めねえと、何人かは死人が出る」

辰一は配下から火消半纏を受け取るとそれをぎゅっと握った。

「しかし……まだ火薬があるかもしれません！」

これまた別の者である。進言どころか反対するなどこれまで考えられなかった。

「ここで消す。力を貸せ」

「摺鉦打て！」

宗助の咆哮と当時に、に組総掛かりの鉦吾が割れんばかりに鳴り響いた。立っているだけでも火傷しそうな熱所の中、辰一は半纏を翻して身に纏った。

熱波により半纏がたなびく。薄手の襦袢《じゅばん》の下に九頭の龍が護符のように浮き上がっていた。

「辛い時は俺を見ろ」

辰一は轟くような声で言うと、半ば燃える隣家に向けて駆け出した。悲鳴が上がった。辰一でもなければ、に組の火消でもない。回り二尺はあろうかという柱が乾いた悲鳴を上げて折れたのである。

「御頭に続け！　手桶掻き集めろ！」

幸い梅雨の季節のため水量は多い。防火のため、どの家にも手桶が軒先に置かれており、それを集めればそれなりの数になる。手あたり次第拾っては、溝に突っ込んで水を掬《すく》うと、眉が焦げるほどの際まで近づいて浴びせていく。誰一人として炎を恐れていない。半纏に火が移れば、仲間がすかさず水を浴びせて鎮火した。

「死に晒《さら》せ！」

辰一は火炎の渦の中にあった。転がっていた角材を両手に、炎の依代を叩き潰していく。赤を切り裂くその姿は、垓下《がいか》の戦いにおける項羽《こうう》将軍を彷彿《ほうふつ》とさせた。

「御頭の許へ行くぞ！」

宗助は自ら水をざぶんと被ると、鳶口を持って突貫した。それに配下が喊声を上げて続く。

「まだやるか。そろそろ潮時《しおどき》だ」

辰一は無愛想に言うと一撃で細柱をへし折った。同時に角材も音を立てて裂け、ぽいと投げ捨てる。

「一時でも長く止めましょう」

「親父にそっくりだ。不退の宗助……悪かねえ！」

辰一は大口を開けて気炎を吐くと、焼けた土を蹴って昇龍と化す。次々に梁を叩き落としていく様に、宗助は心が震えた。御頭ならば本当に止め得るかもしれない。そう思った時、少し離れたところで俄《にわ》かに騒がしくなった。振り返れば若者が仲間に向けて何かを訴えている。火消を務めていれば、このような光景は幾度も見ており、宗助はすぐに事態を察した。

「誰が見つからねえ！」

「かみさんだ！」

躍動する辰一を助けるように配下に告げ、宗助は若者のところへ駆け寄った。聞けば若者は町々の治安を守る辻番らしい。夜番に出ていた時に出火し、火元の北、元岩井町《もといわいちょう》の家で眠る妻を捜しに来たが姿が無いという。

「家以外に向かうところは！」

「そんなの……こんな夜に……お春《はる》……お春……」

若者の顔は汗か涙か洟かも判らぬ水に濡れていた。

「思い出せ。何か心当たりを」

宗助はしかと肩を抱いて凝視した。

「亀井町に……母親みたいに世話になっている婆様が」

──火の海だ……。

思わず口を衝いて出そうになるのをぐっと耐えた。二度の爆発は亀井町で起きている。比較的広い町とはいえ、大半は火に呑み込まれている。

「水貸せ！」

手桶を受け取って、頭の上に持ち上げたところで横取りされた。それを頭からかぶったのは辰一である。零れ落ちた髪が頬に張り付いている。

「亀井町のどこだ」

「南……千代田稲荷《ちよだいなり》の通りを真っすぐの長屋」

「妻の名はお春だったか」

辰一は焔を狩りながらも、こちらの話を聞き逃していなかった。

「宗助。ここを任せる」

「また一人で──」

「頼む。何があってもここで消してくれ」

辰一は凜と言うと、火焔渦巻く景色へと向かって突き進んでいった。

誰も止めることはなかった。命令だからではない。御頭に初めて頼まれた意味を嚙み締め、持ち場へと散っていく。

七

角材一本。臙脂の長半纏一枚。それのみが己の味方であった。崩れ落ちて来る瓦を打ち返しながら、炎に包まれる町を猛進した。

全身に畳針を刺されたかのような激痛が走る。決して己は無敵などではない。恵まれた体軀であるには違いないが、炎を受ければ熱く、殴られれば痛い。それでもあの日の痛みに比べれば全ては耐えられた。

昔、辰一は藤吉《とうきち》と謂う名であった。富商出雲屋の倅として生まれたが、決して贅沢な暮らしはしていなかった。

——稼いだ分、人々に恩返しをする。それが真の商いというものだ。

父はそのような殊勝な考えの人であった。故に橋の下に屯《たむろ》する乞食《こじき》に炊き出しを行い、身寄りの無い子を養っている寺があると聞けば布施《ふせ》し、近所の者が病に苦しむと聞けば医者や薬をただで手配した。

父の人徳からか、商いは栄える一方で、出雲屋の身代が大きくなれば大きくなるほど、父はより多くの人々を助けようとした。故に人並みの飯を食べ、人並みの着物を着て育ったのである。そのような父を、母を始め兄弟姉妹皆が誇りに思い、仲睦まじく暮らしていた。

ある日、辰一は夜に厠《かわや》へ行きたくなって目が覚め、眠る母を揺り起こした。一人で厠に立てぬほど臆病であった。仕方ないですねと微笑みながら、母がこっそりと連れ添ってくれた時、事件は起こったのである。

母は手を引いて土間へと駆け込むと、辰一を竈の中に押し込んだ。間もなく屋敷に悲鳴と絶叫がこだました。辰一は肩を抱え込むように震えていた。とても直視することは出来なかった。覚えているのは殺しきれぬ僅かな息に触れ、竈の中の灰がさらさらと流れていることだけである。どれほどの時が経ったのかも解らない。地蔵のように固まった己を見つけ、誰かが救い出してくれた。

一人でこれからどうして生きていけばよいのか。明日のことなど何も考えられなかった。ただ楽しかった昨日だけが頭の中を巡っていた。そこからの記憶は曖昧《あいまい》である。気が付けば今の親父、千眼の卯之助に拾われていた。卯之助は辰一という新たな名を付けてくれた。今思えば、千羽一家に生き残りがいたと気付かせないためだろう。

辰一は物心がつくと、己の家族が何故殺されたのか。その真相を探るようになった。奉行所の与力同心に時には泣き落とし、また時にはこつこつと貯めた小銭を鼻薬として情報を得た。

下手人は千羽一家という名うての盗賊団であること、これまで一度たりとも人を殺めず、貧しい人に銭を撒くという噂まであった。民衆の中には彼らを義賊などと呼ぶ者もいた。そんな千羽一家が何を思ったか、ある日突然凶行に走った。その標的になったのが己の家族だという。出雲屋の事件以降、各地で頻発する千羽一家のものと思われる犯行は、いずれも火付けから始まることも後になって知った。そして辰一が知り得た最も重要なことは、三つになる弟の遺体が見つかっていないことである。

——千羽一家へ復讐し、必ず弟を見つけ出す。

齢十五を迎えたところで、辰一は早くも己の人生の行先を定めた。

身寄りがなくなった辰一を拾ってくれた卯之助は茶屋の主人であったが、何を思ったか薹《とう》が立ってから火消を志《こころざ》したという変わり種であった。それでもあれよあれよという間に頭角を現す卯之助に、辰一はいつしか憧れるようになった。それと同時に、火付けを必ず行うという千羽一家の性質上、火消は彼らをもっとも捕捉しやすい職だと見定め、養父である卯之助に教えを請おうとした。

「俺はもう死んでもいい歳さ。だから子どもの頃から諦めきれなかった火消を志したに過ぎねえ。それと違いお前には無数の道がある。命を粗末にするな。火消なんて因果な商売するもんじゃねえ」

卯之助は眉を顰めて猛反対した。

しかし辰一は諦めなかった。教えてもらえぬなら他の組に入ると言い張った。そこまできてようやく卯之助も、他に任せるならばと了承してくれたのである。

しかし卯之助の心配は杞憂に終わった。辰一が十八歳を超えた頃には、

——に組に辰一あり。

と、巷《ちまた》に広まるほどであったのである。

力士顔負けの怪力と、講談の忍びのような身のこなし。瓦を素手で剝がし、細柱ならば蹴りでへし折る。個として最高の火消と呼ぶ者もいた。そのような猛者《もさ》に同世代の若い男が憧れぬはずがない。知らぬ間に一人、また一人と取り巻きが出来、組頭に出世していた辰一はそれらを配下に加えた。

日々、何事もなければそれらを引き連れて町を闊歩《かっぽ》し、一度ことが起これればそれらに補佐させて炎と格闘する。そのような日々をただ繰り返し、いつか訪れる機会をひたすら待った。

「辰一さん、本当にありがとう……」

ある火事で燃え盛る家から逃げ遅れた幼子を救い出した時、母は辰一の手を取って嗚咽した。

「お前がいるからこの町は安心だ。頼りにしているぜ」

近所の大工の棟梁は顔を見るたびに飽きもせずにそう言う。

「俺は大きくなったら辰一さんのところで火消になる！」

「馬鹿、お前みたいな弱虫に、に組が務まるかよ。俺が手伝うんだ！」

などと、子どもたちは憧憬の眼差しを向けてくれる。

人生の目的ははきと決まっている。誰のためでもない。己はただ復讐と、行方《ゆくえ》知れずの弟を捜すためだけに火を相手しているのだ。それなのに、人々から想われ、頼られていることが心苦しかった。

──せめて俺の周りだけは守る。

人々のそのような優しさと、弟一人守れなかった後悔が、いつしか辰一をそのように変えていった。

最強の火消と呼ばれても、一人で出来ることには限界がある。管轄内だけで精一杯であったし、他の町の者を救う義理も、情熱もなかった。

「守る」という意味の範疇《はんちゅう》は日々広がっていった。配下や弟分が他の火消との喧嘩に負ければ、代わりに出ていって打ちのめす。いかさま賭博《とばく》で銭を巻き上げられた時には、賭場に乗り込んで荒くれ者十数人を相手取って、大立ち回りをしたこともある。武士にいわれなきことで土下座させられたと聞けば、落とし前をつけに行って牢にぶち込まれたこともあった。

卯之助が火事場で目を傷つけて頭の職を継いだ頃には、に組に、いや辰一に手を出すことの恐ろしさも府下全域に知れ渡り、誰も喧嘩を売って来なくなった。

「俺たちの御頭が辰一だと知っているのか?」

配下のその一言で相手は縮み上がる。たまに事情を知らぬ流れ者と喧嘩になり、こっぴどくやられたりしたものならば、腫らした顔にうすら笑いを浮かべ、

「お前は死ぬぜ……覚悟しろ」

と、呪いの言葉を吐く。そうなれば辰一が出ていって相手を半殺しの目に遭わせた。辰一にとって「守る」とはそういうことであった。

——俺は皆を守っている。

辰一はそう信じていた。町の人々に崇敬され、配下の者たちに信頼され、その甘美《かんび》な日々に心が蕩《とろ》けそうになることもあった。それと同時に怨念が躰から抜け

ていきそうで恐ろしくもあった。そこで家族の数と等しい九頭の龍を躰に刻むことを決めたのである。一頭一頭、三年の月日を掛けて彫り込ませた。決して恨みを風化させぬように。そして最後の一頭だけ筋彫りで残した。それにまで色を入れてしまえば、二度と弟と会えないような気がしたからである。

己はことあるごとに火事で家を空ける。目を悪くして隠居した卯之助には不自由ないようにと、町人にしては大きな家を建てた。家事は近所の娘に給金を払って委ね、寂しくないようにと自身も三日にあげずに訪ねた。

ある日、卯之助を見舞ったが留守であった。三尺先も霞むという今の眼ではそう遠くに行けまいと、辰一は暫しの間待つことにした。

酒を引っ張り出してきて一人で呑んでいた辰一は、ふと文机に目がいった。そこに帳面が置きっぱなしになっていたのである。卯之助は昔より毎日欠かさずに日記を付けており、目の衰《おとろ》えた今でも文字こそ大きくなったが変わらず行っている。幼い頃から見せてくれとせがんだが、

「俺が死んだら勝手に読めばいいさ。それまでは勘弁してくれ」

卯之助は苦い顔になっていつも断っていた。あれほど隠していたのに、年を食って物忘れが酷くなったからか、それが置き去りになっている。ほろ酔いの辰一

は久しぶりに悪戯心《いたずらごころ》が湧いて来て、茶碗酒を片手に帳面を捲《めく》った。

美しいはずの桜も濁って見える。躓《つまず》いて転んでしまった。そのような愚痴が多く書き連ねてあり、辰一は湯呑みを舐めて苦笑しながら残る手で捲った。そしてあるところでぴたりと手を止めると、貪るように目を走らせた。気付かぬ間に湯呑みも放り出して、畳を酒が濡らしていた。

辰一は無言で立ち上がると押入れの襖を開けた。そこには古ぼけた木箱がある。当人は知られていないつもりだろうが、その中に歴代の日記が収められていることを知っていた。卯之助の恥部を覗くことの罪悪感、死んだ後の唯一の楽しみとして、覗こうとしなかっただけに過ぎない。

木箱の中から辰一と出逢う前の日記を取り出し、黙々と頁を捲り続けた。その時間は四半刻も無かっただろう。辰一はそっと日記を閉じると、元の木箱に戻した。そして袖で零れた酒を拭い去ると家を後にした。

その日そこで見たことを、卯之助は勿論、誰にも話す気はなかった。墓場まで持っていく覚悟を決めたのである。

「何も変わらねえさ」

辰一は、未だ主の帰らぬ家に向けてぽつりと言うと天を見上げた。朱をぶちまけたような赤い空が美しい日であった。

八

「お春！　お春――――！」

三町四方に届くような雄叫びを上げて、辰一は突き進んだ。黒煙は目を燻し、口に火の粉が飛び込んで小さな音を立てる。角材を振り回しながら叫び続けた。

このようなところにもう人がいるはずがない。よしんばいたとしても、もう息絶えていて不思議ではない。

――千載一遇の機会に俺は……。

千羽一家のことが過った。が、すぐに消えた。思考が頭で行うものだとするならば、心に湧き上がる何かがそれをすかさず打ち消すのである。

「いるなら返事をしろ！」

何も聞こえない。不気味な焔風の音だけが場を支配している。もしかすると消え入るような声で助けを求めているのかもしれない。火喰鳥のことが思い出された。奴ならばいかなる物音も聞き逃しはしない。

何ら応答のない、死に呑み込まれんとする町を駆け続けた。亭主から聞いた長屋を目指すしか、辰一には安否を確かめる術はなかった。

長屋の小路まで辿り着いて辰一は息を呑んだ。両側の長屋は壁にまで火が移り、焔の洞穴《ほらあな》の如くなっている。聞いた話によればお春が懇意にしていた婆様は最も奥に住まっているという。まだ中に取り残されていれば、九死に一生も得ないであろう。そのようなことは解っている。解っていても火消は諦めない生き物である。いつしか己もその性に染まっていた。

「お春！　いるか！」

「誰⁉　助けて！」

――嘘だろう――。

助けに来たはずなのに、間髪容れずに答えがあったことに度肝を抜かれた。叫んだ後に激しく咳き込む音まではきと聞こえた。

「婆様が気を失って……入り口を炎が塞いで戸も開けられ――」

遠くで懸命に叫ぶ声が途切れた。恐らくまた煙を吸い込んでしまったのだろう。

状況は呑み込めた。素人は一度火が付くと、全てがあっという間に炎に包まれると思いがちである。しかし奴らは一足飛びに迫ってくる訳ではない。慎重を通り越して臆病なほどに、与《くみ》し易い拠り所を求めてじわじわと広がりを見せる。そして多くの仲間を得て初めて、一気に町へと繰り出していくのだ。

この長屋も壁面や屋根こそ燃えているものの、戸を閉ざした家屋の中にはまだ侵入出来ずにいる。最も中は蒸し風呂のようになっており、煙も充満していることだろう。逃げだそうと戸を開けば、風を巻き起こして中へ吸い込まれようとする。閉じ込められた者は、為す術なく蒸し焼きになるのを待たねばならない。

「何も話すな。腰を低くして待て」

辰一は襟をぎゅっと寄せた。亀のように胸元から顔を出す龍をちらりと見て、どうか力を貸して下さいと柄にもなく丁寧な言葉を念じた。

それを終えた時にはすでに走り出している。左右には限りなく黒に近い赤が渦巻き、空を隠すほどに頭上にも伸びている。その中に僅かに残された一本道を、辰一は錐《きり》を揉むように突き進んだ。一番奥まで駆け抜けると中に向けて呼びかける。

「戸から離れていろ！」

「開けちゃ……だめ」

辰一は歯を喰いしばって戸を蹴破ると、すかさず中に飛び込んだ。自らが達していない空間を求め、轟々という音と共に火焰が屋内に注ぎ込む。しかし壁に阻まれて炎は一度引き下がった。辰一が両手を広げ、背で入り口を塞いだのである。刺子が焦げる臭いが鼻まで届いた。焦げているのは刺子だけではない。腐りかけの鰯を炙ったような悪臭まで漂っている。

「お春か。亭主に頼まれた」

にこりともせずに言ったからか、それとも炎を背で受け止める蛮行を恐れたからか、お春と思しき女は顔を引き攣らせてこくりと頷いた。

傍らには老婆が昏倒している。ただでさえ潤いが少ないであろう肌は、砂を塗した如く乾ききっていた。最早一刻の猶予もない。

「行くぞ」

「婆様が……」

お春の唇も乾いてひび割れ、流れた血までもが早くも粉のようになっている。

辰一は欠けてささくれ立った角材を足元に転がすと、二人を小脇に抱えた。

「口を覆っていろ」

「解っている」

辰一は振り返った。先ほど打ち破った入り口に纏わりつきながら、炎は嘲笑《あざわら》うように中を窺っている。燻煙《くんえん》は喉を嚙みちぎるので、雄叫びを上げることも許されない。ただ睨み据えて舌打ちすると、腕を内に巻きこんで二人を庇い、一気に外へと飛び出した。

しがみ付くお春の震えが伝わった。一方の気を失った婆様は殊《こと》の外《ほか》重い。辰一は脚を止めなかった。どこまで行けば安全なのか、火は一帯に広がり続け見当もつかない。ただ、立ち止まれば死ぬ。それだけは確かであった。

一人でも困難であった道を、息を詰めながら、しかも二人の大人を抱え、果ても見えずに走り続ける。いかに己の膂力《りょりょく》が優れていようとも、これがいかに無謀かということは理解している。

己とて火消である。命をむざむざ散らせるようなことはしない。しかしそれは、に組の管轄の中に住まう者のみが対象である。家族を救えなかった己が、それ以上の人々を救えるはずなどない。その領域まで踏み込めば、また必ず身近な者を危険に晒す。近所の親爺や年増、爺さんに婆さん、子どもたちを火難から守るので手一杯なのだ。配下の者を火事場で殉職させぬのは勿論、ありとあらゆる揉め事から守るだけで目一杯なのだ。皆の信頼が依存に、そして利用に代わりつつあると解っていても、己はもう身近な者を死なせるのだけは御免であった。

またもや火喰鳥のことが頭を過った。

――奴のせいで焼きが回ったか。

面識もない二人を守ろうとして、死に瀕《ひん》している。いかにもあの男がしそうなことである。

両手は塞がり、ずり落ちて飛散する瓦を払うことも出来ぬ。二人にだけは当たらぬように身を盾にし、肩や背、頭で受けた。濡れた顔を肩で拭った。汗かと思っていたのは鮮血であった。額が切れているらしい。止めどなく流れる血は間もなく右目を潰した。

「もう……ここに」

お春は掠れた声で呟いた。聞こえぬふりをして倒れ込んだ柱を飛び越えた。

「置いていって下さい。婆様だけでも……」

「軽々しく言うな。残されたもんのほうが辛いんだ」

辰一はぎゅっと腕を締めて離そうとしなかった。お春は腕の中ですすり泣いている。その涙もこの灼熱の中にあってはすぐに乾くだろう。

周囲は敵しかいない。足場が悪く思うように進めない。左右からは赤い死の使者が手招きをしている。最強と謳《うた》われようともただの人に違いない。呑み込まれれば必ず死が待っている。

爆《は》ぜる音がして振り返った。大黒柱が侵食されたのか、家が大きく傾いていた。瓦の雨に続くのは屋根そのものであった。

「大丈夫か」

地に倒れ臥《ふ》したお春に向けて辰一は囁いた。老婆は痙攣《けいれん》しており未だ目が覚めないでいる。お春はやはり泣いていた。先ほどよりも激しく、顔を歪めて号泣していた。

「火消さん……」

屋根をその背に負いながら、名乗っていなかったことを思い出した。名乗る必要などないのだ。名などいくらでも変えられる符号のようなものに過ぎない。親父が卯之助であろうが、熊蔵であろうが、辰一にとってどうでもよいように。

親父は反乱を起こされ、出雲屋襲撃には関わっていない。とはいえ、あの千羽一家を創った男に違いない。それでも不思議と恨むことは出来なかった。親父が何のために火消になり、何のために生き抜いたか、誰よりも知っていた。

「婆を引きずって行けるか。諦めるな。亭主が待っている」

「はい……」

老婆の脇に手を差し込んで、お春は懸命に引きずる。牛の歩みよりも遅い。十中八九は間に合わないだろう。それでもお春の目には絶望の色は見られなかった。

ようやく痛みが顔を出す。背骨が軋む。それでも辰一は膝を折らなかった。屋根の重みを一身に支えて耐え続けている。絶妙の体勢により均衡《きんこう》を保っており、少しでも動けばそのまま下敷きになる。

「負けるな。亭主を一人にするな」

己のどこにこのような優しい言葉が眠っていたのか。自嘲気味に笑った。恐ろしさを懸命に耐えながら、明日に逃げようとするお春は、まさしくあの日の己の姿であった。

「行け‼」

辰一は唯一自由になる喉から声を発した。血の入った右目だけでなく、左目も霞む。

——こりゃ不自由だ。

親父の見ている景色はこのようなものか。だとしたならば、余計な襖などは取っ払ってやったほうがよい。そのようなことを茫と考えながら、輪郭のぼやけるお春を見送った。炎も滲み、赤い雪洞《ぼんぼり》のように見える。三人の獲物をどう喰おうかと相談しているかのように、ゆらゆらと憎らしく揺れていた。

「残念だな。喰われるのはてめえらのようだ」

負け惜しみではない。雪洞の海を掻き分けてくる無数の影。火消は概して馬鹿者だが、このような地獄に飛び込んでくる大馬鹿者は指折るほどしかいない。

水煙《すいえん》が立ち込める。水が炎と混ざり、宙に溶ける快音が途切れることなく聞こえていた。何やらやかましく喚きながら鳳凰が向かって来る。首を垂らして地に目をやり、龍は苦々しく笑った。

九

炎が蔓延《はびこ》る光景の中、源吾の目に飛び込んできたのは屋根を支え続けている辰一の姿であった。重みに堪えかねて全身が震えている。頭からの出血も酷く、右目などは血に濡れて潰れてしまっていた。

「馬鹿野郎！　てめえ、自分は死なねえとでも思っているのか！」

「うるせえ……そこの女と婆を」

配下の鳶は刺子半纏を脱ぎ、お春をおぶる。そしてその上から半纏を掛けて包む。失神している老婆も数人掛かりで同じようにする。周囲を十人ずつで固めさせ、先に退去するように命じた。

「寅！」

寅次郎が壊し手と共に辰一の許へと駆け寄って、屋根と地の間に身を差し入れた。

「お前、力士のほうが向いているぞ」

寅次郎はそう軽口を飛ばしてぐいと屋根を押し上げた。

「てめえも火消のほうが向いてら」

辰一は全身の力が抜けたように、前のめりに転んで屋根の下から抜け出した。掛け声を合わせて手を離し、屋根は激しい音を立てて地を揺らした。

担ぎ上げた竜吐水を先頭に帰路を切り開く。全員が漏れなく水を張った玄蕃桶を持ち交互に水を撒いていく。限られた量しかなく、無駄にすることは出来ない。しかしこの道の達人ともいえる武蔵にかかればお手の物で、的確に指示を飛ばしながら炎を後退させていく。

「千羽は？」

九死に一生を得た辰一の第一声はそれであった。半ば崩れていたとはいえ、一軒家の屋根を一人で支えていたのだ。躰はとうに悲鳴を上げているはずである。しかし辰一はその素振りも見せず、肩を貸そうとする寅次郎の手を払って、自らの脚のみで駆けている。

「うちの鳥越が向かっている」

「現れるまでに逃げられれば上等だ」

意外な発言に源吾は横顔を見つめた。辰一の嚙み締めた唇から血が浮かんでいる。恨みは消えてはいまい。ここですぐにでも駆け出したいだろう。それを押し殺しているのが痛いほど解った。

「見直した」

「うるせえ。それよりお前のところ、うちだけで消せるか」

新庄藩火消は約百十。に組は三百九十であるが、管轄の守備に百を残してきているらしい。

「誰がうちだけと言ったよ」

「どういうことだ」

「あの場にいた火消全員が動いている」

「そうか……」

辰一は残る左目を丸くした。よく見ると可愛らしい円《つぶ》らな瞳である。

「灰汁《あく》の強い連中ばかり。考えもてんでばらばら、ほんの些細《ささい》なことで喧嘩ばかりさ。でもよ、炎との喧嘩だけはしれっと力を合わせちまう」

源吾は辰一の胸を拳で小突いて続けた。

「それが火消ってもんだろう」

「らしいな」

今更解ったような口ぶりである。辰一は源吾よりも火消としての経歴は長い。しかし今回でようやく、愚かしくも美しい、火消という生き物を真に理解したのだろう。

「皆が奮闘している。お前は退くか？」

返ってくる言葉はもう分かっていた。たとえ全身の骨がばらばらに砕けようとも、同じ台詞を吐く男である。

「格の違いを見せてやる。田舎のぼろ侍どもめ」

「俺のほうが番付は上だぜ。町人風情が偉そうに」

会話だけ聞けば凄まじい罵り合いである。しかし源吾の目は笑っており、辰一も片笑んでいる。消し口が見えて来た。足手まといになると置いて来た星十郎が胸を撫で下ろし、に組の支援に当たっている彦弥が屋根の上から叫んだ。

「九紋龍だか、くそ龍だか知らねえが、御頭に感謝しろよ」

「うるせえ、小蠅。また捻り潰すぞ」

「あの時はいい女に目を奪われていただけだ」

辰一の即時の返しに、彦弥は纏を振りつつ、颯爽と笑った。

「御頭！」

割って入った声に源吾と辰一が同時に振り返る。声の主は宗助である。顔にべったりと煤が乗り、目鼻が解らなくなるほどである。宗助は袖で頬を拭うと、調子を落として続けた。

「申し訳ございません。油屋に火が付いてこの有様……消し口を一町退けてしまいやした……」

「上出来だ。よくやった」

余程意外だったのだろう。辰一の労《ねぎら》いに宗助は目を潤ませ、に組の火消の中にはわんわん泣きながら玄蕃桶を運ぶ者もいる。辰一は手の甲でごしごしと顔を擦って右目を見開いた。白目は鮮血で赤く滲んでいる。そして肉薄する炎を睨み据え、歯を喰いしばりつつ続けた。

「火喰鳥。手を貸せ」

「当たり前だ」

火の壁は赤々と燃え盛りつつ迫ってくる。油を巻き込んでもはや勢いは止まるところを知らない。星十郎が横に侍《はべ》って断言した。

「この火勢に強風。迅速に火除地を作るしか道はありません。ただ銘々に消火に当たっている今、どこまでも押されて……」

星十郎の進言を遮って、源吾は喉が裂けんばかりに叫んだ。

「各火消！　俺の指揮に従ってくれ！」

喧嘩の時とは異なり、誰も反論する者はいなかった。熱波を手で防ぎつつ一様に頷く。

「小伝馬上町《かみちょう》で食い止める。それぞれの竜吐水を一線に並べろ！　水番は水源から五列を組め！」

武蔵が先んじて陣を布き、それに倣って各火消から竜吐水が飛び出る。玄蕃桶を持った水番は各藩、各町火消入り乱れて長蛇の列を成していく。瞬く間に水を運ぶ五本の列が出来上がった。そこから溢れた者たちが六列目を組もうとした時、源吾がすかさず指示を出す。

「余った者で左右に二列。纏師、団扇番は左右の屋根に上がれ。梯子番は下から桶を送れ。両脇から炎のどてっ腹に水を見舞ってやれ！」

応と声を揃えて配置に就いて行く。すでに屋根に上っている彦弥は下の者へ手を差し伸べている。

「残るは壊し手！　南北の十九軒を全て潰して火除地を作る。臆した者はいないだろうな⁉」

「当たり前だ。そんな火消いると思うかい？」

若い大名火消が間髪容れずに返し、皆が鳶口を構えてにやりと笑った。

「与市《よいち》か。助かった」

きりりと吊り上がった眉が特徴的なこの男、仁正寺《にしょうじ》藩市橋《いちはし》家火消頭取、柊《ひいらぎ》与市と謂う。火消番付では西の前頭三枚目に名を連ねており、肩が滅法良く、手桶から水を零さずにどこにでも放り投げることから、「凪海《なぎうみ》」与市の異名で知られていた。

かつて平蔵の発案で秀助を追う為、外様だけで結成された火消連合に与市も加わっていた。参加者の中で齢二十五と最も若く、屋根の上の彦弥に手桶を渡し続けたのもこの若侍である。

「与市、北側八軒を頼む。南側八軒は星十郎が指揮を執れ」

「構いやしねえが、中央の化物はどうするんですかい？」

中央三軒は大層な造りの大店が連なっており、その向こうには油を吸い上げて火球のようになった業火《ごうか》が迫っている。

「俺たちに任せておけ」

「たち……ねえ。なら心配なさそうだ」

与市は口笛を吹いて辰一を見上げた。源吾は指揮用の鳶口を掲げて大音声で命じた。

「行くぞ……武蔵！」

「竜吐水、放て‼」

号令と共に十数台の竜吐水が一斉に水を噴いた。掛け声を合わせて水番は桶を送り、涸《か》れることがないように給水する。藩の垣根、武士と町人の境はそこには一切見られない。

「彦弥！　調子を合わせろ」

「あいよ。各々方、やっちまいやしょうぜ！」

天高くに撒いた水は霧のように宙を漂う。熱に煽られてすぐに消え失せるも、前後左右からの反撃に焔も確実にたじろいでいる。

「壊し手ども。用意はいいか……掛かれ！」

叫声と共に百を超える壊し手が突貫する。かつて御先祖様は、このように戦場で敵兵を求めただろう。それから百七十余年、今はかつて敵同士であった者たちが手を取り、火難という共通の敵に立ち向かっている。

「その柱より先に、南の柱を！　中央に倒れさせると厄介です」

星十郎は左右の手を忙しく動かし、赤髪を弄る間もなく指示を飛ばす。

「うちみてえな小藩に従って貰って悪いな。皆気張ってくれよ！」

仁正寺藩は一万七千石で新庄藩よりも遥かに石高が少ない小藩である。与市の自虐的な鼓舞に北側の火消はどっと沸いて鳶口に力を込めた。

「喰い散らせ！　奴らに餌を与えるな！」

源吾も最前線まで繰り出して指示を出した。寅次郎は二度、三度大鉞を打ち込むと次の柱を求め、続く新庄藩火消が群がり、鳶口でその傷口を瞬く間に広げていく。

一方のに組はというと、その正反対である。鳶口、鋸《のこ》、鉞を手に一斉に全ての柱に散る。そして半ばまで到達したところから順に、辰一が掛矢を打ち込み、一撃でへし折っていった。それでも左右の長屋や小さな家と異なり、大店の屋敷はすぐには音を上げない。

「大黒柱にかかれ！」

「亭主柱を殺せ！」

源吾と辰一の号令が重なった。大黒柱も亭主柱も呼び方こそ違えども同じもので、屋敷の最も重要な支えを担っている。手前の柱や梁を打ち壊した後、大黒柱を抜くと屋敷は火と反対方向に倒壊するのである。自然と競うように大黒柱を攻める。まさしく同時に二軒の屋敷がぐらつき、皆は一斉に避難する。

「儂らの勝ちだ」

寅次郎が勝ち誇ると、辰一は面倒臭そうに言い放った。

「どこに目え付けてやがる。俺たちのほうが早《はえ》え」

寅次郎は満足げに微笑むと片眉を上げる。

「無駄話は止めて、さっさと最後の一軒をやれ！」

与市、星十郎が担当する南北の脆い家並は、猛《たけ》る火消たちにすでに屈しようとしていた。残る大物は正面の大店、それも先ほどの二軒よりもさらに一回り大きい。そう簡単に崩せるものでないことは、熟練の火消ならずとも気付いている。しかもすでに隣家の焔が桟に移りつつある。新米火消などは顎を小刻みに震わせて恐怖を隠しきれずにいた。その崩すべき巨大な障壁の前に、源吾と辰一が並び立った。

辰一は首筋の龍の刺青をなぞりながら、嗄れた喉で声を絞り出した。

「炎を許さねえ。それ以上に炎を弄ぶ輩を赦さねえ！　咎めやしねえ。付いて来たいもんだけ付いて来い！」

このような逆境の中、宗助は煤塗れの顔で笑った。に組の者たちも同じく笑みを浮かべて頷く。

炎は夜空を摑まんと乱れ狂い、熱風が熱風を呼ぶ。向かい風は源吾の羽織を大きくたなびかせた。裏地に描かれた鳳凰は、まるで滑空して源吾を追うような恰好である。気まぐれの風が弱まると、再び鳳凰はそっと背に宿っていく。それと同時に源吾も配下に向けて宣言した。

「方角火消新庄藩。王城の民を守護する！　国元の想いを無にするな！」

そこで一拍空けて両頭の声がぴたりと重なった。

「かかれ‼」

鼓舞された火消たちは天を貫かんばかりに叫喚《きようかん》し、立ちはだかる最後の壁に向かって突撃した。背後から休みなく降り注ぐ水を潜り、飢えた獣の如く屋敷に張り付いていく。

新庄藩火消、に組の火消が入り乱れて壁を剝ぎ取り、梁を叩き落とし、柱を打倒していく。壁は取り払われ、屋内まで見通せるようになると、そこには大黒柱が聳《そび》えていた。先ほどまでのものよりもさらに一回り太く逞しい。さらに使われているのは、鉄にも負けぬ強度を誇る樫《かし》である。

何も語らず柱の両側を辰一と寅次郎で挟み、これまた無言で鉞を打ち込んでいく。寅次郎の大鉞のような特注品と異なり、辰一の鉞は十度の斬撃を待たずして柄が折れる。折れれば配下から新たな鉞を受け取り、そしてまた駄目になるまで切り込んだ。二人の怪力に両側から攻め立てられ、さすがの大柱も悲鳴を上げる。残り三寸ほどまで切ったところで、源吾はある異変に気付き、自ら中へと踏み込んだ。建物のどこを壊せばいかに倒壊するか、源吾は長年火事場で培《つちか》った経験と勘働きで知り尽くしている。

「これは……大黒柱を切っても崩れねえ。ここの主人は相当用心深い性質らしい」

　たまにこのような堅固な造りの屋敷が存在する。装飾ではなく、家の強度に惜しみなく資金を投じている。少しばかりの地震でも崩れぬことは安心に違いないが、火事場においては厄介極まりない。

「大黒柱に梁だけでなく、小屋筋違《こやすじかい》まで一体となってやがる。さらに立派な火打梁、頭繋ぎでがちがちに固められているときたもんだ」

　火打梁や頭繋ぎはいわゆる補強材である。いつ火災で焼けてしまうとも限らぬ江戸では、このような高価で頑強な家は極めて少ない。

「まずい……間に合わねえ」

　屋敷の隙間を縫って煙が侵入してきている。木が爆ぜる音も確実に大きくなっていた。源吾は屋敷を飛び出すと、屋根の上で指揮を執る彦弥に呼びかけた。

「彦弥！　ここの屋根に上がって、垂木《たるき》を剥がせるか⁉」

　垂木とは屋根を支える木材である。それの一部を取り払い、大黒柱を助ける火打梁を取り除かねばならない。

「屋根へは行けるが、俺じゃ間に合わねえ！」

　屋根から屋根までの距離は約四間（五・四メートル）、彦弥ならば難なく渡れようしかし非力な彦弥では屋根を捲り、垂木を剝がすまでに炎に巻かれてしまだろう。かといって寅次郎ならば渡した梯子が重さに耐え切れまい。

「任せておけ」

肩を叩かれ振り返った時には、辰一は脇を駆け抜けていった。刺子半纏は厚手にもかかわらず、背には薄らと血が滲んでいる。辰一は歯を喰いしばって高く舞い上がった。僅かに届かぬと思った時、屋根から彦弥が手を差し出してしかと摑む。

「くそ重てえ……早く手を掛けろ」

「少しは腕っぷしを鍛えろ」

辰一は残る手で桟を摑み、屋根の上へと身を滑らせた。

「辰一‼」

源吾の呼びかけに答えず、辰一は瓦を踏み鳴らして再び飛んだ。爪先が何とか引っ掛かり、前のめりに倒れ込んだ。与市や星十郎、その許にいた火消も残る一つの標的に駆けつける。

「火喰鳥。止めをさすぞ」

源吾は辰一を見上げて頷いた。これほど複雑な構造ならば思うように倒壊するとは限らず、屋根の下敷きになるかもしれない。屋敷を支える無数の柱に縄を掛けるように指示した。

「辰一、これを――」

寅次郎が屋根に向けて大鉞を投じようとした時、さっと袖を引いたのは与市であった。

「危なっかしいな。俺に任せな」

与市は大鉞を受け取ると、さっと柄を撫でて重心を探る。よしと己に言い聞かせると、屋根に向けて投げた。柔らかな放物線を描き、寸分たがわず辰一の手へと届いた。

こうなれば辰一のみが頼りである。火消たちは手早く縄を仕込みながら、猛々しい声援を送った。

「悪くねえな」

源吾には辰一がそう呟くのがはきと聞こえた。辰一は気合いを発すると雷のような一撃を屋根へ打ち下ろした。瓦が飛散する中、辰一は休むことなく大鉞を振るう。がらがらと垂木が崩れていく音がした。

炎は辰一の項《うなじ》を撫でようと迫る。武蔵は自ら竜吐水の蛇管を取ってそれを防ぐ。

「見えたぜ！　断ち切るぞ！」

辰一の下半身は屋根に嵌まったように隠れている。のこる上半身が躍動して、振りかぶる大鉞が見え、穴へと消える。それが三度繰り返された時、屋敷全体が慟哭《どうこく》するかのように軋み始めた。

すでに幾条もの縄が屋敷の中から外へと延び、一本につき数十の火消が握ってその時を待つ。誰かが気付いて喚き、皆にその懸念が伝播する。辰一は崩落する屋敷からいかにして逃れるのかということである。

源吾とに組の連中だけは落ち着き払っている。宗助は血相を変えて訴える他の火消たちに胸を張って答えた。

「御頭は最強の火消だ。必ず生きて戻る」

一瞬、唖然となった火消たちの目に力が戻る。危険でないはずがない。確実に生きて戻れる保証など何もない。それは辰一を含め皆が感じている。それでも出来る誰かがやらねばならない。火消とは詰まるところそのようなものではないか。

辰一が吼えた。くたばれと言ったか、それとも済まねえと言ったか、源吾でさえ聴き取れぬほど、曖昧にして混濁した、心からの咆哮に聞こえた。大鉞と屋敷が嚙み合った瞬間、源吾も喉が潰れんばかりに叫んだ。

「引け‼」

数百の火消の声が一つとなって縄が張る。全身の骨を砕かれ、屋敷は渇いた悲鳴を上げる。屋敷全体が傾き、屋根の端から順に地に吸い込まれては消えていく。

「辰一！　急げ！」

斜めになった屋根を辰一が疾走している。白煙を打ち消すほどの土埃が舞い上がった。黴臭《かびくさ》い臭いを含んだ砂嵐を、血と汗と泥に塗れた龍が翔《か》けた。砂が目に入るのも厭わず、両手を広げて受け止めようとする寅次郎や宗助を遥かに越え、地に辿り着いたそれは激しく転がった。

一同、息を吞む中、源吾がゆっくりと歩んでいき、手を差し伸べた。辰一はそれに応じることなく、膝に手を添えながらゆらりと立ち上がる。そこでようやく源吾の手をばちんと叩いた。

「どうだ」

「確かにてめえは不死身だよ」

嵐のような今日一番の大歓声が上がった。野次馬は一人とていない。助けたお春と婆様もすでに後方へ送られている。この場にいるのは全てが火消である。

地獄を広げることをあと一歩で止められた焔は、苦々しく天を焦がしていた。休むことなく水が浴びせられ、誰かが火に向かって様見《ざま》ろと啖呵を切る。肩を叩き合う火消に、水番を務める者から手伝えとお叱りが入る。

子どものまま大きくなった男たち。それを火消と呼んでもさして障りはなかろう。大それた悪戯を成し遂げた悪童のように、嬉々としている火消を眺めつつ、源吾は笑みを浮かべて水番の許へと駆け出した。

十

火が静まったのは寅の下刻（午前四時半）のことである。その時点で新之助も戻り、唐松屋の全員が無事だと聞いた。誰も死ななかった筈なのに、新之助が妙にそわそわしているのが気に掛かったが、残る種火を消して回るうちに、いつしかそれも忘れていった。

炭と化した瓦礫の全てに水を掛け終えた時、辰《たつ》の刻（午前八時）を回っており、燦々《さんさん》と降り注ぐ太陽が眩しかった。

医師の許に行っていた星十郎が戻り、辰一が助け出したお春と婆様の容体を聞いて来た。

「火傷は負っていますが……命に別状は無いとのこと」

「唐松屋も無事。お春たちも無事。つまり死人は無しだ！」

新庄藩火消は疲れも忘れてどっと沸いた。新庄藩火消だけではない。に組を始め、他の連中も同じである。拳を突き上げる者、武士と町人の垣根を越えて抱き合う者たちもいた。衆の中、頭二つ抜けた辰一は、手で目を覆って陽を見上げている。

「帰ろうか」

源吾も穏やかに言いつつ、東に向けて歩み出した。それぞれの火消も眠たそうに眼を擦り、大あくびをしながら家路に就く。

「汚れちゃいましたね。かなり臭いますし」

新之助が鼻を摘みながら言った。鎮火後に合流した新之助はまだましであるが、美しい藍色であった新庄藩火消の羽織や半纏は、元の色が解らぬほどに煤けてしまっている。新調して貰って二月、これまでも何度もこうして汚れ、洗濯して洗い流し、それでも落ちぬ汚れが残っている。いつもに増して一段と真っ黒になった此度、また沢山の汚れが蓄積されるだろう。

「いいんだよ。国元の皆もこのほうが喜んでくれる」

そこまで言って源吾は首を捻って北の空を見上げた。煌びやかとは程遠い小藩である。決して暮らしは裕福ではないが、明日を諦めない人々が暮らす地である。たとえ己が泥に塗れようが、苦しむ人を決して見捨てぬ人々が生きる地でもあった。

「何たって俺たちはぼろ鳶組だからよ」

源吾は白い歯を見せ、新之助もにこりと笑って頷いた。

ふと気づくと、に組の連中も横を歩いていた。途中までは帰り路が同じなのだ。こちらが武家火消だからと道を譲る気はさらさらないようだ。ここでまた対抗心に火が付いたか、互いに肩をぶつけ合い我先にと足を速める。この子ども染みた張り合いに、源吾も苦笑してしまった。

「辰一、その躰で無理するなよ」

「お前こそ脚にきてるんじゃねえか」

頭が悪態をつく度、交互に配下の者が賛同の笑い声を上げる。

活躍した火消を一目見ようと、往来の先に野次馬が集まっているのが見えた。両脇が埋め尽くされた往来を、揃って新庄藩火消、に組が進む。左右から投げかけられたのは単純な感謝や賛辞の声ばかりではない。

「汚《きたね》え形《なり》してやがるな。それでこそぼろ鳶組よ」

と、鯔背《いなせ》に揶揄ったのは既に仕事支度を終えた大工の棟梁である。

「うるせえ。馬鹿野郎。とっとと建ててくれや」

負けじと源吾が返すと、衆からもどっと笑い声が起きた。

「腹減ってんだろう。皆で握り飯でも作るから食っていきなよ」

町の顔役のかみさんであろうか。ふっくらとした躰の年増が呼びかける。これにはすかさず彦弥が答える。

「うちは大喰らいばかりでよ。町の米を喰い尽くしてしまうぜ。それに御頭は寄り道していたら、奥方にとっちめられちまう」

軽業の舞台で鍛えた彦弥の軽口にさらに笑いが起こり、腹を抱えて目尻に涙を浮かべる者もいた。

「気持ちだけ受け取っておくよ。姉さん」

付け加えた彦弥の一言に、女は頰を染め、冷やかすような声まで巻き起こる。

口の悪い江戸の民は、に組の連中にも容赦なく捲し立てた。

「に組がこんなとこにいるとは珍しい。まさか迷子って訳じゃあるめえな」

「辰一！　これからはうちにも遠慮なく出張ってこいや」

宗助を始め、に組の者が苦笑しながら歩く中、辰一は何も聞こえないといったふうにずんずんと歩を進める。ただ僅かに口の片側がきゅっと持ち上がっていた。

「御頭、いきましょう」

に組への声援が大きくなってきたことに危惧《きぐ》を覚えたか、新之助が自らの羽織の襟を摑んで揺らす。

「裏返せ！」

火事場衣装は地味な表地とは反対に、裏側は思い思いの意匠《いしょう》で彩《いろど》られている。火消は火事場の帰路に羽織、半纏を翻し、威容を誇って町を練《ね》り歩くのである。ただし源吾は一人でも死人を出した時には、戒めとしてこれを禁じている。此度は死人、死に至る怪我の者もいない。

一斉に裏返すと、町衆の熱気はさらに高まる。すぐさま辰一の号令で、に組も半纏を裏返し気勢を上げた。

――大いに笑って踊れ。

火消とは存在そのものが祭りのようなものなのかもしれない。

まるで神輿《みこし》が自ら練り歩いているかのように、人々の喝采《かっさい》はいつまでも鳴り止むことはなかった。

第六章　勘定小町《かんじようこまち》参る

一

──俺も歳を食ったかな。

源吾は縁側に座りながら爺むさく茶を啜った。

一昨夜は一晩中駆けずり回り、そのまま昼まで残り火の始末に当たった。一晩眠っただけでは疲れも取れず、足も棒のように強張っている。

深雪は洗濯に掃除と忙しなく家の中を動き回っている。手伝うと申し出たのだが、

「お疲れでしょうから休んでおいで下さい。我らの天下はもう終わったのです」

まるで豊家《ほうけ》が徳川家に天下を譲り渡したかのような大袈裟な言い回しに、思わずくすりと笑ってしまった。そして掃除の邪魔になるからと、縁側に無理矢理座らされたという訳だ。深雪は干したばかりの源吾の下帯を、心地良い音を立てて

叩いている。

「新之助は何で、ああ血気盛んなのかな」

「旦那様に似たのですよ」

新之助は唐松屋の者たちを逃がした後、自らがその屋敷に居残った。そして襲撃してきた千羽一家七名を悉《ことごと》く斬り伏せて捕縛した。しかも何人たりとも殺さないという戒めは守りつつである。

現場に火盗が駆けつけたのは半刻後、その時には屋敷を漁って得た帯や褌でもって、一味を縛り上げていたという。

驚愕《きょうがく》して固まる島田に向けて、新之助は、

「島田様、今少し気張って下さい。こちらが出来ることにも限りはある」

と、ちくりと皮肉を言って立ち去って来たという。さすがの島田も、大殊勲《だいしゆくん》者の新之助を咎めることも出来ず、苦虫を嚙み潰したような顔で見送ったらしい。

「それにしても、案外少なかったな……」

源吾は独り言を零して湯吞みを置くと、今度は煙草盆を引き寄せた。

天下に名だたる大盗賊団と聞いていたので、もっと大人数での襲撃を予想していた。これまでの手口、犯行に要したであろう時間からしても、最低でも二十名はいると思っていたのだ。だからこそさすがの新之助でも危ういと、避難させることだけを命じたのである。

「火消の喧嘩に巻き込まれることを避け、思うように姿を出せなかったのでは？」

「ふうむ。そうかもな……ともかく新之助には困ったものだ」

深雪は次に火消羽織を干す。刺子はよく水を吸うため、干したそばからぼたぼたと雫が滴る。

「お嫁さんを貰えば少しは落ち着くかもしれませんよ？」

「まだ早かろう」

「もうあの頃の旦那様と似たような歳です」

新之助は性格もさることながら、顔立ちも若やいでいるため忘れがちだが、妻を娶《めと》っていても何らおかしくない歳である。誰かよい相手はいないかと考えながら、煙管に刻みを詰めていく。

「嫁といえば、あいつに妻がいたとはな」

辰一のことである。鎮火後、千羽一家を捕縛したと聞き及んだ辰一は、穏やかな顔つきになって、宗助に語りかけた。

「これから牢に戻る。お香《こう》に無事だと伝えてくれ」

「分かりました。姐《ねえ》さんのことはお任せ下さい」

盗み聞きするつもりはないが、源吾の耳朶はそのようなやり取りも捉えてしまう。驚きのあまり思わず、口を挟んでしまった。

「お前、かみさんがいるのか⁉」

「ああ」

「げ……」

辰一は源吾よりも年嵩なのだ。妻がいたとて何らおかしくない。横から宗助が冷やかすように言った。

「昨年、お頭が江戸に戻って祝言を挙げたばかりの御新造さんでさ」

辰一は当年三十五。口には出さないが、勝手に年増を貰ったものだと思った。

「十八だと！」

宗助から妻の歳を聞き、源吾は仰天した。深雪よりも若いではないか。

「色々あるんだよ」

辰一は顔を背けた。火事場において圧倒的な蛮勇を見せる男の、このような姿は未だ見たことがない。

「それにしても……お前といい、勘九郎といい、どうも家の匂いってもんがしねえ」

「毎日火とばかり向き合っていりゃ、家の匂いなんざ消えちまう。ぷんぷん匂わせているのはお前くらいなもんだ」

「どこがだよ」

「火喰鳥は妻の尻に敷かれていると、巷で専《もっぱ》らの評判よ」

「まさかそんなこと……」

ふと周りを見渡せば、寅次郎はわざとらしく空を見上げ、彦弥は伸びをしつつ鼻歌を唄っていた。鼻を摘んで俯いた星十郎に至っては、もう小声でまずいと呟いてしまっている。噂になっているのは真らしく、知らないのはどうやら己だけらしい。

「だが皆、そんな女なら敷かれてみたいとよ。加賀の牙八なぞはあちこちで吹聴してやがる」

「全くあいつめ……」

「しかと摑んでおけよ」

そう言う辰一は力強く、それでいてどこか哀しげであったのが印象に残った。

「尻に敷かれているのかねえ」

「何か？」

丁度全ての衣類を干し終え、額の汗を拭っていた深雪が振り返った。陽を背負って首を傾げるその姿は、息を呑むほどに美しかった。夫婦になって七年。今でも大真面目にそう思っている。

「それでもよいか」

「何のことです？　お教え下さい」

深雪は頰を少し膨らませて拗《す》ねた素振りを見せた。源吾は刻みを詰めた煙管を咥《くわ》えて片笑んだ。

「何でもないさ」


皐月の十八日、早くも辰一の処分が出た。

――押込百日。

百日の間、一歩も家の外に出てはならぬ。所謂自宅謹慎である。

火盗の長官たる島田に暴行を働いたのだ。本来なら最低でも江戸払い。島流しや死罪でもおかしくない。それがこの軽い罰で済んだのには訳がある。

切り放ちである。解放された辰一は、鎮火した後、半ば焼けた囚獄へすぐに戻った。これにより罪一等が減じられることに相成る。

加えて新庄藩も奉行所に出頭して事情の説明、罪を減じるように嘆願した。千羽一家を捕まえた当事者である新之助は、発言を求められると堰を切ったように話しだした。

「そもそもこれは火盗改の島田様が何とかすべき案件。それはさておき、辰一さんが千羽一家の見張りを捕まえてくれたからこそ、私は唐松屋の者を逃し、下手人を捕まえられたのです。これも島田様が見つけてくれたならば苦労しなかった。また辰一さんは小伝馬上町で、逃げ遅れた女を救って大怪我を負われ、それでも火に立ち向かったのです。堅固な屋敷を崩した立役者です。これも島田様が早くに……」

話の中に紛れ込ませて何度も島田を罵るので、奉行も思わず噴き出してしまったらしい。それでも新之助の弁護は決して的外れではなく、一つの真実である。そのことも含めて辰一の罪は減じられた。

裁定が出たことを伝えに来た新之助と横並びで縁側に座る。新之助はまだ話したりないとふてくされていたが、暫くすると真剣な面持ちになった。

「私が捕えた中に千羽の頭領はいなかったようです」

「何だと……何故それが判る」

「卯之助さんが出頭しました。そして洗いざらい己の過去をぶちまけたようです」

「卯之助は何と」

「千羽一家なる悪党を生み出したのは己。それゆえに多くの人生を狂わせた。辰一もその一人。詮議、探索に惜しみなく力を貸し、全てを終えた後はこの皺首を落として下さいと」

　卯之助のあの様子を見ていたのであまり驚かなかった。本当の意味でのけじめをつけるつもりだったのだ。ましてや辰一が罪を被るとあれば、卯之助にはもう迷いはなかっただろう。今の辰一なら、真実も受け止められる、支えてくれる仲間もいる、そう感じているに違いない。

　奉行所に促されて卯之助が見分したところ、勿論人員の入れ替わりもあるだろうが、頭領である闇猫の儀十はおろか、主だった輩《やから》はいなかったという。

「千羽一家はまだ健在ということです」

　新之助は口内の肉を噛みしだいた。

「鼻が利く厄介な野郎らしい」

これまで数十人で大胆かつ迅速に押し込みを働いたものを、このやまにきな臭さを感じ、得られる利益と、身に迫る危機を天秤に掛けて七名という人数を弾き出したらしい。恐らくこの七名も、千羽一家にとっては捨て駒になっても構わない者たちではなかろうか。

「もう江戸は脱したでしょう。辰一さんには無念が残りますね……」

「ああ。でも、今のあいつなら、少し見える景色が違うだろうよ」

父母兄弟を皆殺しにされ、唯一遺体が見つかっていない弟も行方は知れない。千羽一家を壊滅させるまでは、いや壊滅させたとしても恨みは晴れないだろう。管轄に暮らす人々、配下の面々、そして妻子がいたならば猶更、誰も失いたくないという想いが、その恨みと混ざり合わさって、辰一という特異な火消を生み出した。此度のことで辰一も、己は決して一人ではないということを痛感したはずである。それさえ理解すれば、心に一条の光は差し込むはず。春に残る雪のように、ゆっくりであるが溶けていくのではないか。

表に誰かが訪ねて来て、深雪が応対する。やりとりから察するに左門である。その声には喜びと緊迫の両方が含まれているように聞こえた。

「源吾！　おお、新之助もおったか。丁度よい」

左門は話しながら居間を横切って来た。

「何かあったか？」

「御家老が目を覚まされたぞ！」

「そうか！」

源吾は小躍りするように立ち上がった。

「日に日に良くなられているようだが……」

「何か不安でも？」

新之助も腰を上げて尋ねる。

「特産品のお披露目には到底間に合わぬ」

辰一率いるに組との喧嘩、御連枝様との確執、そして千羽一家の暗躍ですっかり忘れていたが、近く商人に向けて新庄藩の商品作物や工芸品を、披露して公開買い付けを行うことになっている。商人たちに競わせることにより、少しでも高く売りたいという六右衛門の発案である。

「御家老が江戸に戻られるまで、日延べする訳にはいかんのか？」

相手は海千山千の豪商たちである。老獪《ろうかい》な六右衛門でなくば、買い叩かれるのがおちであろう。

「株仲間での談合を避けるため、大坂、京、遠くは博多《はかた》の商人まで集めておるのだ。どの店の主人、番頭も多忙な者ばかり。半年前から交渉してようやく漕《こ》ぎ付けた。この機会を逃せば二度と開けぬ」

田沼の政策により江戸では株仲間が強化され、それぞれの業種への新規参入が難しくなっている。そうして商いを守る代わりに、多額の税を納めさせ、幕府の懐を潤している。それらの金は火事に荒廃した江戸の復興にも注がれているのだが、一方で競争が減り談合が横行している。六右衛門はそれを警戒し、江戸以外の商人にも声を掛ける周到ぶりであった。

「では、どうする。まさか御連枝様が商人と交渉する訳にもいくまい。お主らが代役を務めるのか？」

「先刻、早飛脚で御家老の文が届いた。そこに代役についても書かれておった」

深雪が茶の支度をして奥から現れた。新之助はこれも銭を要求されぬかと、恐る恐る湯呑みを手に取る。

「して誰だ。次席家老の児玉様か。いや、弁舌爽やかな用人の川部酒之丞《かわべさかのじょう》様。それとも お主と深永瀬兵衛《ふかながせひょうえ》殿の御城使の取り合わせ……」

左門がそっと掌を上に手を差し出した。その先にいるのは己である。

「馬鹿な……俺は火消侍だぞ！」

「違う」

「まさか――」

源吾の前に茶を置き終えた深雪は、ちょこんと己の鼻に指を当てた。

二

源吾は昨日から一睡もしていないのにもかかわらず、睡魔も襲ってこない。

――大火に挑むほうがまだましだ。

そう思えるほど、朝から心が落ち着かず、まるで雲の上を歩くような心地である。

本日は商人へ向けてのお披露目会である。藩邸に商人が続々と押しかける中、源吾は小さくなって隅に座っている。

六右衛門が指名したのは何と深雪である。そんな馬鹿な話があるものかと文を横取りしたが、

――商人披露目の儀、松永源吾が妻深雪を立てて臨むこと。

と、確かに記されていた。

御家老に真意を問いただしたいが、お披露目会は二日後のことであり、直接尋ねることはおろか、文の往復も間に合わない。

愕然とする源吾に対し左門は、

「御家老の深慮であろう。拙者も深雪殿がよいと思う」

と、大真面目で同意し、新之助はというと、

「名だたる豪商たちと、新庄藩が誇る勘定の鬼。これは達ヶ関さんの一番より見ものですね」

と、呑気にくすくすと笑っていた。その新之助が蛇に睨まれた蛙のように身を竦《すく》める。深雪の鋭い眼光に気付いたのである。

「深雪殿、どうでしょう」

――断れ。

伺いを立てる左門には悪いが、源吾は心の中で必死に念じた。が、その想いは通じることはなかった。深雪は居住まいを整えると凜と答えた。

「藩命とあれば否やはありません。お受け致します」

「おお！　御家老も喜ばれるであろう」

そのような場を取り仕切るのが女であれば、商人たちも新庄藩は侮《あなど》っているのかと良い気はするまい。左門も気付いているはずだが、その懸念を拭い去るほどに深雪を信じ切っている。

「お披露目は二日後。急いで支度をしなければなりません。まずは品物をお見せ下さい。さらに各国でのそれらの取引の値、加えて米相場までをお調べ下さい」

深雪はてきぱきと指示をし、集めて貰った資料を二日の間、穴の空くほど見つめていた。少しでも猶予を作ってやろうと、源吾が家事一切を買って出るのだが、

「天下は終わったと申したでしょう。これくらいのことで、妻の本分は怠りません」

深雪はぴしゃりと言い切って手早く夕餉の用意をし、藩から支給された蠟燭に火を灯して夜も資料を読み込んでいたが、亥の刻を迎えた頃には、

「母としての本分も全うしなければなりませんね」

そう言って未練なく資料を片づけ床《とこ》につく。その分別と潔《いさぎよ》さに、我が妻ながら舌を巻いた。

そうして迎えた本日、二十数名の商人が居並び、源吾はその遥か後方に座って膝を揺らしていた。

「定刻になった故始めさせて頂く」

進行を務めるは左門である。まず商品の見本が運び込まれる。青苧《あおそ》は太く逞しく、乾燥させた紅花《べにばな》は眩いほどに鮮やかであり、桶の中の漆蠟《うるしろう》は澄み切っている。続いて運び込まれた木通蔓《あけびづる》、葡萄皮《ぶどうがわ》の籠はというと、網目は固く均一であり、一見するだけでも手間暇の掛かったものだと判る。

「まずは手に取ってご覧下され」

左門に促され、商人たちは立ち上がって品物の近くに寄る。想像では口々に何かを言い合うものと思っていたが、衣擦れの音しか聞こえぬほど静かであった。源吾は緊張に身を固くした。これは商人の戦なのだ。新庄藩と商品の値を争うだけでなく、商人どうしの腹も探りあっている。もっとも例外はいる。

「これはええ紅花や。この籠も大層で」

籠をまじまじと見つめ、皆が眉を顰めるほどの大声で感嘆する男がいる。歳の頃は二十半ばといったところか。一座の中で飛びぬけて若く、とても大店の主人や番頭には見えなかった。いや、話しぶりが妙に軽々しいので手代どころか丁稚にすら見える。だが、源吾はその若者を注視していた。

——あれは侮れん。

口は軽いが目は決して笑っておらず、底光りしているように見える。源吾は多くの火消を見ている中で、その人の覇気や胆力を朧《おぼろ》げながら感じ取れるようになっていた。

商人たちは一頻《ひとしき》り商品を見ると、元の座に戻った。そこで左門が再び口を開く。

「本来ならば、御家老北条六右衛門様が掛け値を話し合うつもりであったが、御家老は故あって国元におられる。故に此度は他の者が取り仕切る」

誰一人驚かない。商人ほど情報を重んじる者はいない。六右衛門不在はすでに知れ渡っているようであった。であるからこそ与し易いと考えたか、あからさまに舌なめずりをしている者までいた。

襖が開き、深雪が静かに入ってきた。

「こちらが名代を務める」

商品を片づけにきた女とばかり思っていたようで、一座がどよめいた。

「当家の火消方頭取、松永源吾の妻、深雪でございます」

深雪が名乗ってお辞儀をするや否や、商人の一人が薄ら笑いを浮かべて尋ねた。

「折下殿、これは何かの冗談《じょうだん》でしょうか？」

これより先は深雪に全てを一任することになっている。左門は押し黙り、代わりに深雪が答えた。

「冗談とお思いですか」

「まあ……ねえ」

面と向かって罵ることはなくとも、商人たちは互いに顔を見合わせて嘲笑った。

「女子《おなご》には皆様のお相手は出来ぬと」

「その通りでございます」

今度ははきと言い切ってきた。深雪はにこりと笑う。

「私が名指しされたのも、何かの間違いでございましょう。しかし御家老様の命とあれば従わねばなりませぬ。皆様お手柔らかにお願いします」

商人たちの目がぎらりと光ったように見えた。六右衛門が病であることも知られているだろう。それで気が狂《ふ》れてこのような仕儀になったと思ったに違いない。何故か交渉を担当することになった女子は算盤さえ手にしていない。濡れ手で粟とばかりに稼げるとほくそ笑んでいる。

「では、始める前に竹簡をお配り致します。折下様」

今の深雪は六右衛門、ひいては主君戸沢孝次郎の名代である。縦七寸（約二十一センチ）、幅四分（約一・二センチ）ほどの薄い竹を、左門を始め家臣たちが配っていく。

「これは何に使うのでしょう？　競りには不要と思われますが……」

どこかの番頭が代表して疑問を投げかけた。

「競りは致しません」

「では、一店ずつやり取りなさるので？」

「いいえ。どこにお売りするか、入れ札で決めます」

「入れ札……」

思いがけ無い言葉に商人たちは目を丸くした。この二日間、深雪が何やら思案と支度はしていたが、源吾も具体的には何も聞いておらず、びくびくしながら成り行きを見守った。

「それぞれの商品を幾らで買うか。思い思いの値を竹簡に記し、この木箱に投じて頂き、最も高値を付けて下さった商家に卸《おろ》すことに致します」

「ほう。それはおもしろい」

一瞬戸惑いを見せた商人たちであったが、顔を見合わせながら頷き合う。

——これでは駄目だ。

源吾は飛び出していきたい気持ちを抑えきれず腰を浮かせた。

競りを避けたところまでは正解である。大名が商人に向けて競りを行う場合、最初に提示した初値から一切動かないことが普通であった。それもそのはず、商人たちは最安値で誰かが買い取り、後に皆で分けることを事前に談合しているのである。

ではは初めの値から相当に上げてはどうか。これも全て失敗に終わっている。利が薄いと見るや商人は一様に押し黙り、買い手がつかないまま終わってしまう。深雪が考えた入れ札ならば、確かに初値を共有できない。しかしそれでも問題の解決には至らないだろう。あり得ぬほどの安値を皆が投じたならば、競りの時よりさらに安く買い叩かれるだろう。

「商品ごとに底値があります」

深雪が言うと、それまで愉快そうにしていた商人たちの顔が強張った。

「そこまで甘くはないということでございますね。では、例えばあの紅花、底値はお幾らで？」

愛想笑いを浮かべた商人が籠に盛られた紅花を指差す。

「底値は内緒です」

深雪の満面の笑みに、一同ははっとし、中には頬を紅潮させる者までいた。己も何度あの笑みにやられてきたか。源吾は苦笑しつつ頬を掻いた。

気勢こそ削がれたものの、商人たちも黙ってはいない。丁寧な口調で伺いを立てた。

「しかし、それでは幾らと書き込めばよいのか……」

「底値は秘匿《ひとく》させて頂いた上で、皆様には値を書き込んで頂きます。その値が底値を下回れば取引は無し。底値より上の値を付けて下さった方々の中で、最も高値の方にお譲り致します」

――深雪、いいぞ。

源吾は感心してしまった。これならば事前の談合は役に立たず、買い叩きを防ぐことも出来、真に商品を求めている者だけに選《よ》り分けることが出来る。

感心しているのは商人たちも同じようで、大きな溜息をつく者、一本取られたと額を叩く者、真剣な面持ちで隣と相談する者もいた。

その中で一種異様な雰囲気を放っているのは、あの上方訛りである。先ほどとは打って変わって、瞑目して口を真一文字に結んでいた。

ざわつく一座の中、また別の商人がとぼけた調子で独り言を零した。

「まあ紅花なら、銀十一匁といったところでしょうかね」

他の商人も、まあその程度でしょうな。十匁でもよいのでは。六百七十文ほどと見積もれば。などと、口々に話した。新庄藩を牽制《けんせい》しつつ、探りを入れていることは源吾にも解ったが、果たしてそれが適当な数字を論じているのかは解らない。

「ふふ……皆様、世相に疎いようで」

「それは心無いお言葉」

深雪の挑発とも取れる一言に、すぐさま反応があった。

「では、和算が苦手とか?」

商人にとっては侮辱の言葉であろう。中にははしたなく野次を飛ばす者もいる。それにも動じず、深雪は捲し立てるように言った。

「紅花は金一匁が相場。金一匁は銀十四匁と四十二文。全て銭で数えると九百七十五文。ましてや当家の紅はそこらの紅とは違い、相場金一匁と銀四匁で取引されている最上《もがみ》紅花です」

　場が静寂に包まれる。深雪を侮っていた商人たちは、息を呑み、下唇を噛みしめた。だが彼らも簡単には引き下がらない。ここまでならば口上として予め用意してきた可能性もある。肉置《ししお》き豊かな商人が悠然と立ち上がり、質問を投げかけた。

「歳を取るのは嫌でございますな。うっかり間違えておりました」

「そうですか。思い出して下さってようございました」

「この紅花ですが、いかほどずつ買わねばならぬのでしょうか。私どものような小さな身代では、帯に短し、襷に長しといったこともありますので……」

「百匁ごとの取引を基本と致しますが、お望みとあらば細かい注文も受け付けます」

「ならば、二百十四匁五分七厘といった注文も？」

　商人は蝦蟇《がま》を思わせる頰を揺らし、意地悪そうな猫撫で声で尋ねる。

「はい。最上紅の相場ですと金二百二十八匁、銀五十二匁、銭十三文となります。通貨に換算したならば、大判五枚、小判五枚、二分金一枚、一分金一枚、一朱金一枚、銭三十文です」

白昼幽霊を見たかのような上擦った奇声を発し、商人はさっと着座した。

「さて、皆様よろしいでしょうか」

深雪の笑みに対し、もう誰も頬を緩めなかった。それどころか一様に青い顔で見つめている。

「よろしいですか」

ぽつりと言ったのは上方訛りである。

「どうぞ」

「新庄藩火消頭取、松永源吾様のお内儀ということやったら、元松平隼人《はやと》様の勘定方、月元右膳様の息女の深雪殿ということでよろしいでしょうか」

驚くべきことに、この男は源吾だけでなく、深雪の背景まで全て知っている。

「その通りです」

「巷で有名な勘定小町にお目に掛かれて幸せでございます」

唾を噴き出す者、頭を掻きむしる者、開いた口が塞がらない者が続出する。

「また御冗談を」

「いいえ。我ら商人の中には、馬鹿息子の嫁に是非と、縁談を申しいれる者が後を絶ちませんでした。覚えてはりませんか？」

源吾も思い出した。確かに深雪には数々の縁談が持ち込まれていた。深雪が恐るべき算勘の力を持つと聞き及んだからか、その多くが富商であったとも聞いた。裕福な暮らしが出来るだろうに、それを全て袖にして、深雪は己の許に来てくれた。

「昔のことです」

「何故紙ではなく、このような古臭い竹簡を？」

男は竹簡をちらつかせる。紙がとんでもなく高価な時代、削って繰り返し使える竹簡木簡は大変重宝した。しかし非常にかさ張るという難点があり、また安価で紙が手に入る今、敢えてこれを使う意味はないように思える。

「紙は非常に便利ですが、便利故に困りごともあります」

深雪は丁寧に話し始めた。

紙の場合、事前に複数枚作っておいて、場の雰囲気を巧みに読んで入れる直前に差し替えることが出来る。

不正は商人側だけでなく、こちらも同じことである。金品を受け取り、特定の商人に利を与えようと、箱の中で他の商人の札を破り去ることも出来るのだ。勿論非難は受けようが、元々破れていたといえば証拠は無い。

当然、そこまでのことは滅多に起きはしないだろう。しかし新庄藩としては、ありとあらゆる不正の可能性を排除して、厳正に取引を行いたい。これはその覚悟の表れであると深雪は言った。

「戸沢様も堂々挑まれているということですな。名乗り遅れました。大文字屋《だいもんじ》、下村彦右衛門《しもむらひこえもん》と申します」

「あなた様が……」

深雪は今日初めて驚きの顔を見せた。それは他の商人も同様である。

大文字屋。奉公人五百を超え、十万石の大名にも匹敵する上方きっての豪商である。

今より五十余年前の享保二年（一七一七）に、初代下村彦右衛門正啓《しようけい》が伏見《ふしみ》京町《きようまち》北八丁目に呉服店を開き、そこから京、大坂、名古屋に出店してその勢いは止まることを知らない。丸の内に大の文字を付けた暖簾《のれん》から、今では大丸《だいまる》の通称のほうが知られている。

現在は初代の孫にあたる当年二十三歳の四代下村彦右衛門素休《そきゆう》が継いでいるが、奉公人を使い、滅多なことでは顔を見せないことでも知られていた。それが何故、新庄藩のような小藩の買い付けに現れたのか。誰もが解らずにいた。

「さて……戸沢様の商品、どれも大層ええ品でございます。出来れば全てうちで買い付けたい。その為には高値も辞しません」

彦右衛門がそういうと一座はどよめく。恐らくこの場において、大丸の身代を凌《しの》ぐ商家はいまい。

「ありがとうございます」

「その前にもう一つだけ、お尋ねしたいことがございます」

「何なりと」

「その籠、誰が作らはったもんですか？　青苧、紅花も」

「え……」

さすがの深雪も想定外の問いに言葉を詰まらせた。

「ええ品やということは見たら分かります。知りたいのは誰が……なんですわ」

彦右衛門は重ねて訊いた。この問いにいかなる意味があるというのか。

「それは……」

皆が首を捻る中、深雪だけが意を察したようで苦しげに俯いた。源吾も何とか助け舟を出してやりたいが、これればかりはどうにもならない。

その時である。襖が勢いよく開け放たれた。そこに立っていたのは正親である。

正親だけではない。ことの成り行きが心配で、息を潜めて聞き耳を立てていたのだろう。その後ろには次席家老の児玉金兵衛始め、新庄藩の家臣たちが肩を寄せ合うように連なっており、突然襖を開けたので慌てふためいている。

「どなた様で？」

彦右衛門も些か肝を潰したように肩を竦めた。

「戸沢家一門、戸沢正親でござる」

「これは――御連枝様……」

頭を垂れようとするのを押し止め、正親は言い放った。

「蟹沢《かにさわ》村の茂一《もいち》でござる」

「は？」

「その籠の作り手のことでござる」

彦右衛門は目を瞬かせて微笑んだ。

「ほう……では紅花は？」

「大富《おおとみ》村の平兵衛《へいべえ》、西里《にしざと》村の左次郎《さじろう》。谷地《たにじ》村の権六《ごんろく》……数えだせばきりがない」

「その方々はどのようにして作っておられるのです」

自らとは比べ物にならぬほど貧しいであろう百姓《ひゃくしょう》に対しても、彦右衛門には敬《うやま》いが見られる。

「茂一は幼くして飢饉で父母を失い、叔父に育てられた。亡くした父が籠職人であった故、面影《おもかげ》を追うように一つ一つ丹念に作っている」

正親は遠くを見つめながら続けた。

「平兵衛は昨年に幼子を病で亡くした。それでも他の子を守るため、薬くらいは買えるようにと、涙を流しながら田を耕しておる。その姿が痛ましくてな……左次郎は妻に惚れぬいておる。畑仕事の後には毎度毎度労って肩をもんでやり……」

正親の脳裏には領民の姿が浮かんでいるのだろう。時に楽しげに笑い、時に哀しげに目尻を下げ、一人一人の人柄を語っていく。

――これは……まことに馬鹿若様ではない。

源吾は改めて思い直した。藩主の一門に生まれ、これほどまでに領民に精通している者がいるだろうか。政に活かそうという打算すらない。何故ならば己は政に関与出来る立場にないのである。母の遺訓を守り、いや母の想いを継いで、何の目論見もなくただ民に寄り添ってたのだ。

源吾は好ましげな目で正親を見つめ続けた。それは彦右衛門も同じようで、何とも楽しそうに合槌《あいづち》を打って頷いている。

「結構でございます」

彦右衛門はいつ終わるとも知れぬ話を遮ると、すっくと立ち上がり衆を見渡した。そして竹簡を高く掲げ、凜々しく言い放つ。

「大丸は全ての品に、相場の倍の値を書き入れます。これ以上で買わんと思う方があれば、投じて下さい」

他の商人たちは唖然としている。

「相場の倍で引き取れば利が出るはずがない……」

「良き品に相応《ふさわ》しき値を付ける。それでも尚才覚でもって利を出す。それがうちのやりかたです」

彦右衛門が目を細めると、商人たちは一斉に俯いた。

三

竹簡を投じるまでも無く、大丸が全ての品を引き取ることになった。他の商人たちが帰って行く中、彦右衛門は後の段取りのために残る。

具体的な話は金兵衛が担当する。その金兵衛は恐る恐る尋ねた。

「まことに、相場の倍でよいので？」

「結構です。青苧、紅花、漆蠟は染物には不可欠なもの。これからますます不足すると見ます。産地の奪い合いが始まってからでは遅い」

青苧は織物の材料、紅花は染料として使い、漆蠟は紋様を描く時に使う。呉服を生業《なりわい》とするならば確かに必要であろう。

「しかし籠は……」

「うちは端切れを扱うことで、幅広い人らに来てもろうてます。店内では籠に入れて、ゆっくり見て貰いたい」

大丸は革新的な商いをすることでも有名であった。彦右衛門が言ったように、普通なら捨ててしまうような端切れを扱うことで、庶民でも買えるように工夫している。

また宣伝という概念を生み出したのもこの大丸である。辰一の素性《すじよう》を突き止める切っ掛けとなった引き札を、最初に作ったのも初代の彦右衛門であった。

他にも雨の日に大丸の印の入った傘を無償で貸し出し、町に大丸印を溢れさせるなど、斬新な手法でその名を広く知らしめた。今回の店内籠もその類の発想であろう。

源吾は深雪の許に寄り添っていた。気丈な妻であるが、此度のことでは流石に緊張したであろう。疲労困憊《こんぱい》といった様子で胸を撫で下ろしている。

「深雪様、さすがでした」

彦右衛門が優しく話しかけてきた。

「いえ……下村様に言われるまで、失念しておりました。良い品物であるのは当然。作り手の心を届ける。それが大丸の掲げる旗標でございましたね」

「はい。あほらしいて言う方もおりますが、うちは作り手と使い手を繋ぐことが商いやと思うてます。それにしても、新庄の御方はおもしろい。御一門が民百姓のことまで精通してはる」

彦右衛門は高らかに笑った。

「新庄の民は貧しい。しかし人様に渡るものに対し、手を抜くような輩はいないと断言する」

正親は胸を張った。新庄領内をうろつき回り、民の一人一人と接している正親だからこそ分かることである。

「松永様ですな」

「御存知で」

彦右衛門に急に呼ばれ、源吾は慌てて鬢《びん》を整えた。彦右衛門は懐に手を入れると、一通の文を取り出して源吾に渡した。

「昨日、船で大坂から参りました。これは長谷川様から」

「何ですと。面識がおありなので？」

「長谷川様が赴任され、京の治安は随分よくなりました。うちも微力ながらお手伝いさせてもうてます」

後に聞いたことだが、大丸は京の治安回復のため、実に千両もの大金を平蔵に提供しているらしい。大坂から江戸まで良き船ならば五日で着く。今回、彦右衛門が江戸入りすると聞き、平蔵は火急の文を頼んだという訳であった。

彦右衛門はゆるりと衣服を整えると、改まった調子で語り始めた。

「相場の倍でというのは、松永様に対する過日の礼の意味もございます」

「礼……何かしましたか？」

「昨年の大火。うちの江戸店《えどだな》が燃えました。新庄藩火消が作った人橋が無ければ、うちの奉公人は皆焼け死んでました」

大火の折、日本橋から逃げ惑う人々は、橋が燃えて川を渡れずにいた。その時、寅次郎の発案で戸板を下で支えて、急拵《ごしら》えの橋を作り危機を脱したのだ。

「それは……大丸のためではございません」

源吾は気恥ずかしくなって鼻を撫ぜた。こうして生き延びたことを教えて貰うのは、火消をしていて最も嬉しいことである。

「私は若い頃は江戸店に長くいましてね。兄弟姉妹のように育った連中です。お救い下さり、ほんまにありがとうございます」

慇懃《いんぎん》に頭を下げるのを、源吾は必死で押し止めた。

「この御方に負けたなら、しゃあないと思わされました」

「え？」

彦右衛門が唐突にいうものだから、源吾は舌がひっくり返った。

「江戸にいた頃、噂の勘定小町を一目見ようと飯田町に。ほんで旦那……父に頼んだんです」

深雪は話の成り行きが読めたか、口を手で覆《おお》って驚きの表情を見せた。しかし源吾は何の話か皆目解らず、深雪と彦右衛門を交互に見比べる。

「確か……大丸の次男……」

か細い声で深雪が言う。

「縁談を申込みました」

「な――」

あまりの衝撃に、源吾は後ろにのけぞった。

「結果は見事玉砕《ぎょくさい》。けんもほろろに袖にされました」

彦右衛門は白い歯を見せた。もしかすると、それもここに来た訳の一つかもしれない。今なお慕っているという訳ではあるまい。しかし抱いた恋心を嘘のように忘れ去ることが出来る女と違い、男とは心の片隅にそっとしまい続ける生き物である。その火種を消し去るため、時にこのような行動に出る。源吾にも心当たりがあった。

とはいえ、まさか家老の代わりとして出てくるとは思っていなかっただろう。

「よい商いをさせて頂きました。これからも末永くよろしゅうお願い申し上げます」

家臣の一人一人にそう言って頭を下げていく彦右衛門は何とも好ましい男である。

四

藩邸から家まではそう遠くない。帰り道から逸れたので深雪は怪訝そうに言った。

「どこへ?」

「ちと遠いが、まだ日暮れまで時はある。小諸屋へ行こう」

「しかし……」

「代金は俺が出す」

松永家は厳然たる小遣い制度である。浪費に厳しい深雪であるが、己の小遣いからならば文句はなかろう。

「そうではなく……」

「よくやってくれた。御家老も喜ばれる。新庄藩の財政もさらに良くなろう」

「いえ、私は……」

正親の助けがあって最後を乗り切れた。深雪はそのことを深く反省しているようで些か気落ちしている。

「お主でなければ、あそこまでも辿り着けぬ。もし俺ならば頭から煙が上がっておったぞ」

源吾は顔を挟むように両頬を押さえ、可笑しな顔を作って見せた。

「変な顔。戻らなくなってしまいますよ」

ようやく深雪が鈴を転がしたように笑った。

「戻らなければどうする。折角の男前が台無しだ」

当然己ではそのようなことは思っていないが、さらに笑わせようと軽口を重ねた。

「はい。台無しです」

「いや……あれだ」

素直に同調されたものだから、些か慌てて否定しようとする。深雪は手を口に添えて笑い続けていた。

「旦那様はご自分で思っているより男前。飯田町の火喰鳥といえば、大人気だったのですよ」

「飯田町の勘定小町もではないか」

何とも子ども染みた会話である。犬も食わぬのは夫婦喧嘩だけでなく、このようなやりとりも同じであろう。気恥ずかしいが、それでも深雪に元気が戻って来たのが嬉しかった。

「下村様のことをお気になさっているので？」

「む……」

気にならぬと言えば嘘になる。己の許に来なければ、浪人暮らしのような苦労もすることはなかった。今でもたかだか手取り百石ほどで決して裕福とはいえない。もしあの時、彦右衛門の縁談を受けていれば、今頃深雪は大丸の内儀として贅沢《ぜいたく》な暮らしを送れたのだ。

無様とは思いつつ、口から次々に言葉が溢れ出す。

「幾らでも綺麗な着物を着られただろう」

「はい」

「奉公人が沢山いる。家事もすることはない」

「はいはい」

「小谷屋の干芋も食べ放題だ」

「それは少し魅力的ですね」

「人が羨むほどの豪邸よ」

「私は旦那様の匂いがする家が好きでございます」

小さくてもよい。羨ましくない。どのような回答であっても、己を憚《はばか》っているとひねた考えが湧き上がってくるだろう。しかし深雪の返事は男心の妙を衝いていた。

「やはり、家へ帰ろうか」

「はい。それが一番です」

「俺が夕餉を作ろう。一日だけ天下を返上する」

「お受け致します」

深雪はおどけて胸を張ってみせた。

武家夫婦が連れだって歩くのは、はしたないと思う者もいよう。ましてや互いに愚にもつかぬことで笑いあっている。やはり辰一の言う通り、火消としては異質なのかもしれない。

それでも源吾は満足していた。待つ人がいるからこそ、決して諦めずに炎に立ち向かえる。そして誰かの待つ人を守れるのだ。

ふと深雪が何かを思い出したように言った。

「ご飯を炊き忘れないように」

往来には人が溢れている。八百屋の呼び込み、豆腐売りの掛け声、風鈴売りの涼やかな音。二人同時の微かな笑いは、賑やかなる市井の調べにふわりと溶け込んでいった。

解説――エンターテインメントの要諦《ようてい》を心得たすばらしい新人作家だ

文芸評論家 池上冬樹《いけがみふみき》

いやあ、一読して驚いた。こんなに達者《たつしゃ》な新人がいたとは知らなかった。しかも本書は、『火喰鳥《ひくいどり》 羽州ぼろ鳶《とび》組』（二〇一七年三月）『夜哭烏《よなきがらす》 羽州ぼろ鳶組』に（同七月）続く、羽州ぼろ鳶組シリーズの第三弾である。四カ月おきにコンスタントに、こんなに質の高い時代小説を送り出せるとは！

本書の魅力についてはあとでふれるとして、まずは物語を簡単に紹介しよう。

　小説は、凶悪な押し込み強盗の場面から始まる。

　火付盗賊改方の長官として江戸の凶悪事件の追捕《ついぶ》を引き受けていた長谷川平蔵《はせがわへいぞう》（池波正太郎《いけなみしょうたろう》「鬼平犯科帳」のモデルである「長谷川平蔵」の父親）は、京都西町奉行となり、管轄《かんかつ》外の大坂《おおさか》まで出張っていた。昨年まで京で暴れ回っていた千羽《せんば》一家という盗賊団を追ってきたのだ。夜更《よふ》けに家屋に火をつけ、騒ぎが大きくなったところで、別の地域の商家を襲う。それも一家皆殺しという残忍さだった。平蔵は大坂まできたものの、またも捕まえることはできず、思わず、江戸の松永《まつなが》がいてくれればと思った。

松永とは出羽新庄藩《でわしんじょう》の火消頭取の松永源吾《げんご》。松永が率《ひき》いる火消組織は、羽州「ぼろ鳶」組とよばれていた。藩の財政逼迫《ひっぱく》から揃いの刺し子（消防服）がなく、襤褸《ぼろ》を着て火事場に赴《おもむ》くためであったが、〝ぼろ鳶〟もいまや敬称、府下でも有数の実力の火消になっていたのだ。しかし、藩内一の理解者である家老の北条《ほう》六右衛門《じょうろくえもん》が病に倒れ、藩主の御連枝《ごれんし》とよばれる一門の戸沢正親《とざわまさちか》が乗り込んできて、鳶の俸給を減じ、火消道具などの入費を五年さしとめると宣言される。源吾にはとうてい納得できないものだったが、嘆《なげ》いている暇はなかった。火事が立て続けに起き、残虐《ざんぎゃく》な強盗事件が発生していたからだ。

その夜も新たな火事が起こり、ぼろ鳶がむかうと、後から到着したに組が、野次馬を引っ張り、引きずり、あるいは押さえ込んで縄をかけはじめる。野次馬狩りだ。やがてに組の頭である巨漢《きょかん》の辰一《たついち》があらわれる。身丈六尺三寸（一八九センチ）の巨体だ。いったい辰一は、なぜ配下に命じて野次馬狩りをしているのか。

この小説が成功しているのは、辰一というタイトルロールが際立っているからだろう。町の最強の火消といわれる男で、体に九頭もの龍の彫物《ほりもの》をいれているので、九紋龍《くもんりゅう》の異名をもつ。物語が劇的で、すごい迫力をもつ作品なのは、辰一のキャラクターをとことん生《い》かしているためだ。粗暴だが、しかし理由もなく野次馬狩りという暴挙に及ぶほど馬鹿ではない。では、目的は何なのかが、ストーリーの進展とともに見えてくる。同時に、辰一の波乱に満ちた悲しい人生もまた、静かに浮かび上がってくるのだ。

シリーズ第三弾にもなると、ぼろ鳶組のチームワークもいちだんと息のあったものになる。どんなに遠くの半鐘《はんしよう》でも聞き取ることができる源吾をはじめ、前作『夜哭鳥』の事件でぼろ鳶に加わった放水の名手で一番組頭の魁《さきがけ》武蔵《たけぞう》、一見軽そうだが優れた剣士の鳥越新之助《とりごえしんのすけ》、異人の血をひく赤毛がトレードマークの博覧強記の知恵袋、加持星十郎《かじせいじゆうろう》、屋根から屋根をとびまわる人気軽業《かるわざ》師で女好きの彦弥《ひこや》、怪力を誇り家屋を簡単に壊すことができる元相撲《すもう》取りの寅次郎《とらじろう》、そして源吾と同じくらいに仲間たちを支えている数字に強い源吾の妻の深雪《みゆき》など、本書でもそれぞれ活躍の場を与えられて、に組と対峙《たいじ》し、やがて千羽一家を追い詰めていくのだ。

それにしても作者の手練《てだれ》ぶりには驚く。冒頭でもふれたが、デビュー長篇が今年三月で、第二弾が七月で、第三弾の本書が十一月。今年出たばかりの新人作家なのに、もう堂々たる書きっぷりだ。力強くてダイナミックで、実に泣かせる。

生き生きとした語りで、読む者の心をぐっとつかむ。それもやさしく、あたたかく。何とも巧《うま》い書き手である。作者は十二分に読者の求めるものを知っている。それでいて易《やす》きに流れない。火消たちの矜持《きょうじ》、この世には命をかけて守るべきものがあることを高らかに謳《うた》いあげるのだ。しかしそこには悲愴《ひそう》さはない。男たちは連繋をとり、果敢《かかん》に業火《ごうか》の中に飛び込み、己が仕事をなしとげるだけである。男たちの颯爽《さっそう》とした心意気に何度も胸が熱くなった。

注目すべきは、新人らしからぬ描写のひとつとして、火事の描写があることだ。優れた火事描写の時代小説といえば、惜《お》しまれて亡くなった北重人《きたしげと》の『夏の椿《つばき》』の終盤を思い出す。主人公の周乃介《しゅうのすけ》が愛する遊女沙羅《さら》とともに燃え上がる炎の中で敵と対決するのだが、素晴らしく緊迫感にみちていながら、同時に何ともいえず官能的だった。敵と死闘を繰り広げる周乃介と、恐怖にふるえる沙羅。二人は鮮やかなまでに赤く染めあげられ、読む者の皮膚《ひふ》を焦《こ》がしていく。危機に瀕《ひん》してどうにか助かってほしいという思いと一緒に、愛する者と情死することもまた快感なのではないかといった倒錯《とうさく》した思いを一瞬抱かせるほどに、そこには妖《あや》しげな蠱惑《こわく》がある。人をとろけさせるような（変な言い方になるが）凄愴《せいそう》な色気が物語の底から立ち上がってくるのだ。

実は本書にも、北重人ほどではないにしろ、火事の官能性がある。火消という職業を主人公にしなければ、作者はもっと官能を妖しくそよがせる小説を書いていたのではないか。それほど火事のあらゆる表情を緻密《ちみつ》に捉え、読者を圧倒する。炎や火事からエロティシズムを抽出《ちゅうしゅつ》する力があるけれど、火消たちの物語なのでそれを抑え、町を燃やし尽くす地獄の火としての機能をあらゆる角度から生々しく描くという方針にそっている。

しかし何よりも驚くのは、新人作家なのに、エンターテインメントの要諦《ようてい》をきちんと押さえていることだ。僕は本書を読みながら、ディーン・R・クーンツの名著『ベストセラー小説の書き方』を思い出していた。本書にはベストセラー小説の要素がいくつもあるからだ（実際、シリーズ前二冊はとてもいい売行きを示しているという。『火喰鳥　羽州ぼろ鳶組』は2017年啓文堂書店時代小説文庫大賞第一位に選ばれた）。小説のハウツー本は数多く存在するけれど、もっとも有効な本を三冊あげろといわれたら、僕はその内の一冊に躊躇《ちゅうちょ》なくクーンツの本をあげるだろう。

もちろんクーンツの本を読んだからといって簡単に書けるものではない。クーンツ自身、「読んで読んで読みまくれ」「書いて書いて書きまくれ」と本の渉猟《しょうりょう》と創作の絶《た》え間ない鍛練《たんれん》の必要性を説《と》いている。はたして作者が、クーンツの本を読んでいるかどうかわからないけれど、これほどクーンツ的な小説も珍《めずら》しいのではないかと思った。「アクションからはじめよ」「相次《あいつ》ぐ困難によって主人公を追いつめよ」「アクションを通して性格描写をしろ」「主人公に要求される五つの資質は高潔さ、有能さ、勇気、好感、そして不完全さだ」「人物は変身をとげなければならない」「テーマは小説を豊かにする」「結末がおもしろくなければ失敗作とみなされる」などなど数多くの教えがぎっしりと詰まっているのだが、そのどれもが本書にあてはまり、きちんと形になっているからだ。

たとえば「人物は変身をとげなければならない」。具体的には、〝きびしい試練や自己の過失に学んだ人物、物語の進展につれて、自己の深部を深く洞察する人物、成長した結果、変身をとげた人物――このような登場人物たちは、ほぼ確実に読者を納得させ、興味をひくことができるはずである〟(「第七章 信憑《しんぴょう》性のある登場人物をつくりだす」)というのだが、これは明らかに源吾のことであり、辰一のことであり、戸沢正親のことでもあるだろう。〝ほぼ確実に読者を納得させ、興味をひくことができる〟とクーンツは書いているが、戸沢正親などは今後重要な役割として再登場するのではないか。

　または「テーマは小説を豊かにする」。これも作者は自覚的だ。新庄の逼迫した財政のなかでどのような施策をすべきかという時に、こんな言葉が発せられる。「新庄の民は貧しい。しかし決して明日への希《のぞ》みを捨てぬ。人への思いやりを忘れはせぬ。人の真の貧しさとは、それらを忘れることではなかろうか」「どれほど哀《かな》しくとも人を想《おも》う男になりたい。どれほど苦しくとも希みを捨てぬ男でいたいのです」（本書　253、4）という言葉がストレートに胸をうつ。生きるうえでもっとも大切なこと、すなわち人を想うことと希みを捨てぬことをしっかりと訴えていて、思わず落涙するのではないか。そう、新人なのに今村翔吾は人物の思いをしかとすくいとる。だからこそ泣ける。まっとうに生きている者たちの、まっとうな思いこそ大切であり、それこそが人と社会を動かす根本であることを強くうちだしている。

　さらには「結末がおもしろくなければ失敗作とみなされる」。千羽一家という盗賊団追及のあとに新庄藩の財政を左右する問題がとりあげられるが、そこでの〝勘定小町《かんじょうこまち》〟の小気味いい対応と商人のやりとりにドラマが生まれ、さらに夫婦の絆《きずな》へとつながる結末がとてもいい。ラストには思わず〝夫婦っていいなあ〟と思ってしまうのは僕だけではないだろう。〝結末が弱くておもしろくなければ、読者はその小説の最初の五分の四がどんなにすばらしくても、失敗作とみなすだろう〟とクーンツは書いている（「第四章　ストーリーラインを組み立てる」）。〝反対に結末が賢明で、スリリングなアクションに満ちていて、そのうえ登場人物やテーマが満足できるものであったなら、読者はあなたの次作を買おうと心に決めることだろう〟（同）というのだが、まさに本書の読者は、今村翔吾の次回作を必ずや買おうと心に決めていることだろう。今村翔吾は信じられる。もっと読みたいし、作者がその期待を裏切ることは絶対にないのではないかと思う。すばらしい新人作家だ。

一〇〇字書評

九紋龍

切り取り線

購買動機（新聞、雑誌名を記入するか、あるいは○をつけてください）	
□（　　　　　　　　）の広告を見て	
□（　　　　　　　　）の書評を見て	
□ 知人のすすめで	□ タイトルに惹かれて
□ カバーが良かったから	□ 内容が面白そうだから
□ 好きな作家だから	□ 好きな分野の本だから

・最近、最も感銘を受けた作品名をお書き下さい

・あなたのお好きな作家名をお書き下さい

・その他、ご要望がありましたらお書き下さい

住所	〒				
氏名		職業		年齢	
Eメール	※携帯には配信できません		新刊情報等のメール配信を 希望する・しない		

この本の感想を、編集部までお寄せいただけたらありがたく存じます。今後の企画の参考にさせていただきます。Eメールでも結構です。

いただいた「一〇〇字書評」は、新聞・雑誌等に紹介させていただくことがあります。その場合はお礼として特製図書カードを差し上げます。

前ページの原稿用紙に書評をお書きの上、切り取り、左記までお送り下さい。宛先の住所は不要です。

なお、ご記入いただいたお名前、ご住所等は、書評紹介の事前了解、謝礼のお届けのためだけに利用し、そのほかの目的のために利用することはありません。

〒一〇一－八七〇一
祥伝社文庫編集長　清水寿明
電話　〇三（三二六五）二〇八〇

祥伝社ホームページの「ブックレビュー」からも、書き込めます。
www.shodensha.co.jp/bookreview

祥伝社文庫

九紋龍《くもんりゅう》　羽州《うしゅう》ぼろ鳶組《とびぐみ》

平成29年11月20日　初版第1刷発行
令和4年2月10日　第14刷発行

著者　今村翔吾《いまむらしょうご》
発行者　辻　浩明
発行所　祥伝社《しょうでんしゃ》

東京都千代田区神田神保町3-3
〒101-8701
電話　03（3265）2081（販売部）
電話　03（3265）2080（編集部）
電話　03（3265）3622（業務部）
www.shodensha.co.jp

印刷所　堀内印刷
製本所　ナショナル製本
カバーフォーマットデザイン　中原達治

ISBN978-4-396-34375-0 C0193

祥伝社文庫の好評既刊

今村翔吾
火喰鳥《ひくいどり》 羽州《うしゅう》ぼろ鳶《とび》組
かつて江戸随一と呼ばれた武家火消・源吾《げんご》。クセ者揃いの火消集団を率いて、昔の輝きを取り戻せるのか⁉

今村翔吾
夜哭烏《よなきがらす》 羽州ぼろ鳶《とび》組②
「これが娘の望む父の姿だ」火消としての矜持を全うしようとする姿に、きっと涙する。最も〝熱い〟時代小説！

今村翔吾
九紋龍《くもんりゅう》 羽州ぼろ鳶《とび》組③
最強の町火消とぼろ鳶組が激突⁉ 残虐な火付け盗賊を前に、火消は一丸となれるのか。興奮必至の第三弾！

今村翔吾
鬼煙管《おにきせる》 羽州ぼろ鳶《とび》組④
京都を未曾有の大混乱に陥れる火付犯の真の狙いと、それに立ち向かう男たちの熱き姿！

今村翔吾
菩薩花《ぼさつばな》 羽州ぼろ鳶《とび》組⑤
「大物喰いだ」諦めない男、仁正寺藩火消・柊与市の悪あがきが、不審な付け火と人攫いの真相を炙り出す。

簑輪 諒
最低の軍師
一万五千対二千！ 越後の上杉輝虎に攻められた下総国臼井城を舞台に、幻の軍師白井浄三の凄絶な生涯を描く。